◈ The Vessel of a Dream ◈

TAMIKI HARA

原民喜

初期幻想傑作集

夢の器

天瀬裕康・編

The Vessel of a Dream

TAMIKI HARA

彩流社

夢の器

原民喜　初期幻想傑作集／目次

焔（抄）

死と夢（抄）

幼年画（抄）

拾遺作品集Ⅰ（抄）

焔（抄）

椅子と電車

二人は暑い日盛りを用ありげに歩いた。電車通りの曲ったところから別に一つの通りが開けて、そのトンネルのような街に入ると何だか落着くのではあった。が、其処《そこ》の街のフルーツ・パーラーに入って柔かいソファに腰掛けると猶《なお》のこと落着くような気がした。で、彼等は自分達がまたもや何時《いつ》ものようにコーヒーを飲みに行くのであることを暗黙のうちに意識していた。

電車や自動車の雑音はさっきから彼等の会話を妨げていた。痩せて神経質な男の方は目をいらいらさせながら訳のわからぬ吐息や微笑を洩らしていた。体格の逞しい柔和な男も相手に和して時々笑いを洩らすのであった。彼等は暢気《のんき》な学生で、何と云ってとりとめもない生活を送っているのではあった。が、絶えず何かを求めようとする気持が何時も彼等を落着かせなかった。

突然、体格の逞しい男の方が相手を顧みて、

「椅子が欲しいね」と云った。

「どうして人間は喫茶店に入りたがるのか、君は知ってるかい。」

「椅子かい？」と神経質の男が応えた。

「そうだよ。つまり物理的安定感て奴を望むのだね。哲学にしろ、宗教にしろ、芸術にしろ、何かこう自分以外のものに縋《すが》っていると気持がいいからね。だから君があの室《むろ》のような街に魅力を感じるのも、つまり精神分析的に云うと意味があるのだね。」と柔和な男は行手を頤《あご》で指差しながら笑った。

それから三年目のある蒸暑い夜であった。神経質な男は柔和な男の家の椅子に腰をかけていた。体格の逞しい男の方は最近細君をもって郊外に落着いたのである。恰度《ちょうど》袋路の一番奥の家で、すぐ側には崖があった。神経質な男は自分の腰掛けている椅子の手を撫でながら尋ねた。

「この椅子は気がきいてるね。」

「なあに、ビール箱で造ったのだよ。」

神経質の男は自分のアパートへ帰るべく省線に乗った。開放《あけはな》たれた窓から涼しい風が頰を撫でた。電車の響に初夏の爽やかさが頻《しき》りと感じられた。

「椅子もいいが、電車もいい。」と彼は無意味なことを考えた。

「永久に変らない椅子と、停まることのない電車ならどちらも結構だ。」

移動

庭のすぐ向うが墓場だったので、開放れた六畳の間をぐるぐる廻っていると、墓地でダンスしているようだった。彼はその中年の肥った女優にリードされながら、墓の上に煙る柳の梢が眼に触れた。

ある夜その女優の楽屋を訪れると、女ばかりが肌ぬぎになって鏡台に対《むか》っている生ぐさい光景に少し圧倒されていると、ドロドロドロと太鼓が鳴った。


彼はある女と媾曳《あいびき》するのに墓地を選んだ。秋のことで蟋蟀《こおろぎ》が啼いて気が滅入った。こんな場所で逢うのはもう厭《いや》、とその女は来る度に始めそう云った。不思議なことだが別れる時には、また今度はここで逢いましょうと約束するのだった。

ある女は別の男と心中してしまった。彼は好んで監獄のほとりを一人でとぼとぼ散歩した。高い厳《いかめ》しい壁に添って歩くと、生きていることが意識されると云うのだろうか、彼は自分の意識に舌を出して笑った。立派な囚人用の自動車がよくそこを通った。


気がついてみると、彼の下宿のすぐ側は火葬場であった。風の烈しい日には骨を焼く臭いが感じられるようだった。しかしそれがどうしたと云うのだろう。

しかし、彼は移動したくなった。監獄か魔窟の附近へ住みたいと思った。

絵にそえて

この絵は何処《どこ》だとはっきり云わない方がいいかも知れません。題は子供心のあこがれとでも云うのでしょうか。そこの島の八月、今から凡そ二十年も前のことですが、公園に始めてホテルが出来たのです。杉に囲まれた瀟洒な石の建築の脇には山から湧いて流れる渓流があって家鴨が白い影を浮かべていました。芝生の綺麗な傾斜に添って、白い砂利道を行くと、噴水のある池の前に赤いポストがあり、鞦韆《ぶらんこ》に外国の子供が乗《のっ》かっていました。ある夕方、幼い私は姉と連れだって、その辺を逍遥っていると、突然ピンクのドレスを着た娘が、“Can you speak English?”と姉に話しかけたのです。姉は黙ってつつましやかに笑い、その女は快活に笑い、そして私は彼女等がそれだけで何か私にはわからない一つの気持をやりとりしたかのように思えました。そこのホテルが出来た時、夜の公園にはアーク燈が真昼のように輝き、杉と杉の枝に万国旗が掲げられ、そして沢山の人々が眼に悦びを湛え、ざわめき合っていると、突然中央の四阿《あずまや》からオルケストラが湧き起りました。ふと私が眼を上にやると樹の間にある夜の空は明い燈のために一層美しく思え、大きな蛾がバタバタと燈のほとりを廻っていたものです。――そして翌日、八月の嵐は海の波を怒らし、雨まじりに、あのホテルの前の岸の大きな岩に、まっ白なしぶきを吹きかけ、吹きかけしたものです。その怒濤を見に、私を連れて行った姉は、彼女も十五年前に死にました。

針

飛行機を眺めていたら朝子の頬にぬらりと掌のような風が来て撫でた。ふと、そこには臭いがあって、彼女の神経は窓に何か着いているのではないかと探った。とどかないところにあって彼女を嘲弄しているのは何だろう、銀翼も今朝は一寸も気分を軽くはしてくれない。その時天井の板がピンと自然にはじける音をたてた。人気《ひとけ》のない家にいるのが意識されて、視るとやはりいた。蟻がもう這い出す季節なのだった。季節と云う厭な聯想《れんそう》を抹殺するために朝子は掌にしている雑巾で蟻を潰した。

それから不図《ふと》思い出したように机の上を拭き出すと、机の汚斑《しみ》が気にかかり出した。雑巾の裂目が厭になった。そうなると、もう彼女は自分が厭な感覚に愚弄されているのをはっきり自覚した。そして次々に増加し、増長して来る無数の陰影どもは、ぶつぶつと何か彼女に囁く。しんしんと募り行く焦慮は彼女の全身を針攻めにする。どこにそんな針があるのか、朝子は自分自身の背中が見たい。実際左の肩の三角筋がぼうと熱をもって疼く。

それに彼女は台所が気にかかって耐らない。使用もしないのに瓦斯《ガス》メートルがふと勝手にずんずん廻り出したらどうしよう。鼠が葱を嚙って、葱の根に蛞蝓《なめくじら》でも這ってはいないか。水道の水がポトポト鼻血を流し、柱の火災除けのお守りがかつと口をあけて、焔を吐き出したら。――朝子は台所が急に怖くなって、気になるばかりで、行くことが出来ない。朝子はつまらない魔術に引掛ってしまった自分に立腹する。その額に浮んだ青筋が鏡に映る。

その青筋だよ——と見えないところで夫の冷かす声がする。

しかし、この脅迫は何処《どこ》から来るのだろう。それがただ一時の不安定な感覚の所為《せい》だけかしら。……彼女はカチリと或る核心に触れて悶絶したくなる。……信じてはいても、縋《すが》ろうとはしていても、夫の心はあてにならぬ。薄弱な、利己的な、制限のある男心。それから彼女は夫の苦境に降り注ぐ、世間の悪意を数える。それらを勇敢に撥《はね》かえしもしないで、とかく内攻して鬱ぐ一方のおめでたい意気地なし。これからさきどうなるのかと嘆じても、僕にもわからぬと突放す。……結婚と云うものはこんなものだったのかしら。彼女は自分が手足を縛られて北極の谷間に投げ捨てられているように想える。ふと、眼をやると、白熊がいる。何だって肉屋の呉れたカレンダーに熊がいるのだろう。

憎い肉屋、知らないったら新聞屋、困ったわ米屋——駄洒落まじりの憤りが、ふと心の一角で擡頭《たいとう》すると、その癖が夫の模倣であったのに気がついて朝子は再びむっとする。

——勇ったら、勇、勇ったら、こいつ！

その時近所のおかみの子供を叱る例の怒号が始まり出すと、朝子はふと一種の共鳴を覚えた。

比喩

机を前にして二人の少年は坐っていた。ガラス窓の外には寒そうな山があった。話は杜絶《とだ》え勝ちだった。時間がここでは悠久に流れていた。

「君は馬鹿だよ、僕は君を軽蔑しているのだが、ただ便宜上交際《つきあ》ってるのだよ。」と一人は腹の底でそう囁いたが、口に出しては云わなかった。仮りにこんなことが平気で云えて、相手も平気で聞き流して呉れたら、さぞ面白いだろうに、と彼は腹の底で妄想した。相手の少年は鼻で深い呼吸をしながら、何か別のことを考えているらしかった。

「僕は妙な気がするよ、こうして君と僕と此処に坐っているのと、恰度同じようなものが、何処かこの宇宙の裏側にもう一つあるのではないかと、何時もそんな気がするのだ。」

相手が変なことを云い出したので、彼の注意も改まった。

「これは理窟でなしに、僕にただそう想えるのだよ。向う側に感じられる世界はガラスのように透明で静かだが、やはり僕達と同じもので、僕達と一向異らないのだ。」

彼は相手の言葉がよく解らなかったが、ただ黙って肯《うなず》いた。

机、山、窓、二人の少年、それらのてんでな妄想、そしてその複写——彼は黙って相手の顔を眺めた。

相手の少年はそれから間もなく死んだ。

そうすると、もう一方の世界はどうなるのかしら——と彼は時々冷やかに考えた。しかし、それは二重の世界を打ち消そうとするのでもなかった。

淡雪

潔が亡《な》くなってから彼是《かれこれ》一年になる。露子は彼から感染《うつ》されて居た病気がこの頃可也進んで行った。早くから澄川病院に入院する様に父母を始めみんな勧めたが、潔のもと居た病院ではあるし、露子は気が進まなかった。そんな風に病勢をずるずる引伸して行くうちに、寒に入って凍てつくような日々が続いた。

ある日、露子は到頭喀血《かっけつ》した。血の色を視ると、急に彼女は周章《あわ》て出した。居ても立っても居られなく、母に縋りついて、さめざめと泣いた。その日、父は早速郊外の松田病院へ出掛けて入院の交渉をして来た。父は珍しく菓子折を提げて帰った。

「なあに、お前は潔とは違って、晴やかな人間だ。陽気な人間なら、この病気は病気の方から今に降参して来るよ。」と父は云ったが、そう云いながらも、彼女が菓子を欲しがろうともしない有様を見ると、一寸口に出せない別の感じを抱くのであった。

夜になってから露子は睡《ね》つかれなかった。今日一日の経過が夢のように頭の裡《うち》に浮んで来る。これから先の不安と云っては、只住み慣れない病室に行かねばならぬと云うこと位であった。それも潔の室で大体想像のつくことであった。だのに、どうも彼女はこれから大きな船に乗って出かけて行くような気持がした。ほんとに、船の汽笛がボーと鳴る音を耳にするようであった。波がキラキラ輝いている夏の午後、彼女はうっとりと看板の上に水着の儘寝転んでいる、と船と自分とが一心同体になって水の上を進んで行く。——こうした気持が暫くしていたかと思えば、また今朝ほど吐いた血の色が目に映った。紅い血の塊りが波の上に浮いて行く。彼女は何時の間にか、自分が吐いた血の色に見惚れているのである。「これはおかしい」と彼女は呟いた。あれ程彼女を驚かせた血塊が、今は美しいと感じられるとはどうしたものだろう。何だか彼女は少女の頃の感傷にかえって居た。私はどうせ波の上に漾《ただよ》う一片の花弁のようなものです、そう小声で祈るように胸のなかで囁くと、思わず閉じていた眼に涙が滲んだ。

朝になる頃、彼女は変な夢をみた。潔が彼女の手を執って、唇に押しあてるので、彼女は片方の指で自分の唇を示すと、潔は首を振る。「何故?」と尋ねると、「今にわかります。」と潔の声は慄《ふる》えている。「何故?　何故?」と彼女は潔に甘えかかって、到頭彼の首に手を廻す、そうして接吻を了ってしまうと、やはり何でもなかったので彼女は晴やかに笑いこける、潔も淋しそうに笑い出す。

夢が覚めてから少許はただ爽やかな気持で居たが、ふと彼女はこの夢が気になり出した、そうして終にはこの夢が恐しくなって来た。

露子が松田病院に入院してから一ケ月は経過した。彼女はすっかり瘠せ衰えて、病人らしくなった顔に、淋しい笑みを浮べるのであった。入院して却って悪くなるとは、と見舞に来る人は首を振った。医者もこの問いに対しては答えようがなかった。彼女は医者の命ずる事なら何でもよく諾《き》いていた。病室の空気にも彼女はすっかり馴れているらしかった。消毒剤の匂いも、注射器も、体温表も、何から何まで以前潔の室で見て識っていた通りであった。

時とすると、彼女はベットの上に寝転びながら、その隣りにもう一つ潔のベットがあるような心地がした。肺病める夫婦、そんな風な想像から彼女は好んで悩しい甘美な感情を味った。

ある日も彼女は隣りのベットに対《むか》ってこう呼びかけた。

――潔さん、あなたは嘗て私に恋の喜びを与えて下さいました。そして間もなくあなたは私を置き去りにして逝ってしまいました。どうもあなたは態《わざ》と逝ってしまわれた様な気がします。あなたは私が愛《いと》しくなかったのですか。どうかよくなって下さいと私が熱心に云っても、あなたはただぼんやりと淋しげに微笑みなされました。私はあなたのその頃の気持が、何と云っていいのか解りませんでした。ただ、私はあなたを亡くしたことを恨みました。

しかし、潔さん、この頃私はやっと当時のあなたの気持が解って来たのです。潔さん、あなたの病気が今は私のものとなった様に、あんたの気持も今は私のものとなりました。ええ、あなたは病気を娯《たの》しんでいらっしゃった。あなたは病気を弄《もてあそ》んでいられた、あなたは自分の力を信じられないので、ただ熱が出て頭が冴えて来れば、それを面白がっていられたのでしょう。あなたの淋しい霊魂には、肉体が刻々と蝕まれて行くことが、却って不思議な美しい誘惑ではなかったのでしょうか。そうして、この誘惑を到頭あなたは私にもお頒ちになりました。ああ、何と云う恐しい誘惑でしょう。しかも私はもう動けないのです。あなたは優しく、優しく手を伸べて私を抱こうとするのですか。（彼女はじっと天井を視凝《みつ》めて居たが、ふと急に怕《こわ》くなった。）いいえ、あなたは、あなたは、あなたなんか居はしない。

そう呟きながら窓の方へ寝返りをした。窓の外には何時の間にか淡雪がちらついていた。彼女は嘗て潔の病室を訪れたとき、やはり淡雪が降っていたことを憶い出した。今日は誰か見舞に来て呉れそうな日だと思われた。じっと、廊下の方の足音に注意しながら、何時までも何時までも窓の雪を視凝めていた。彼女は誰がやって来るだろうかと一心に想像し出した。と、急にドアをひらいて潔が現れて来るような気持がするのであった。

夢

彼はその女を殺してしまおうと決心しながら、夜更けの人足も薄らいだK――坂を登っていた。兇器にするか、何にするか、手段はまだ考えていなかった。が、その烈しい憤怒だけで、彼は女の首を完全に絞めつけることが出来そうだった。

ふと彼は考えの途中で、夜店の古本屋の爺さんを何気なしに眺めた。爺さんは一人ほくほくしながら店をしまっていた。人のいい、実に和《なご》やかな笑顔が彼を見た。爺さんは今何が嬉しいのだろう、しかも彼も同時に何だか知ら胸の裡が嬉しくなった。彼は穏かに下宿に帰って睡た。

その後、彼は爺さんの夢を見た。爺さんはニヤニヤ笑いながら、「俺は知ってるぞ、君はあの女を殺す気だね。」と何度も繰返し繰返し云った。目が覚めると、彼の背筋はじっとりと冷汗に濡れていた。

翌日の夕方、彼はまたふらふらとK――坂を登って行った。恰度夜店が出る時刻で、昨日の爺さんも同じ処で古本を並べていた。彼は爺さんを一目見るや否や、わーと泣出したい衝動に駆られた。が、兇器は夢中で爺さんの脇腹を抉《えぐ》っていた。

地獄の門

お祭りの夜だった。

叔父は薫を自転車に乗せて走っていた。と、警官が叔父を呼留めた。それから二人は警察へ連れて行かれた。薫の顔とそこの机は同じ位の高さだった。叔父は頻りに薫の慄《ふる》えているのを宥めながら言い訳した。

「こんなに慄えてるじゃありませんか、今日のところは大目に見てやって下さいよ。」

薫は警官が今に自分まで調べるのではないかと怖れた。

「なあに心配しなくていいよ、何でもないのだ、何でもないのだ。」と叔父は警官の前で薫にそう云ってきかせた。

警察を出て二三町行くと、叔父はまた自転車に薫を乗せた。薫はまだ警官に追跡されはすまいかとビクビクしていた。しかし燈のない自転車は無事で薫の家に帰った。


薫の父が旅に立つのを皆で見送った時のことだった。

薫は小さいから入場券は要らなかった。が、叔父は入場券が無くてはプラット・ホームに入れない筈である。ところが叔父は入場券なしに入って来たことを薫にだけ打明けた。薫は手品の上手な叔父のことだからそんな事も出来ようと思った。が、もしか帰りに見つかったらどうなるのかしらと独りで心配した。

「まあ見てい給え、うまく行くよ。」

叔父は薫を先に立てて見送人の群のなかに並んだ。薫が改札口を出て振返ってみると、叔父も悠々と出て来た。薫は手品の種を見損ってしまった。

酒と釣りを嗜んだ薫の叔父は今ではとくに亡くなってしまった。三途の河の岩に腰掛けて、ちびりちびり独酌しながら彼は静かに糸を垂れているかも知れない——と薫は想像する。

幼い日、警察を懼れた薫は、少年時代には地獄のイメージに悩まされたものだ。だが、薫の叔父なら、極楽の門だって入場券なしに這入《はい》るにちがいない。

蝿

秋も大分深くなって、窓から見える芋畑もすっかり葉が繁った。田中氏は窓際の机に凭って朝食後の煙草を燻《くゆら》して、膝の上に新聞を展げていた。そうしていると、まだ以前の習慣が何処かに残っているようで、出勤前のそわそわした気持になるのだった。

今、湯殿では妻が洗濯している音が聞える、彼は不意とその方へ声が掛けたくなる衝動を抑えて、静かにじっと耳を澄ました。すると気の所為か、妻は時々何か思案しながら洗濯しているように思える。妻が何を考えているのか、田中氏にはぼんやり解るような気もした。そう云えば廿《にじゅう》と何年間も一緒に暮していながら、今度のことがあって始めて妻の気持にも彼は段々関心を持つようにされたのだった。二三日前、妻は彼がまだ寝ている枕頭に来て、ひそひそ泣いて、今更のように子供が欲しいと云い出した。やはり住み馴れた都会を離れて田舎の静かな処へ来ると、そう云う気持もするのかも知れない。彼ももう一度生れ変ってみたい念願が時々生じるのだが、社会に対してすっかり見切りをつけてしまった筈なのに、どうしてそんな馬鹿な野心が湧くのか不思議でもあった。しかし隠居してしまうにはまだ少し若かったし、何もしないでいると却って早く死が迫って来そうな妄想が湧くので、静かな暮しのなかにも憔慮《しょうりょ》が絶えなかった。

田中氏の念想は何時の間にか飛躍して、不図《ふと》さっき便所の隅で睹《み》た小さな情景を想い出した。蜘蛛の巣の糸に蟋蟀《こおろぎ》が引掛って宙にぶらさがったまま、四肢をピリピリ動かしているのだった。彼はそれを眺めながら蜘蛛が悪いのか、蟋蟀が悪いのか結局判断出来なかったのでその儘にして置いたのだが、彼の運命もやや蟋蟀に似ているように思えた。だが、憤ったところでどうにもなりそうにはなかった。彼は近頃不図観相術の本を買って読んでみると、彼の顔にはもともとそうした不吉の相があったのに気づいた。してみると、あの事件も偶然ではなかったのか、辞職しよう、辞職しようと考えているうちに、あの瀆職《とくしょく》事件は突発したのだった。毎日警察へ呼び出されたり、新聞に書き立てられたりして、さんざ世間の疑惑と冷笑を買った揚句、やっと無関係なことが証明された時には、すっかり彼の気持は変っていた。身の潔白が証明された以上、何故職に踏み留まらなかったのかと、彼の辞職を批難する友もあったが、そう云う友の意気は羨しいとしても、彼の眼には浮世のすべてが陰惨な翳《かげ》に満たされているように意《おも》え出した。人の一生は悪夢か、と彼は時々そう口吟《くちずさ》んだが、悪夢だと悟りきれない夢もまだ少しは持っていた。どうも此頃は殆ど毎日雨が降るので、余り運動も出来ない所為か、消化不良で夜毎怪しげな夢をみるのだった。その夢は決まったようにあの事件と関係のあるものだった。忘れよう、忘れようとしてもあの時の記憶は空気のなかに溶け込んでいて、呼吸をする度に現れて来た。今朝もやはり夢をみた筈だった、が、田中氏は今更夢のことを気にしてはいなかった。が、たった今も膝の上に新聞を展げて、何か疑獄の記事が出てはいまいかと自《おの》ずからその方へ神経が尖り出すのであった。今日は全くそうした記事も出ていなかった。

不図、田中氏は二十年前のことを憶い出した。下役の者が持って寄越した歳暮を妻が足袋はだしのまま追駈けて行って返した時の情景である。あの頃から妻には苦労ばかり掛けて来たのだが、随分長い間一緒に暮しながら殆ど妻のことには関心も持てなかった。それが此頃では神経質なほど妻の一挙一動が気になる。起きるから寝るまで、炊事、裁縫、掃除、洗濯と次々に用事に追われながら働いている姿を視ると、こう云うことをしてよくも廿年間耐えて来てくれたものだと感心するのであった。彼は人間としては妻の方が遙かに美質を備えているのではないかと考え出した。時として彼は突然妻のところへ行って何か優しい言葉でも掛けてみたい気になるのだったが、今更そうした表現は不自然でもあったし、彼の性格にも合っていなかった。しかし妻は何の娯しみがあって今日の日まで辛苦して来たのだろう、だから、妻が子供が欲しいと云い出した時、彼は妻が近日婦人科の診察を受けることに賛成してしまったのだった。だが、今の気分が生れて来る子供に反映するとすれば、子供も生れない方が幸《しあわせ》ではあるまいか。人間社会を陰惨だと感じている親の子供なら、子供も不幸になるかも知れなかった。彼はあらゆる虚妄に触れても動揺しない、一つの精神の高みに達したいと願った。生も死も一如と感じる宗教を求めて置き度かった。――田中氏にとって考えることがらは凡そ範囲が決まっていた。だが、こうして朝の一時《ひととき》を黙想に費すのも何かの修業のようだった。

煙草を灰皿に捨てると、彼は立上って縁側に出た。庭の唐辛子が真赤に色づいて美しかった。薔薇や、菊は手入れが悪かったので虫に食われてしまったが、一銭で三株買って植えた唐辛子だけが元気よく実っているのも皮肉に似ていた。それにも増して雑草は茂り放題になっていた。立派な植物程、育ち難いものなのか――田中氏は気質の優しい甥が先日死んだと云う通知を受取った時の感想をふと思い出した。そう云う例なら彼の身辺に随分あった。だが、松の樹はどうだ、雨風に打たれながら老い寂びて高く聳える樹の姿を想い浮べた。出来れば彼も松の樹になり度いのだった。そう思って空の方を眺めると、今朝は珍しくも青空が高く澄み渡っていた。午後から散歩でもするかな、と田中氏は一人で決めると、また部屋に戻った。

　それから机について、禅宗の本を開いた。暫く精神を集中するつもりで活字を眺めていた。だが、この部屋には蠅が一匹いるのに気が着いた。蠅は田中氏が少し油断していると直ぐに肩の辺に来て留まった。追っても追っても同じことが繰返されているうちに、田中氏は、新聞紙を丸めて蠅打ちにした。机に来た時、叩きつけたが、蠅は巧みに逃げてしまった。それからものの一分は静かであったが、また蠅はやって来た。田中氏の狙いはまた失敗に帰した。そこで彼は立上ってどうでも蠅を殺すことに決めた。視ると蠅は天井に留まって、早くも彼の気配に感じたらしく呼吸をひそめていた。蠅一匹に躍起になってしまった己《おのれ》を彼は多少大人気ないと思った。だが蠅の動作は既に田中氏にいろいろの聯想《れんそう》を生ませていた。彼は天井に飛びついて、そいつを叩きつけた。すると蠅はもろくも死骸となって落ちて来た。

童話

人ががやがや家のうちに居た。そこの様子がよくは解らなかった。誰か死んだのではないかしらと始め思えた。生れたのだと皆が云った。誰が生れたのか私には解らない。結局生れたのは私らしかった。生れてみると、私はものを忘れてしまった。魚や鳥やけだものの形で闇のなかを跳ね廻ったり、幾世紀も波や風に曝されていたのは私ではなかったのか。

私は温かい布に包まれて、蒲団の上に置かれた。それが私には珍しかったが、同時に頼りなかった。気持のいい時は何時までもそうして居たかったが、時々耐らなく厭なことがあった。家の天井とか、電燈とか、人間の声が私を脅した。眼が覚めて暗闇だと、また私は死んだのかなと思った。しかし、朝が来ると、私の周囲はもの音をたてて動くのであった。

私が母を覚えたのは大分後のことだった。母を知った瞬間は一寸不可解な気持だった。その顔は他人でもないし、私でもなかった、つまり突然出現した一つの顔であった。それから大分して後、父とか兄姉を識った。或る朧気な意識が段々私を安心さした。私一つがぽつんと存在するのではなく、私に似たようなものが私の周囲にあって動く。しかし不思議なことに彼等はそれがあたりまえのような顔つきである。私は時々彼等の顔が奇異に見えた。

私の眼の前にある空間はもう不可避だった。空間にはさまざまの苦痛と快楽が混っているように思えた。あまり長い間視凝めていると、眼が自然に瞬《まばたき》する。すると忽ち空間が新しくなった。が、次の瞬間にはやはりもとの空間だった。私はもう大分長い間生きて、生命にも慣れて来たようだった。乳が足りて睡りが足りたので、恍惚と眼を空間に遊ばせていた。すると何処からか微風が走って来て、私の頬ぺたを一寸撫でた。私は微笑した。

母が私を抱いて家の外に出た。すると遽《にわ》かに眼の前が明るくなった。そこは私にとって見馴れないものばかりだ。菜の花の上を蝶々が飛んでいた。私の掌の指はそいつを見ながら動いた。すると蝶々は高く高く舞上った。くらくらする眩しい梢の方で葉が揺れた。私は蝶々が木の葉になってしまったのかと思って、掌を上に挙げた。が、摑めなかった。

私は池の鯉を見た。鯉は水のなかに気持よさそうに泳いでいた。

朝、夕、雀が訳のわからぬことを云って啼く。私以外のものは大概ものを云うのに、私はものが云えないからもどかしい。ものが云えないのは壁や柱だが、時計は絶えず喋っている。夜なんか特にガンと大きな響がしてびっくりさす。しかしそれが鳴り止むと、今度はチッキンチッキンと忙《せわ》しい音が続く。逃げろ、逃げろ、とその音は急《せ》かしているようだ。どうして逃げなきゃならぬのか、何処へ逃げたらいいのかは解らないのだが、私は妙に絶望的な気持にされる。私の気持は熱に浮かされたようになる。

大人が私に馬の絵を見せて、頻りにその真似をしてみせる。すると私も馬になったような気持がする。非常に速く走ったり、暴れたりすることはどんなに愉快か、私も自由に動いてみたい衝動で一杯なのだ。大人の腕によって私の身体が楽々と持運ばれて行く時、障子や、天井や、畳は私のほとりを動く。障子や、天井や、畳が動かない時、その時は全体が何か一つの怪しい謎を秘めているようだ。特に夕方、電燈の点かぬ前がそうだ。現在の私は腥《なまぐさ》い塊りで、それが家のなかに置かれている。家の上には暮方の空が展がっている。そして、それはすべて確なことだが、確なことほど朧気でならない。

熱が出て私は寝かされていた。何処かでしーん、しーんと不思議な音が続いた。眼を閉じていると、見たこともない老人が現れて来て、何か難しいことを云って私を責め出した。泣こうと思うのに声は出ない。はっと思うと、私と同じような子供が、実に沢山の子供達が左右から走って来ては衝突して倒れる。倒れても倒れても後から子供達は現れて来る。一頻り合戦が続いた後、一匹の馬が飛び出して来た。見れば皮を剝がれた馬で、真赤な肉をピリピリさせている。

ふと気が着くと、私はまだ死んではいなかった。母の手が私の額をじっと抑えていた。私は何だか嬉しくなって、つるりと笑った。

ひとりで私は畳の上を這い廻っていた。そこに転がっているのは犬の玩具だが、私はもう珍しくはなかった。しかし、ふと犬の耳を引張ってみると、それは簡単に捩げそうになった。私は夢中になった。と、その時私を後から誰かが軽く抱き上げたので、犬の耳を持った儘、私は高く挙げられた。相手は巧みに私を抱きかえて、何か云った。見知らぬ女に抱かれたのだと気が着いても、私は別にむつがらなかった。女は私に頬をすり寄せた。それから私を畳へ下した。もう私は犬の耳へ気を奪られなかった。その女が家にいる間、その女を私は不思議に感じた。私は作り変えられるのだろうか。

或朝、家の外を楽隊が通った。単純な、浮立つばかりのメロディが私を誘惑した。楽隊は皆を引連れて、山を越え、谷を越え、海を渡って、何処までも、何時までも続いて行くのだから、君にも従いて来給えと云う風だった。遠ざかって行く楽隊を見送って、私は耳の底にふわふわと動くものを感じた。もしやもう一度、楽隊は帰って来はすまいかと、毎日毎日私は待った。

夏の日のちぎれ雲

まっ青な空に浮ぶ一片の白い雲がキラキラと雪のように光っている、山の頂である。向うには竹藪があって、晴嵐がまき起っている。そこに金髪の女がガーターを留めようとして脚をかがめながら笑っている。イメージと実景がごっちゃになって、生活感情がもっと旅を欲している。青年は九州の奥へ来て、ライン河が見たいなと呟く。

人の気もない石で囲まれた浴槽へ彼が入ると、女の裸体が一つあった。それは大理石のようで、静かに溢れる青い湯に浸されたままであった。静かな真昼の光線がなみなみと降り注ぐ。にわかに、女の裸体は生きていて、そっと身動きした。

自転車で乗合わせた少女が鼻血を出していて、揺れるたびに啜り込む。その血が花瓣のように想えて、何時までも彼の頭にこびりつく。――昨日、宿の前の海で溺死人があった、さっき自動車は小犬を轢き殺した。何か囁いた。その瞬間、彼も大変な表情をした。これもまた忘れものには違いなかった。しかし忘れものと、妊娠と、一体何の関係があるのか、と彼はぼんやり憤《いきどお》りに満ちていた。

夕凪

老婆は台所の隅の火鉢に依掛って肉を焼いた。彼女の額も首も汗に滲み、まるで自分が焼かれているような気がした。四つになる児が火のついたように傍で泣いた。口を四角に開けて、両手で足をさすりながら「駅に行こう、駅につれて行け。」と強請《せが》んだ。

台所の高窓には午後五時の青空と白熱の光を放つ松の樹があった。その松では油蝉が啼いた。肉はじりじりと金網の上で微かな音を立てた。胃から血を吐いて三日苦しんで死んだ、彼女の夫の記憶が、あの時の物凄い光景が、今も視凝めている箸のさきの、灰の上に灰のように静かに蹲《うずくま》っている。彼女は火鉢の火気のなかに身を委ねて、今うとうとと仮睡みかけた。

突然、何かただならぬ物音が彼女の意識を甦らせた。と、今迄泣いていた子供も一寸泣き歇《や》んだ様子であった。一瞬、鋭い、奇異なものの気配《けはい》が、空気に漲《みなぎ》って裂けた。彼女がぼんやり怪しんでいるところへ、表からどやどやと子供達が馳せつけて来た。

「大変だ、火薬庫が爆発した。」

「ほら、あそこに煙が立つ。」

子供達は晴やかに喚き立てる。老婆は箸を執って、燃えている方の肉を裏返した。

秋旻《しゅうびん》

一人の少年は硫酸を飲んで、袴を穿いて山に行き松に縊《くび》ったが、人に発見されて、病院で悶死した。一人の少年は友達と夜行列車に乗っていて、「この辺は単線か、複線か。」と尋ねていたが、一寸の隙にブリッジから飛込んで昏倒し、その上を別の列車が轢《ひ》いて行った。もう一人の少年は、「今夜は見ものだよ。」と謎のようなことを云っていたが、その夜彼の部屋の窓には何時までも煌々と燈が点いていて、翌朝ガスでやられていた。——次々に奇怪な死に方が彼等の周囲に起ったので、次第に凄惨な気分が彼等を圧しかけた。

三人は巫山戯《ふざけ》ながら的《あて》のない散歩を続けていたが、とうとう道に迷って何処へ出るのやら見当がつかなくなった。すると何時の間にか空の半分が妙に明るく、半分が暗澹とした、秋の不思議な光線の配合があった。さむざむと霧《きら》うアスファルトのむこうに、明るい賑やかな一角がぽつんと盛り上っていて、ともかく、そこには憩える場所がありそうだった。

顔の椿事

お仙の夫は今朝、橋から墜ちて溺れたが、救助されたのが早かったのでまだ助かりそうだった。手当は姑や隣りの人にまかせて置いて、お仙は町まで医者を迎えに走った。医者は後から直ぐ来ると云うので、お仙はまた呼吸を切らせて山路を走った。すると家の近くの淫祠まで来たところで、隣りの主人とばったり出逢った。お仙は顔色を変えて唖者になった。隣りの主人はこれも二三秒唇を慄わせたまま、ものが云えない。が、やがて彼は頓狂な声でこう叫んだ。

「死んだ、死んだ。」

お仙の顔は暫く硬直したままであったが、ピクリと頬の一角が崩れると、婀娜《あだ》っぽい微笑に変った。それからお仙はともかく隣りの主人と一緒に家へ急いだ。

家へ戻ると、お仙は直ぐに夫の顔を覗き込んだ。お仙の夫は蒲団に寝かされたまま、頭が低く枕に沈んでいるので、何か怒っているような表情であった。その顔を見ていると、お仙はふと夫が生きて来そうな気がした。と、その時、お仙の夫は急に「うう……」と声を放って眼をひらいた。

「あなたや、あなたや……」とお仙は大声で泣き喚いた。

虹

二晩ぐらい睡れないことがあると、昼はもとより睡れなかった。彼の頭はうつつを吸いすぎて疲れ、神経はペンさきのように尖った。明るい光線の降り注ぐ窓辺のデスクで、彼はペンを走らせた。念想と云う奴は縦横に跳梁して彼を焼こうとする。響のいい言葉や、微妙な陰翳や、わけてもすべてのものの上に羽撃《はばた》く生命への不思議な憧れや……

へとへとに疲れてベットに横わると、更に今度は新しい念想がきれぎれに飛ぶ。何だかその状態が彼にはまた一つの未完成な作品のように想われ出した。高い山に囲まれた盆地の景色が偶然浮ぶ。そこには一すじの川が銀線を走らせている。熟《みの》った葡萄畑の彼方に白い壁の家が一つ……そこは彼の生れた家なのだ。酒のように醗酵した空気や、色彩や、人情が溶けて流れる。だが、そのうちに睡眠が彼を揺籃へ連れて行く。彼は幼児に帰って揺籃に睡りかける……娯《たの》しい無意識の世界へ少しづつ揺れる籃。ふと、気がつくとまだ睡ってはいないのだった。

彼は一人印刷屋に残って、少年工に目次を組ませていた。停電で蠟燭を点すと、二人の影が活字棚に大きく映って揺れた。夜更けの秋雨がぽとぽとと工場のトタンの庇を打つ。真夜なかに二人してこうしているのが、怕《こわ》いような気がした。何処からともなしに鬼気が漾《ただよ》っていた。

雑誌が出来上って、彼は骨休めにレビューを見物した。すると舞台では半裸体の少女が寒そうに戦きながら踊っているのに気づいて、彼の膚には粟が生じ、背筋を泣きたいような衝動が走った。

Ｄ・Ｈ・ロオレンスの激しい精神が彼と触れた。

不図した風邪がもとで彼は寝ついた。絶対安静の幾ケ月かが過ぎた。熱のなかに視る花瓶の花があった。もみあげは長く伸びて黒かった。春が来て病態は良かった。健康になって今度筆を執ったら、どんな作品が出来るか、彼はそればかりが娯しみだった。字も言葉も大分忘れ、頭も tabula rasa の状態にまで行って来たようだった。少しづつ足が立った。ふらふらしたが歩け出した。ゆたかな制作慾が既にうずうずしたが、もう暫くの我慢だと思って、彼は東京を離れ、故里の方へ帰った。

しかし秋になると、彼の病気はまた逆転した。葡萄が収穫され、大気が澄みかえる季節だが、彼は節季のにぎわいにも触れず臥したままであった。何処かで響のいい鐘が鳴る。それは野良で働くものを昼餉に招く合図だった。彼は耳を澄まして毎日聴く……。毎日、ああ、生きていることはどんなに愉しく、美しいことか、彼には解るのだった、――鳥や、花や、男や、女や、それらが無数にキラキラ輝いて作る真昼の模様が……。

その日、本州を襲った颱風は彼の病室の屋根の上を叫んで通った。ひどい熱のため彼の病室は茫と蒸れていた。何時の間にか彼は高く高く吹き揚げられて行くのだった。彼は珍しい小型の飛行機を操縦していた。雨雲が翼を濡らし、眼鏡も霧で曇った。しかし飛行機は雲の上に浮き颺《あが》った。すると、下はまっ白な雲で、上は青空だ。そして悠々たる雲の敷ものの上に、あざやかに映る虹があった。虹の大輪はゆるやかに廻った。彼は微笑した。そして睡くなった。

焔

雪が溶けて、しぶきが虹になった。麦畑の麦が舌を出した。泥濘にぺちゃぺちゃ靴が鳴る。おかしい。また春がやって来る。一年目だ。今度こそしくじったら台なしだ。だけど三百六十五日て、やっぱし、ぐるりと廻るのだな。イエス・クリストよ。ヨルダンの河てどんな河なのかしら。

たった二三時間、二三枚の紙に書いた、書き方が下手くそだったので、一年間遅れるんだよ、僕は。それが負け惜しみと云うものだ、と矢口が云う。矢口はもうすぐ中学へ通うのだから僕より偉《えら》がるのだ。話を変えなきゃいかん。君の今度はいった中学のポプラは素敵だね、大きいね。いいや、一寸も大きかないさ。もっと大きいのが何処にだってあるさ。ちょ、楯突いて来るのだな、僕が落こちたから、馬鹿にされるのだな。仕方がない、もうすぐお別れなのに、名残惜しがらないのだな。オヤ、あんなところに目高がいるよ、君。

やい、やい、試験に落ちた大目球、一年下の三浦が皆の前で冷やかした。三浦の柔かそうな頬ぺたを視つめながら、康雄はポケットのなかの拳固《げんこつ》を握りしめた。しかし、ぶっ放さなかった。

外でも家でも康雄は面白くなかった。家では母に癇癪玉ぶっ放した。切出小刀を掴んで切腹しかけると、母が火のように怒って飛びかかる。小刀が落ちて炬燵の角で頤《あご》を打った。それが痛さに康雄は泣く。

死んだらもっと痛いのかなと思いながら、炬燵で足を温める。すると何故さっき自棄起したのか、忘れてしまう。中学が一年遅れたこと位どうだっていいじゃないか、趾の裏が今温い方が気持がいい。

康ちゃんのいけないのは何だと思う。さあ、沢山あると思う。そのうちでもよ。さあ。忍耐強くないことよ。そう云って姉は大切なことを説き出した。それが何時の間にか、アダムとイブの伝説に移り、クリストの話になっていた。汝の敵を愛せよとクリストは仰《おっしゃ》ったのです。大きな愛の心でこの世を愛すると、何も彼も変って来ますよ。

その話を聴き終ってから康雄の頭は急にすっきりした。姉の病室を出て、病院の庭を散歩してみたら、中央の池のなかの芝生の島に、女の児がハンケチを持って、風にゆらぐハンケチに犬が戯れていた。絵のようだ。なるほどこいつは世の中がさっきとは変った。再び姉の病室へ戻ると、ベットに横になった姉は大きな眼で康雄を視つめた。姉は青空のように澄んだ眼をした。そうだ、これからは何でも怺《こら》えて、姉さんの云う通りになろう、と決心すると康雄は胸が小躍りして来た。

その夕方家へ帰る途中も、胸の鼓動は病院からひきつづいていた。細く遠くまで続いた街の果てに、春の夕方の雲が紅く染まっていた。その筒のような街を急いでそわそわと康雄は歩いた。神様てものはあったのだ。長い間の疑問が解けて来た。康雄はそわそわする空気のなかで、始めて密かに祈った。と、小路から三浦が追駈けて来て康雄に声を掛けた。三浦はニコニコ懐かしげに彼を見た。たったこの間撲ろうかと思った奴だが、康雄も笑顔になった。

台所で康雄は妹にだけ打明けた。僕はこれから優しくなるよ、誰とも喧嘩しないし、君だっていじめない。小さな妹は不審そうに黙って彼を眺めていた。が、二三日して妹はふと云った。ほんとね、兄さんは大分変った。そう云われると康雄は急に偉くなったように嬉しかった。家の手伝いでも、掃除でも素直にした。三度の食事の前に祈り、朝夕も祈った。

春休みが過ぎて学校が始まった。高等一年の組は二階だ。新しく編入された康雄は識った顔が少ない。高が康雄の顔見て肯いた。君もいたのか、二人は運動場の隅っこで話合った。芭蕉が芽を出していた。君、聖書ってもの知ってるかい。知ってるとも、聖書なら僕のうちにあるんだよ。ほんとかい。ほんとだとも、何なら明日君に持って来てあげるよ。呉れるのだね。うん。高は孤児《みなしご》だと云う噂だが、聖書持ってるとは思えなかった。それで君は信者かい。ううん、ちがうよ。高は青白い顔にぼんやり淋しそうな笑みを浮べた。

翌日高はほんとに聖書を持って来た。クロース張りの、小型の、赤縁《ふち》のバイブルは康雄のポケットに納められ、表紙を爪で小擦《こす》ると、ビュー・ビューと唸った。

昼飯の時間に級長が授業料を集めて廻った。次の時間の始めにそれを舟木先生に渡そうとすると、さあ五拾銭足りない。集めた時には勘定が合ってたのに、休みの時間に足りなくなったのだ。四十人の机の隅から教壇の端まで探して、今度は身体検査だ。皆が廊下に一列に並んで、先生がポケットを裏返しにする。康雄のポケットからはバイブルが出て来た。先生は表紙をぽんと指で弾いて、君これ読むのかいと訊ねた。ベルが鳴った。次の時間は体操だ。皆運動場へ立たされた。またベルが鳴った。先生は怒っていた。出て来るまでは皆帰さないぞ、たった一人いけない奴がいるのだ、誰だかそいつはわかってる筈だ。しかし誰も返事しない。皆済まなそうな顔だ。舟木先生の後にはアカシアの樹があり、その梢に白いちぎれ雲がある。神様！　と、じりじりし出して康雄も祈る。僕が皆の犠牲《みがわり》になろうかしら、でも盗んでいないのに盗んだとも云えないし、ええ、一《いっ》そのこと僕が盗んでやればよかった。

今、君とこの前でこの拾銭拾ったよ。日曜日に高が康雄の家を訪ねて来た。警察へ持って行こうか。めんどくさいから菓子買って食おうよ。二人はぶらぶら盛り場の方へ歩いて行った。博覧会で人出が多い。バナナ・キャラメルを買って分けた。頬をもごもごさせながら矢口の家へ行って物干棚に登った。隣りの活動小屋からチャンバラの囃子が聞えた。矢口は英語のリーダーを出して二人に見せた。つるつる白い紙に真赤な苺の絵があざやかだ、その端にべったりインクの指紋がついている。物干棚の上を大きな鳥が飛んだので影が本に映った。と、紋白蝶がヒラヒラ飛んで来た。

君はこの虫眼鏡知らないか。知りません。理科教室に一人で勝手に入ったことはなかったか。ありません。山野と今日昼休みに遊んでたのだろう。そうです。康雄は不思議そうにその虫眼鏡を見た。あれで習字の字が焼けるのだがなあ、しかし如何した間違いだろう。よろしい、山野はこれが君のポケットから落ちたと云うのだがね、よろしい、君は帰ってよろしい。舟木先生に許されると、康雄はどうして一人残されたのかまだ不審だった。山野と今日廊下で縺れ合って巫山戯《ふざけ》たのはほんとだが、すると虫眼鏡が落ちたのかしら。すると僕は賊なのかしら。すると僕は知らぬ間に賊になったのかしら。いや、うかうかするとなるかも知れぬ。もし来年の入学試験に失敗したら、それこそ駄目になるぞ。しかしほんとに勉強しさえすれば中学へ入れるのかしら、それはほんとかしら……。康雄が考えつめながら帰っているとと橋の袂で女学生と出逢った。もと同級だった女の子が急に大人びて、風呂敷包みなんか抱えてるではないか。女の子は胸をまっ直ぐにして歩いて来て彼を見ても素知らぬ顔だ。康雄は尻にブランブランするカバンを情なく思いながら、橋の欄干をトントンと掌で叩いて、河のまん中に唾吐《つば》いた。もう何度この橋渡らなきゃならぬか、渡る度に思うことを思った。

然れど我なんじらに告げん、婦女を見て色情を起すは心すでに姦淫したる也。姦淫てどう云うことなのか、康雄は変な気がした。

母が姉の病院へつききりで昨日から帰って来なかった。その夜も帰って来ない。夜更けて康雄は睡れなかった。トントンと表の戸を叩く音がする。女中が出て行った。なくなられました、と云う声がする。康雄は急に蒲団のなかに頭を潜らせた。女中が彼を揺ると、彼はううんと態《わざ》と呆《とぼ》けた返事をした。

姉は骨になって桐の小箱に収められた。骨のなかに混っている金歯を掌にすると、義兄はほろりと涙を零《こぼ》した。葬式にまっ白な百合の花環に黒いリボンが結ばれていた。白い花瓣は五月雨に濡れた。雨に煙る銀杏樹や、寺の大きな甍を仰ぎながら、康雄は姉が天国へ行くのを懐った。しかしそこは真宗の寺だった。

蓮華町の角からこの間の晩人魂がふわりふわり出てね、と教室で誰かが喋っていた。雨の休み時間で皆は教室にいた。蓮華町には姉の墓がある。康雄は姉がその人魂ではないのかしらと思った。姉は西洋の小さな風景画を持っていたが、青い夜空に茫とした白い塊りが浮いている、それを姉は幽霊だと云って恐がっていた。夏の夜など康雄に怖しい話を語って聞かせながら、ふと月の光が籐椅子の縞を彼女の白い肘に染めているのに気づくと、蛇ではないかとほんとに怖れるのだった。腹に水の貯る病気で死んだ姉、よくものを怖れた姉、まさかその姉が幽霊になりはすまいが、康雄は不思議な気がした。彼の父は姉より二年前に死んでいた。つぎつぎに死ぬる、死んでどうなるのか。天国を信じようとしても、もう以前のように気持がすっきりしなかった。

夏が来て、東京から兄と嫂が帰って来ると、妹と母と五人で遠くの温泉へ行った。濃い色の海がすぐ宿屋の二階の縁側から斜に見えた。正面には山が見え、一きは恰好のいい山が一つ、その青い肌には靄が何時も動いていた。下の通りを瞰下すと、店頭の九官鳥を人が立留っては興がっていた。絶えず人が通った。ある夕方皆がおばしまに凭れて下を眺めていると、めかした小肥りの女が女の児に風船玉を持たせて通った。淫売だよ、と兄が嫂に呟いた。淫売、その言葉の響が康雄には変に思えた。

夜の海岸は艶歌師や香具師で賑やかだ。康雄の妹ぐらいの幼い女の児が、三味線に合わせて、身をくねらせて踊る。その顔が白粉でまっ白だ。意味は康雄にははっきりしないが、何だか恥しそうなことを、この娘は平気で踊るので、それが厭らしいようにも、可哀想にもなる。大人達は平気で相好を崩す。時には彼も大人の真似をしてニヤニヤ心で笑ってみたりするのだ。

まだその温泉に浸っているような気がした。と、夏の日の出来事が急行列車のように康雄の頭を通過した。ピイと汽笛が鳴る。これはほんとに汽車かな、と思いながらしばらく頭が茫とする。今度は三味線がぽつんぽつん鳴って、女達が奇てれつな踊りをする。小娘の癖におっぱいがぶらぶらしている。乳豆から矢鱈に数字が飛出して、その数字の加算は暗算では出来ない。バカ、バカ、バカ、と外を裸馬が走る音が、バカと罵る。

しばらくすると康雄の熱は下った。すると今度は寝ている枕頭の夕ぐれの襖が眼に侘しい。彼は母を呼んで電燈を点けてもらう。耳が冴えて小さな物音が一つ一つはっきり聴取れる。たった今風邪薬をもらいに出掛けて行った女中の下駄の歯が敷石に触れてくくと云っている。外は寒いのに出掛けるのはつらいだろう。ねえやんも寒いのに外にお使いに出るのは退儀じゃないかしら、と康雄は大きな眼で母を視つめる。それは退儀でもそうしなきゃ仕方がないもの……と母が答える。

つまり世の中は金だよ、金さ、金さ、何も彼も金さ、と吉田が云う。金と女さ、と山野が云う。康雄は解ったように笑う。高も笑う。日あたりのいい、風のあたらない校舎の隅で四人が議論しているうちに、山野はボタンを一つ捩ぎ除った。あは、うまくとれちゃった、裁縫室へ持って行って女の児につけてもらおう。山野がおどけた顔で走って行く。吉田もついて行く。しかしクリストはあんなこと云わなかったよ、と康雄が高に囁く。高は曖昧に笑う。孤児の高はひよわい身体しているし、時々どこか皆と異った不思議な表情をするのだった。

正月が過ぎて齢が一つ増えると、もううかうか出来なかった。しかし試験にはどうせ六年生に出来る問題が出る筈だから、それが甘げったらしい。甘げったらしいのに失敗ったら猶更、阿呆だ。しかし、イエス・クリストよ、何故中学校なんかあるのかしら、天国にもやはり学校なんかあるのかしら。康雄は高が少し羨ましい。高は中学へ行かないですぐ世間で働くそうだ。その方が気楽かも知れないが、何だか怖いような気もする。豆を齧りながら新聞を読んでいると、強姦て活字がある。よくは解らないが、世の中は罪悪だらけらしい。

吉田が芸者にやるのだと云って、変なことを紙に書いている。皆がそのまわりを取巻いてワイワイ笑う。吉田はいよいよ図に乗って鉛筆を舐める。そこへ舟木先生が音もなくやって来た。その手紙を捩ぎ取ると、先生は教壇へ上った。先生の顔がさっと変った。さあ説教だ、と皆は待ち構えて席につく。しかし先生は暫く口をきかないで一同を睥《にら》んでいる。大変な剣幕の上に、大変なことを云おうとするらしい。

変だ、変だと思ってたら、矢張り大変なことだった。皆この頃はどうかしてるのだな。実に恐しいことだ。何故君達は小学生の癖に女なんてことを考えるのだ。ええ、君達はまだ面白半分に誰か馬鹿野郎の真似してるのだろうが、これだけはよく知って置き給え。君達も近いうちに世の中へ出るのだから、よくよく憶えて置き給え。凡そ世の中から落伍したり失敗したりする人間は、すべてみんな女が原因《もと》なのだ。人間が腐敗したり、堕落する第一歩はみんな、みんな女からなのだ。とにかく女は敵と思っていれば間違いはない。実際恐しいことだ。君達の年頃でもう女の何のって以ての外だ。それから吉田、君は今日残ってい給え。

康雄は四畳半の勉強部屋に坐っていた。生暖かい雨がぽたぽたと軒を打つ夜だ。風が吹くと雨の音がさあっと乱れる。その風も暖かい。湯上りの所為ばかりではなく、二月と云うのにまるで春のような、雨の音を聞いていると何だか恍惚《うっとり》とする。庭の草もこれで芽を出すのだろう。雨がぺちゃぺちゃ枯木を舐めている。いや雨はべちゃくちゃ喋っているのだ。そのお喋りを聴いていると、試験準備のことを忘れる。眼の前の青い壁は電燈の明りで雲母の破片がキラキラ光って、まるで大空の星のようだ。神様、僕に贔屓《ひいき》して試験を合格させ給え。ええ、くそ、ふんわり、ふんわり歌でも唱いたくなる。この間街角で犬が交尾していた。犬は鼻を笛のように鳴らしてた。しかし僕は羽根が生えてふんわりふんわり飛んで行きそうだ。羽根が生えたら天使じゃないか。天使の顔はみんな女で、眼なんかまるで夢のようだ。雨の音がひどくなった。縋っている机が何だか船のように想える。船は温泉場を後に夜の海を進んだ。まっ黒な波が舷に噛みついて、その船が揺れた。大きな波と波の谷間に人魂が出た。その青い光が姉の顔になった。姉さん、御免よ、——しかし何を詫びてるのかはっきりしない。アーオ、アーオ、おや、この雨に猫が屋根で啼いてらあ。

吉田が真先に走って山野と康雄と高が続いた。早く行かないと燃えるところが見えないてので、皆一生懸命だ。火事場の縄張りのところへ来ると、康雄はハアハアと呼吸をきらせた。呼吸がきれて咽喉がヒリヒリした。しかし火事はまだ終っていなかった。柱がみんな黒焦げになって、壁が落ちて向うが透いて見えた。焔がめらめらとあちこちから舌を出す。昼の火事で陽炎が出来、空が不思議に美しく見える。四人とも感心して声を放たぬ。やがて焔が全部消え、消防が去ると、四人は始めて帰ろうと気づいた。夜の方が奇麗だね、と高が云うと、××××××××、と吉田が云った。火事場の陽炎がまだちらちら眼の前にあるような気持で、康雄は何も云わなかった。

死と夢（抄）

幻燈

堤の埃っぽい路を川に沿って昂は遡っていた。月の光が彼の行手を白く浮上らせていたが、ざわざわと揺れる藪や、思いがけない処にある家屋の灯が昂のおぼつかない気持を通過した。時々足に纏わる、相撲草や、飛立つ昆虫などもあったが、それらは昼間の熱気をまだ少し貯えていた。粘土質の柔かい埃には埃の匂いがあって、それが彼に遠い日の記憶を甦らせた。昂は七つ八つの頃、夏の夕方露次《ろじ》に立って好きな女の子のことを躊躇《ためら》いがちに懐った。その女の眼が神秘な湖水であった。しかし、今彼は二日ばかり前にみた夢のことが不意と気掛になった。それは何処か大きな河を渡って行くと、橋の袂に料理屋があったのだが、そこに料理屋があったことが夢のなかで非常に詠嘆的に感じられたのだった。で、後になって考え出すと。彼は一度でもいいから、あけみをそうした場所へ連れて行き度いのだった。夢のなかで嘆じたのもたしか、あけみを連れて料理屋なんかへ行けたためなのだが、しかし、今も何処かそんな願望の世界へむかって彷徨《さまよ》っていた。では、一体何処にあの料理屋があるのだろう、――あけみは今も狭い家で睡っていて、台所では彼の母がごくごくと音をたてて食器を洗っているに違いないのだが、昂は遙かに遠方を眺めて歩いた。そこには月光で暈された繁みが水に映っていた。あのあたりまで行くと、更に眺めが展けて来る筈なのだが、昂はどこまで今遡って行くのか見当がつかなかった。夢のなかの料理屋、――あれは確か一ケ月位前誰かから聞かされた話のような気もする。そして、その話とあの夢と何の連絡もないのにまだ気にかかっていた。昂は自分のその何時もの癖を強いて押除けようとはしなかった。言葉も動作も思考までが吃るのだが、それに腹を立てればきりがなかった。

すぐ近くに淵があるらしく、ひたひたと川波の音が聴えて来た。子供の頃、彼は一日うっとりとして、ここの川を遡ったことがあった。彼を連れて歩いた男の記憶はもうはっきりしなかったが、牛が鳴いていて、蓮華草の花が咲いていたから、季節は四月らしかった。おかしいことに昂はその大人が何かの秘密のために彼を連れて歩くように妄想した。赤ん坊のお前は川から流れて来たのだよ、と昂の父はよく笑いながら云った。もしそれがほんとなら、彼の生れた家は川上にあるらしかった。そうした心配と多少の夢につつまれていた過去が、今もそのあたりの叢に揺曳していた。昂はひたひたと呟く水の音で、月の光がゆらゆらと映っている姿を思いつめていると、稍微かな眠気を誘うのであった。実際、空に懸っている月ははっきりしない感銘であった。月光のためにすべてのものが吐息をついていた。そして昂が視凝めて歩いている世界は、もう今日の昼間の続きではなく、もっと安らかなものになり変ってゆくように想えた。恰度その時、四五間さきの傍の藪から何か黒い塊が現れた。昂は藻抜けの殻になったような足どりで進んで行くと、その黒い塊は彼を目掛けて突進して来たが、彼の足もとまで来ると、きりりと一回転しておきながら、不意と緩やかに伸び上って、彼の左手に突当った。瞬間、どきりとしたが、既にそれは小犬であることがわかり、遠方へよろよろと走り去ってゆくのを見送ると、昂は再び何事もなかったように静かな散歩をつづけた。ひやりとした犬の触感は消え、掌の咬傷は浅く痛みも微かであったので、昂にはたった今眼の前に生じた事件もすぐにも光に暈されて遠ざかって行くのであった。そうした、ぼんやりした気分ではあっても、絶えず昂に附纏うのは、あけみのことであった。ねむれ、ねむれ、ねむれと昂は胸のうちで呟いた。そうすると、微かな睡気が、歩いている彼の顔にも、月の光と一緒に降りそそいで来るのであった。あけみは今も家で睡っているに相違なかった。もっと遙かなあけみが別の世界にいて、その透明な玻璃窓に射し入る月の光を頬に浴びながら睡っている有様が昂には描かれた。その別の世界にいるあけみなら、何時までも妨げられることがなく睡れるだろうが、昂の妻は時々目を醒すのであった。しかもこの頃では二時間と続けて意識が保てず、箸を持った儘、或は箒を持ったまま、睡魔に襲われては、うとうととするのだった。

あけみの不思議な病気の傍で昂はもう一年あまり暮して来たが、あけみは何時覚めるとも知れない無限の睡りのなかを漾《ただよ》ってゆくようなものだった。それでも結婚の頃には余程の努力が払われていたのだろう、あけみは普通の健康らしかった。それが日とともにまた娘時代の状態に逆戻りして、そして睡眠を催す度が却って頻繁になった。それと同じように昂は暫くの間殆ど全治していた、吃音の癖がこの頃ではまた烈しくなって来た。生活の労苦や、昂の過去に受けた沢山の屈辱の記憶などが、頻りと彼の神経を掻立て、さんざんに彼を愚弄した。しかし、昂にとっては、あけみは重荷ではあっても、どうかすると彼の方からそれに縋ろうとするのであった。あけみの体温を傍にして、寝呼吸に聴入っていれば、何時の間にか昂の心も純白となり、焦燥の心も静められ、やがてうとうとした仮睡のなかにぼんやりと巨母の姿が微光を放つ。今もその微光は昂の頭上に降り注いだ。昂は何時の間にか大分上流まで来ていた。河原の白砂の上にも月の光が煙っていた。夏の終りの月は何か苦悩をそそるように空に懸っていた。昂はようやく立留って、熊笹の脇の空地にしゃがんだ。ここから家まで引返すのは大変であった。何のためにぼんやりと散歩をつづけていたのか、昂自身にもはっきりしなかった。何かを求めて彷徨って行ったようでもあるし、何かに追駆けられて逃げて来たようでもあったのだ。しかし、昂は眼をあげて、そこの河原の中央に細く流れてゆく水を視ると、ふと、病的な気分に襲われた。今、自分の生涯がここでぱったりと行塞がって、もう前へも後へも引返されないようなもどかしさが、それを、もどかしさと感じささない静的なものとなって蹲《うずくま》っていた。大体、この頃昂は悲嘆に似た気持で、己の過去を遡ってゆく癖が出来ていたが、それにしても今夜ほど憮然とした姿で散歩したのは稀であった。急に昂は立上って家へ引返そうと思った、すると、一瞬身体全体がめりめりと音をたてて陶器のように砕ける幻想が泛《うか》んだ。

そして、昂はその夜家へ引返し、それから何日かは普通の状態で暮したのであった、あの月夜のふらふらした気分とは似ず、昂は昼間の業務に追われながら、あけみと母と暮した。ある夕方、ふと悪寒がするので昂は畳に伏して、天井板を眺めた。すると、天井板の節穴がふと眼についたはずみに、それが忽ち絶体絶命の兇兆かのように彼の視線に対《むか》って弾丸の如く飛びかかって来た。昂は眼を閉じて、襲い掛って来る悪寒を払おうとした。その時、精神も肉体もぐったりと異様な疲労を呈して、沼の底にでも引込まれて行くように滅入るものがあった。きんきんと金属製の音響が耳許で生じ、その一振動毎に彼の毛穴に戦慄が点火されて行った。暫くすると昂の寝ている畳はぐるぐると急速に廻転し始めた。それから終には高く低く波を打って来て、昂の肉体は何かの魔力によって絞り上げられた。昂は肩を縮めて、のた打ち廻った。そのうちに苦悩が少し緩められて来た。濁った壁のようなものが墜落すると、彼の前にはぼんやりした景色が現れた。月の夜の川岸を昂は歩いていた。月光は埃のように彼の前に煙っていて、竹藪がざわざわと揺れた。竹藪の上の方の空に鍵に似た黒い影が浮んでいたが、昂はそれを訝る気持で、なるべく視まいと努めて、地面を視て歩いた。ところがふと、何気なしに眼をその黒い点にやると、今迄動かなかった黒い影は遽《にわ》かに地面へ対って滑り落ちて来た。それから非常に緩い速力で、しかし確実に昂に対って近寄って来るのだった。昂の足もとに来た時、それは犬であった。が、昂の周囲を一回転するのが何分間もかかった。昂はやがてその犬に腰の骨を噛みつかれるのを感じて、悶えながら立留っていた。犬は昂の肩に前足を掛けると、その重みが昂には頭の芯まで伝わって行った。昂の背後にいる犬はこの時もう牛位の大きさになっていた。そして犬は更に河馬ぐらいの大きさに変って行った。やがて、ぱくりと口を開くと、昂の身体は大きな歯の間に嚙締められた。痛みは鈍く、鋭く昂の全身に伝わって行く。昂の神経は熱湯を注がれたようにちりちりとした。そのなかを更に針のように光るものが暴れ狂って走った。それだのに全身はもう犬の歯にしっかりと締めつけられていて、抜け出すことが出来ない。時々痙攣が生じて、無力な逃走を試みる。昂は犬の歯の間から逆しまに頭を垂れて、ふと外界を眺めた。真白な河原の砂に月の光が幽霊のように燃えている。と、その砂のなかを犬の眼に似た水が音もなく流れていた。水がぽうっと、一ケ処燐光を放った。次いであっちからも、こっちからも焰が生じて、もう川は真赤な火の流れであった。それがずんずん昂を目がけて流れて来る。

やがてこの真赤に煮え滾《たぎ》るところの液体が昂を襲った。彼の鼻腔や耳にまで熱気は侵入し、煙が全身から立昇った。今焰の洪水のために、昂はもう犬の歯から押流されていた。轟々と唸る火の渦に巻込まれながら、猶おさまざまの火の姿が昂に戯れて来た。硫黄や砒素などの恨しそうな火の玉が来ると、昂の内臓は破壊に脅え、顔は断末魔の形相を湛えるのであった。すると、猶おちょん切られてピリピリ動く蜥蜴の尾のように、昂の頭に纔《わず》かに残されている知覚に、自分の断末魔の物凄い姿が映って、その恨しそうな顔に怖れて昂は叫ぶ。叫んだ筈なのが四つん這いになって吠えているのだ。吠えて吠えて昂の咽喉は一本の細い針金のようになってしまうと、既に身体中の水分が蒸発してしまう。この時、昂のぎょろんとした虚空の眼球にコップの水が映った。誰の掌によって支えられているのか、その透明なコップのむこうには白い水仙の花に似た塊があった。昂はすさまじい勢いでコップに這い寄って、唇もて、その懐かしい水に触れようとした。けれども、次の瞬間には昂の咽喉仏は痙攣を始め、水であったコップからは煙が立ち昇るのだった。痙攣は嘗ての日、彼の発音器官を無惨に辱かしめたように、今も彼の意志を逆に捩じ伏せてしまった。昂の苦悩はここで一つの絶頂に達したが、やがて、なにものかが拳を挙げて昂を乱打すると、昂を組み伏せて、すっかり身悶え出来なくさせてしまった。そして暗闇がその上を通過した。暗闇は汽車のように昂の顔の上を走った。

走り去った汽車が物悲しいサイレンを残すと、次第にあたりは夜明けの微光が漾って来て、どうやら雨になるらしい気流が交わっていた。何時の間にか昂は暗い函のなかに小さく押込められていた。その函の上を荒縄で縛り、二人の男が棍棒で擔って行くのだった。今彼等は何を擔っているのか一向無頓着な様子で、怒った顔をして、黙々と歩いていた。硬い地面を踏んで行くものらしく、ゴトゴトと跫音がつづいた。函は揺れる度に軋り、それにつれて昂の骨はがくりがくりと外れそうになった。到頭雨になったらしく、雑草の葉が仄かに囁き出した。暫くすると、小川の近くに来たとみえて、水音が微かに聞えた。やがてその小川の橋を渡る時、前の方の男が川にむかって唾液を吐いた。余程彼等は不幸な人間らしく、頭に雨がかかると忽ち水蒸気となって昇った。遠くの小屋で火を焚くのが、ゆらゆらと夢心地に昂には感じられた。時たま、何かの鳥が高く上を飛んでいて、鋭く抉るような叫びを放った。何処までこの二人の男は昂を擔って行く気なのか、密閉された函の内部にいてはわからなかったが、彼等の歩行は何時まで経っても同じような調子だった。一寸も急ってはいないし、無理に遅らせてもいないし、それだけに重苦しく耐えきれないものがあった。不図、昂は耳許に年寄らしい男の、優しいだみ声が聞えて来た、それは何か悲痛を諦めてしまっている人間の温かい呟きで、昂には次第にもの恋しく感じられた。しかし、声はそれきり杜切れてしまって、後はまた二人の男の跫音ばかりであった。その跫音はまるで木のように硬い。大粒の涙が浮んで、昂の目の縁で崩れると、ぽとりと落ちた。そして今頃の外は朝である筈なのに、逆に夕暮が近づいて来る気配だった。昏々と雨が降り募り、路は何時まで行っても涯てしなく、景色も次第に疲れて無惨になってゆくらしい。昂の頭も惛々《こんこん》とした闇が立ち罩《こ》め、その底に金色のぼんやりした暈が一つ微かに浮んで来て、それが静かに彼をあやしているようだった。彼を運んでいた男達のゴトゴトという足音が何時の間にかしなくなった。そして昂を閉込めていた函ももう消えてなかった。気がつくと昂はある街角の路上に横わっていた。真昼の雨降りの路上には一つも人影がなかった。すぐ前の菓子屋の店頭はがらんとしていた。何処の店にも人はいないのだった。雨に清められた、路上の小石が美しく露出していた。軒毎に瓦斯《ガス》の門燈があったが、あれは夕暮脚榻《きゃたつ》をかかえた男の燕の如く現れて、一つづつ灯をさしてゆくのだ。何処かから馬車の喇叭が響いて来そうなのに、今はしーんとしている。

そこは二十年も以前の、ある街角に違いなかったが、別に昂は訝《いぶか》りもせず、目隠しをされた馬や、蹄の音や、先走りの男などが現れて来るのを待っていた。ふと彼の側に何処からか女中がやって来た。彼女は昂を認めると大変心配そうな顔をして、「まあそんなところに一人でいらしたのですか、さっきから随分探していました、さあ、おうちへ帰りましょう、お父さんがお待ちかねですよ」と云った。そして昂の手を引いて、ずんずん歩いて行ったが、昂はその女中の温かい掌にぶらさがって歩いた。やがて家に這入ると、薄暗くじめじめして其処は大きな洞穴のようだった。中央に机が置かれて、その上にランプがぼんやり点けられていた。女中は昂を机の脇まで連れて行くと、「只今戻りました」と挨拶した。すると、机には誰か淋しそうな影の薄い男が何か頻りに書きものをしていたが、ふいと顔をあげて、昂を睨んだ。「うまく釣られて来たな」とその男は破鐘のような大声で笑った。見るとその男はもうさっきの男ではなかった。おそろしく野蛮な骨相をした男で、顔中が威圧の筋肉で出来上っている癖に、何か愉快そうに、にやにや笑っていた。「己を憶えてるだろうな」とその男は昂を斜に視下しながら嘯《うそぶ》いた。昂は恐怖のあまり口がきけなく、ふと、さっきの女中の方に縋ろうとして振りかえると、女中の顔は口が耳まで裂けた怪物になっている。すると男は何か気に触ったらしく、忽ち机に一撃をあたえて怒鳴った。「逃げようってのか!」と男は眼を尖らして昂を射屈めた。机のランプがひっくりかやって燃え出すと、彼はそれを掌で摑んで床の上に投げつけた。その物音を聞きつけて、隣室から男が二人やって来た。彼等は拳で昂を脅しながら、机の男にむかって、慇懃に腰を屈めた。「この男を一つみてやってくれ給え」と机の男は何時の間にか穏やかな口調になっていた。二人の男はかしこまって、また腰を屈め、それから昂の方へ向直って、じろじろ眺めていたが、急に一人の男が気色ばんで昂の腕を摑むと「来い!」と云ってずんずん歩き出した。コンクリートの廊下のような道を、二人の男は昂を真中に挟んでずんずん進んだ。非常に歩調が急いでいて、そのまた反響がものものしかった。その時昂の腕を摑んでいない方の男が、昂の耳許にずっと顔を近寄らせて、「愉快だな」と親密そうな調子で話しかけた。昂が黙っていると、その男はまた「愉快だな」と云うので、昂もつい釣込まれて、「愉快だな」と云った。すると、その男は遽《にわか》に冷かな態度になって、「何? 何だと、何が貴様に愉快なのだ」と呶鳴り散らした。「でででも……」と昂は詫びようとしたが口が吃ってしまった。その男は昂の口許を忌々しげに眺めていたが、「だだだまれ！」と叫んだ。が、その男は吃って叫んだのを非常に残念そうにして、自分の方で黙ってしまった。昂は何だかそれが気の毒になって、相手の方を見ないで歩いた。

そのうちに吃った方の男は何時の間にか、ふっと消えてしまって、廊下のような道が尽きると稍々広い運動場に出ていた。昂の腕を握っていた男は不意とその手を離して、昂の後方に廻った。そして、びっくりするような大声で、「一、二、一、二」と号令を掛け出した。昂は一生懸命、歩調をとって歩き出したが、後から叱咤するように「左、右、左、右」と号令は掛けられた。歩調が間違っているのに気がついて、足踏みをするのだが、うまくゆかない。何度やっても歩調が乱れる。号令は昂をさんざ、まごつかせて置いて、後からどかんと呶鳴るつもりなのだろう、泰然として続けられる。気がつくと、昂を取囲んで中学時代の友達がにやにや見物していた。その見物のなかには女も二三人混っている。昂は両脇からたらたら冷汗をかきながら、奥歯を食い締って、目の前が茫と白む想いで、歩調をとった。すると、突然、「まわれ右前へ」という怒号が耳許でして、「おい！」と命令は下ったが、昂は足を踏み損って失敗った。再び、号令は「まわれ右前」と掛けられた。そして昂はまた失敗った。また、「まわれ右前」と号令が勇しく掛けられた。昂は今度もまた失敗するのを予想すると、もう足が慄えて思い通り動かなかった。彼が失敗る度に、見物の中学生達は面白そうに笑った。歯を剥出したり、舌を出したりして、皆は彼の失敗を応援した。なかにも一人の女は脇の女にむかって、さも昂を憐むような大袈裟な顔つきで何か囁いていた。昂は何が何だかもう号令が聞えなくなって、立留った。すると、今迄遠くから号令を掛けていた男がつかつかと昂の脇に近寄って来た。その男は何時の間にか教師の服装になっていたが、ポケットからメートル差《さし》を出すと、昂の前に屈んで、昂の膝の関節から踵までの長さを計り出した。見物人は珍しそうに、ずっと近寄って来た。教師の服装をした男は、何度も首を捻りながら、昂の左脚と右脚の寸法を計算してみたり、終には身長や胸囲まで計ってみるのであったが、どうも合点が行かないらしく、鉛筆でポンポンと手帳の表紙を叩いていたが、やがて手帳を開けて何か書き込んだ。恰度その時、白い上張を着て眼鏡を掛けた医者らしい男が側に近寄って来て、黙って手帳を覗き込んでいたが、何か教師にむかって合図をした。そこで二人の男は昂をその儘にして、少し離れた場所で、ひそひそ話を始めた。「どうもあの生徒は根性が捩れてるのですが」と教師の興奮した声や、「いや、なあに、私におまかせ下さい」と医者の宥めるらしい声が洩れた。

医者は昂の方に向直ると軽く手招いた。昂が躊躇しているのを見物人が後から小衝くので、到頭彼は医者の方へ歩き出す。すると医者は彼が従いて来るのを疑わないもののように、ずんずん先に立って歩き出した。昂は逃げ出したいのだが、逃げると後でどんな乱暴なことをされるかわからないので、厭々ながら引かれて行く。階段を昇り、廊下を廻ると、音楽室があって、小学校の女教師がオルガンを弾いていたが、窓の外を通る二人をけげんそうな顔で見送った。その音楽室の窓からは川が見え、鯉幟を立てた家も見えた。やがて医者はつきあたりの部屋に入ると、内から鍵を掛けて、大きな机の前の廻転椅子に腰を下した。その部屋は半分板の間になって、半分畳が敷いてあったが、秤や、小さな寝台や、抽匣の沢山ある戸棚などが並べてあった。隅の方に立てられている骸骨の標本が一つ、ガクガクと張子の虎のように首を揺らがしていた。壁には日本海海戦の油絵が懸けられていて、沈没しかかった軍艦が頻りに真黒な油煙を噴き出し、その油煙がその部屋の天井のあたりの壁を染めていた。医者は暫く抽匣《ひきだし》をあけて何か探していたが、不意と昂の方へ向きかわると、側にある小さな椅子を指差して、「掛けたまえ」と云った。昂が神妙に椅子に掛けると、医者は今度は聴診器を取出して、それを玩具のように弄んでばかりいた。何時まで経っても落着払って、さも娯しそうに医者はそれを弄んでいたが、時々何か素敵な考えでも浮ぶのか、得意そうに独りで微笑していた。ところが突然、医者はハッと昂のいることに気がついたらしく、じっと昂の顔に眼を据えてしまった。それから、ひょいと手を伸して、昂の顎の下を撫で出した。医者の掌は柔かく、撫で方も軽かったのに、段々昂は呼吸が塞るように苦しくなって来た。血が頭にむかって逆流してゆく音がドクドクと聞えた。それでも医者は相変らず静かに今度は昂の咽喉の辺を撫で出した。昂は苦しさに涙がぽろぽろと落ちて、声が出なかった。やがて医者は手を離すと、今度はさも親しそうに昂を眺めるのであった。「大分つらそうですな」昂は半分泣きながら頷いた。「ではあそこで横になったらいいでしょう」と医者は畳の方を指差した。それから態々枕を出して呉れた。昂は横になった。医者は戸棚の小さな抽匣から何か独楽のようなものを取出した。微かにビュンと唸る音がするので昂がその方に眼をやると、医者はその持っていたものを軽く空間へ放った。はじめ虫か何かと思っていると、気がつくと、それは一匹の虎であった。豌豆位の大きさの虎だが、たしかに美しい縞があり、眼球がキンと光っている。その虎は空間を宙に泳ぎながら、次第に昂の方へ近寄って来る。昂はどう云う訳だか、その虎が怖くて耐らなくなった。虎が進むにつれて、糸に綴られた露の玉のようなものが三つ四つ前後に続いている。虎は昂の一尺位の眼の前に来ると、急に故障が出来たように動かなくなった。が、暫くすると今度は逆の方向にゆっくり進んで行った。それからまた暫くすると動かなくなり、方向を変えては進み出す。昂は胸が痞《つか》えて、手足が痺れ、額からも耳からもたらたらと膏汗《あぶらあせ》が滲み、どうにもこうにも苦しくてならない。もう昂のまわりの空気はみんな虎に吸い採られたのか、無くなっている。昂の眼はぼんやりして、自分の睫と、その辺の畳の筋しか見えない。みんな暗く、みんな苦しそうな影だ。それなのに虎はまだやって来る。突然、外の方で稲妻がして、パラパラ雨が落ち出したようだった。すると、誰か昂の耳許で彼の名を呼ぶ声がした。声は何度もするのに昂には誰だかよくわからない。すぐ眼の前にその男の黒いずぼんがぼんやり見えて来た。「寝てるのかい」とその声は云っているようで、昂の側につ立ったまま頻りにもじもじしている容子であった。その二本のずぼんの隙間から机が見え、机の上には灰皿と昂の学生帽が置かれている。机の前が窓障子で、その窓は、狭い露次に面した二階の窓だった。昂はその辺をぼんやり見ているうちに、何時の間にか彼の身体は机に吸い寄せられて、机に凭掛っていた。

突立っていた男はそのうちに昂の正面へ来て畳の上に膝を組んで坐ったが、その友達は誰であったのか、昂にはまだ呑込めなかった。てらてら光った大きな鼻をした、顎の広い、どっしりした男であったが、大変腹をすかしている様子で、顳顬《こめかみ》には汗の玉が浮上っていた。その顔を見ているうちに昂も顳顬に汗が出て、自分も同様に饑《ひも》じくなって少し目が昏んで来た。ふと眼の前に口をあけた蝦蟇口《がまぐち》が見え、その暗い底の方に五十銭銀貨が一枚ぼんやり見え隠れしていた。ところが、昂の前にいる男は饑さに耐えかねて、あくびとも溜息ともつかぬ息を吐いた。すると、その男の大きな顔は段々痩せ細って来て、前とは見違えるような、まるで消え入りそうな顔になっていた。その男は余程睡眠不足とみえて、眼を開けているのもつらそうに、一秒、一秒の時間の重みにも、神経が削り奪られて行くらしく、豆粒程の瞳から気違のような切なそうな光線を閃かしていた。ぼんやりと眺めている昂の方でも、もう二三秒もしたら宇宙が爆発するのではないかと、そんな危険な不可知な装置が今眼の前の空間にしつらえられてあるのを感じさされた。それで、昂の眼球も乾ききって、眼の底の方に熱い濁った涙が貯えられて行った。到頭その友達は、わあ、と口をあけると、全身全霊の疲労を吐き出すように、苦しそうなあくびをした。それから頭をがくりと、前の方へ一度突落して、再び上に挙げると、もうその友達の顔はすっかり刃のこけた剃刀のようなものに変っていた。その男は時々誰かに背骨をどやされているように、がくりがくりとしながら、それでも一生懸命、昂の机の上を眺めていた。昂はその男が何故一生懸命、机を眺めているのか、段々心配になった。と、間もなく友達は畳の上に打伏せになると、その咽喉を痙攣させて、ばたばたし出した。友達は唸りながら、白い液体を吐き出した。それから大きな溜息をついて、横になったが、段々気持が落ち着いて来るらしく、眼を天井へやっていた。

ふと、友達は昂の方を見ながら、「おい、外へ出ようじゃないか」と云って立上った。たった今あんなに苦しげにしていたのが、もう打って変って元気になっているのだった。昂もそれに釣込まれて、立上ろうとしたが、どう云うものか、腰に力がなく、脚がふらふらし出した。友達は昂のまごまごしている様子を珍しそうに見返して、「お前歩けないのかい」と訊ねた。それで昂は無理矢理に立上って、よろよろと歩き出した。すると友達はもう昂が歩けるのを疑わないもののように、ずんずん先に立って歩き出した。何時の間にか二人は細い裏町を抜けて、大通りへ出ていた。昂は段々心細くなり、外に出たことを後悔した。一足毎に息切れがして、今にも身体が倒れそうになった。眼の前に電車や自動車が疾走しているのが、情なかった。もうこれきり帰れないのではないかと思われた。足許を見れば、木製煉瓦の敷詰められた舗道に、自分の下駄が吸い込まれて行きそうだった。もし今膝のところから力が抜けると、そこへ倒れてしまうのだが、……そう思うと却って早く倒れてしまい度くもなるのだった。友達の方は靴の音もはっきりと自信ありげに歩いていた。そのうちに、とうとう水の響がして来た。気がつくと、さっきまで一緒だった友達は、もう彼を見限って勝手な方向へ行ってしまったらしい。路は何時の間にか、大きな石塊のごろごろしている下り坂になっている。昂の下駄は石に躓いて、時々よろめいた。こうして歩けるのが不思議な位だ。空気は冷々として、霧が這ってくる。忽ち霧は両側の杉を包み、ぱらぱらと滴がしたたる。水の音は段々近づいて来るので、昂はもう一呼吸だと云う気持がした。ふと見ると、崖の方には萩の花が咲いて、だらりと垂っていた。そこにも銀色の霧が降っていた。足許の方には紫陽花も咲いている。その側に矢印で方向を示した小さな札が立っている。昂は到頭そこへしゃがんで、息切れを直そうとした。急に咽喉が締めつけられるほど切なくなって、涙がぽろぽろと両頰に流れた。冷やかな空気の迫力が一瞬彼の心臓をずきんとさせた。だが、暫くすると昂はまた立上って歩き出した。もう苦しさは以前よりも大分減って来た。それに谷川の音が今はすぐ足許に聴かれるのだった。昂は橋を渡って広い道へ出た。

そこに藤棚のある茶店が一軒あって、バスの停留場があった。昂がそこへ立止ると、大きな、黄色いバスがやって来た。昂は今、救われたようにそのバスに乗った。乗客は他に誰もなかった。昂は緑色のクッションに腰を下し、低い天井を眺めた。運転台の方にはセルロイドのがらんがらんが吊ってあった。濃霧と小雨とで、ウインドウ・クリーナアが揺れていた。大きな硝子窓《ガラスまど》に、周囲の景色が移動した。バスは渓流に添った山路を廻り、村落を過ぎて進んだ。やがて、雨も霽《は》れ、眺めも広々として、日が輝き出した。雨の霽れた山脈がむこうに見えた。むこうには竹藪も見えた。美しい緑の並木路もあった。その時、運転台の方にいた女車掌が静かに昂の側までやって来た。その女車掌は立ったまま、窓の外を指差しながら歌うように喋り出すのであった。

――御覧なさい、あのむこうに見えます山はまるでこの世のものとも思われぬほど美しいではありませんか。静かに静かに時間の流れのなかに聳えて、何時までも何時までも、あなたを慰めてくれるのであります。雨が降れば濡れ、日が照れば輝き、朝は朝の姿で、夜は夜の姿で、昔からずっとあそこにあるので御座います。

それにあのなだらかな緑の傾斜はまた何と云う優しい眺めなのでしょう。ああ云うものを御覧になると、人間のかたくなな心は何時かすっかり消えて行って、あなたはむかし、むかしにかえってゆくのです。あなたはお母さんの懐にいだかれていた子供の頃を憶い出しませんか、あのお母さんの白い胸を見上げながら、夢みていた夢があの山なのです。そら、あの山腹の方には白いふわふわの雲が浮んでいて、あそこで静かに睡っているのです。

玻璃《はり》

夜の漫歩者の群に交わって、俊《しゅん》はふらふらと歩いていた。そこは夜分、車馬が通行止めになっているので、漫歩者のリズムものんびりとしていたが、両側の商店から放つネオンも睡むたげで、二筋並んでいる鈴蘭燈は藍色の空に軽く嵌められているような趣だった。俊を後から追越す人間は、帽子に白線の入った高等学校の学生達だった。俊の側をすれすれに通り抜ける子供や、俊の真正面に接近して来て、衝突しそうになる若い女もいた。そう云う場合、若い女の眼球は電燈の光線で虚空に輝き、頬はセルロイドのように侘しかった。生きている人間の方が、却って俊には白々しく感じられるのだった。

銀行前の引込んだ空地では、頭髪をてらてら光らした男が人絹の帯を売っていた。パチンと掌を打つと同時に、さっと黒い帯を拡げてみせ、「やあ」とか何とか非常に威勢のいい掛声と身振りで、帯の美点を説き立てるのであった。成程、帯はふわふわと神秘的な姿でその男の両肘に纏いついているのだが、弁舌爽やかな男の方は段々空疏な存在のようになって来る。その男の前に立留って見物している人々も、大概張合のない顔をして、その癖、容易に立退こうともしなかった。俊も暫く無意味に傾聴していたが、そのうちに不図気がつくと左端から三人目のところに、黄色の三尺を結んだ若い女が熱心に口をあけて聴いているのだった。その女は俊が死ぬる年の前頃までは、可憐な女学生だった。それが何時の間にか結婚して、離縁になって、其後発狂したのは俊も薄々知ってはいたが、するともう気違も癒ったのかもしれなかった。突然、すぐ側の横町から太鼓が鳴り出した。それに合せて救世軍の男女が勇しい歌を合唱し出した。すると今迄無心に聴いていた彼女は急に何かそわそわし出し、太鼓の鳴る度びに眉のあたりをヒリヒリと痙攣させるのであった。俊はそれを視ているのが、次第に気の毒になった。そこで、ふわりと人垣を離れて歩き始めた。が、ものの二三間も行くと、彼はそこに陶器店があるので、思わずまた足を留めて眺め入った。店頭に曝されている茶碗や皿の群は電燈の洪水で艶々と甦って、大変娯しそうにざわめき合っているのだ。俊は生きていた頃から陶器は好きだったが、今も胸をぞくぞくさせながら、その陶器の一つ一つを視線で撫でてみた。それから飾窓のところに立って、盆の上に並べられた茶碗を眺めた。飾窓の床には小さな茣蓙《ござ》が敷いてあって、水盤に南天が活けてあった。それに隅の方の柱には何の積りか鉄で造った蟹の置物が置いてあった。あまり額を硝子板に接近させて眺めているうちに、俊はふと頬が冷々して来た。それで少し額を硝子板から遠ざけると、今迄硝子板に紛れ込んでいた感冒除けのマスクをして黒い毛糸の襟巻に頤《あご》を埋めている俊の影がぷっと動いた。俊はまた思い出したように歩き出した。

俊がふらふらと前へ進んで行くに随って、向うにある四つ角が近づいて来るのだった。その辺は燈も沢山ありすぎるし、人足も混むし、三つある路がワーと云って口を開けて、来る人を呑もうと構えているのであった。まっ直ぐ行けば、映画館や射的場の競っている、凸凹した盛場に出るし、右へ折れれば、歯の抜けたように暗い小路なのだが、左へ曲るなら、書籍店や百貨店などのある通りへ出る。俊はどの口に呑み込まれるべきか、迷いながら例によってもじもじしていたが、どう云うものか今夜の人波は大概左へ曲って流れ込むので、俊もついそちらへ誘われて行ってしまった。

すると、そこの通りには、軒毎に提燈が点されていて、露店がずらりと並び、路は人間でぎっしり埋もれていた。人間は押し犇《ひしめ》きながらなかなか進まなかった。一杯に並んだ頭とすれすれに電線が架けられ、それに電球が裸でぶらぶらしているのだが、人間の吐く濃い息がかかるため、黒い空もぼうっと霞んでいた。そのなかを掻き分けるように、熊手がいくつも現れた。頭上に掲げられている熊手には大福帳や恵比須の面ががたがたと慄え、時々えびすの面の微笑は白っぽい殺気をちらつかせていた。俊は人混みの外側に押出されて、露店を一つ一つ眺めながら歩いた。蜜柑やキャラメルはピラミッド型に積んであった。今川焼の温かそうな匂いが漾って来た。ふと、硝子函のなかに、痰切飴《たんきり》があるのに気づいて、眼を留めると、金平糖や、薄荷糖もあるので、俊は一寸微笑した。そして、ひょいと、その昔ながらの菓子を売っている佗しそうな男の方を眺めると、これはまた、俊の中学時代の先輩だった。雄弁会で、拳をあげてテーブルを撲るのが癖だったが、今はその拳を大切そうに脇の下に隠し、眼ばかりが何かを求めるように虚しく光っていた。

人波は煙草屋の角から右へ折れて雪崩れて行った。そのためには往来は一層混み合って、歩行は困難になった。風船玉が一つふわふわと揺れていた。そのすぐ側にロイド目鏡を掛けた慶ちゃんの顔があった。俊は慶ちゃんの側へ近寄ろうとして、無性に急り出したが、慶ちゃんの方は悠々としていて、もとより一向に意志が通じなかった。気がつくと成程、慶ちゃんは何時娶ったのか、綺麗な細君を連れているのだった。その上、慶ちゃんは人混みのなかで、細君と手を握り合ったりなんかしている。俊は一層面白くなって慶ちゃんの姿を見失うまいと努めた。だが、この時、俊のすぐ前へ厳丈な男が横から割込んで来たので、俊の視野は古ぼけたトンビで塞がれてしまった。見るとトンビの背には煙草の火で焼いたらしい穴が二つあって、歩く度にその穴は空気を吸っていた。俊は人間の背と云うものが、次第に腹立たしく感じられた。それと同時に俊は不貞腐れた子供のようになった。随分昔のことだが、たしか俊はこれに似た経験をしたのを憶い出した。子供の時の俊はお祭りだと云うと新しい下駄を履かされたり、帯をきつく結ばれるので、自然に神経が高ぶって来て感情が激しくなるのを、大人は理解して呉れなかった。それで結局、不貞腐れた気持で、大人の手に引かれ厭々ながら人混みのなかを行ったものだった。今、目の前にいるトンビの男がやはり俊を不貞腐らせているので、俊は自分ながらおかしかった。そして、もう勝手になれとばかりにそのトンビに導かれて人混みを泳いだ。

急にあたりが明るくなり、人混みのなかからポアアと風船玉の笛が鳴った。不図《ふと》、上を仰ぐと鳥居のところに大きな電球があって、石の鳥居は青空に白く浮出て居り、その下に無数の顔が蠢いていた。次第に俊は昔ながらの怪しげな気分に浸って行けた。緩い太鼓の響が段々近づいて来た。人間の列は今ゆっくりと順番を追って、定められたコースを流れて行くのだった。石畳の上にはさらさらと下駄の歯が磨り込まれて行った。太鼓の音はいよいよ近づき、拝殿の軒が現れ、軒の注連が颯と揺れた。俊の前にいた厳丈な男はこの時、帽子を脱ぎ、威儀を整えてお叩頭をした。すると、その男の屈められた肩を乗り越えて、冷たい風が一すじ俊の方へ流れて来た。拝殿の格子の桟に闇が一つ一つ嵌められていて、そこを風は滑り抜けて来るらしかった。

後から後から押して来る人間のために、俊はひとりでに鳥居を潜り抜けて、表通りへ出されていた。気がつくと、もう慶ちゃんの姿は完全に見失われていたし、さっきまで俊の眼の前に纏いついていた厳丈なトンビもなくなっていた。俊の眼の前には今、女の児を負ったおかみさんがいた。女の児は青いコールテンの足袋をピョコピョコ動かせて、おかみさんの掌に戯れかけていた。おかみさんの拇は時々怒って、退儀そうに動いた。人波は横の小路小路で吸取られて行くため、何時しか疏になっていた。すると、人間と人間の隙間に吻としたように風が割込んで来るのだった。俊はふらふらと路の四つ角のところまでやって来ていたが、見ると、火見櫓のある角の交番の前には人間がまっ黒に集まっていた。交番の窓硝子は埃で霞んでいたが、内部には一人の巡査と、訳のわからない男が煮えきらない姿勢で立っていた。二人は何か頻りに話をしている模様なのだが、何時まで経っても同じような話をしているらしく、黄色い硝子越しに、二つの唇があぷあぷと動いた。そのうちに、訳のわからない男の方が、白い歯を見せて笑い出した。すると、その口のまわりに一杯生えている真黒な鬚までおかしそうになった。今迄じっと窓の方に集中していた人間達の眼は、それをきっかけに、この時ばらばらになってしまった。

交番の角からは、二つ盛場の出口に群がっている、カフェーやバアのネオンが間近かに見えた。俊がその方角へ引寄せられて、ふらふらと進むにつれて、思いがけない処から暖簾を割って、銀杏返の首がぽっかりと現れたりした。そんな首は、どれもこれも同じようで、俊が生きていた頃見たのと殆ど区別がつかなかった。と、思うと蓄音器商の店頭から電気蓄音器が突如、大砲のように鳴り出し、それが直ぐ隣のミシン商の硝子板にビリビリと振動を与えていた。

俊が中学時分から死際まで繁々と行ったことのある、喫茶店の灯が見えて来た。そこの壁には俊の友達が描いた油絵も掲っているし、俊はそこの椅子の、どの辺によく腰掛けたかもまだ憶えていた。俊はのこのことその喫茶店の硝子扉のところに立ち、金文字の上からそっと内部を覗こうとした。その時、すっと扉が開かれたので、俊はひとりでに内部に這入った。すると、非常な雑沓ぶりで、どの卓にも人間が四五人づつ集まり、匙や茶碗を持上げたり、大理石の肌を撫でたりしていたが、扉が開くと同時に、大概の人間の眼が一度そちらを向いた。人間は絶えずそわそわしながら、卓と卓ではお互いに相手を観察し合ったり、或は特にあたりの人間に聞かすために何かを声高く喋っているのであった。俊は空いている席を求めて、次第に奥の方へ這入って行った。すると一番奥の卓に、さっき見失った筈の慶ちゃんとその細君が控えていた。ふと、細君は眼を虚空に凝しながら、さながら俊の姿が見えるような顔つきをした。細君の眼には、ちらっと会釈の微笑が浮んだ。俊は慶ちゃんの前のたった一つ空いている席をじろじろ見やった。すると俊の後からやって来た婦人が、忽ちその席に腰を掛け、細君に対って大声で笑い掛けた。俊は虚しくそこを立退いて、壁の方へ立った。中央にあるストーブは盛んにかっかと燃えていた。側にいる男の頬にその赤い火の反射が映って、まるで焼かれているようだった。その男は時々、コップの水を飲み、ふわっと頭を揺すった。その隣には、たしかに酔ぱらいらしい親爺と、睡むたげな子供がいた。子供はどうかすると、とろとろと眼を塞ぎかけ、ハッとしてはアイスクリームを舐めた。親爺は独りで痛快そうに、あたりを見廻していた。何時まで経っても俊には憩えそうな席が見つからなかったので、俊はそろそろと出口の方へ彷徨《さまよ》って行った。外から人間が這入って来たのと入れ違いに、俊は扉を潜って、往来へ出た。

俊の左と右には盛場の入口が控えていて、正面には遠くなるほど寂れて行く路があった。俊は暫く躊躇っていたが、足は何のつもりか左側の酒場へ踏込んで行った。そこのアスファルトは、あんまり人が歩くために、ところどころ窪んでいて、もう夜更けの風が白々と吹いていた。玉転の台には、今も二三人の若衆が海豹のようにくっついていた。その奥の方には若い女が平ぺったい姿でぽつねんと坐っていて、柱時計がチクタクと鳴っていた。隣の射的場から、プツンと弾を打つ音がした。すると、棚の招き猫の掌が侘しく光り、達磨の眼玉が黒々と窪んだ。

映画のハネた映画館が死骸のように聳えていた。その飾窓の灯も消されているので、黒い背景に貼られた七八枚の写真が薄すらと眺められ、緑色のリボンが棺の上の飾りに似ていた。俊はその窓に近寄ってはみたが、真鍮の手摺は冷々として、幟がハタハタと風に動くばかりだった。しかし、そこを通り過ぎると、向うは盛場の端にあたっていたが、急に左右の軒からネオンとレコードが汎濫して来た。きゃあ、と鳥類に似た女の声や、ははは、と胴間《どうま》な笑いが路傍まで弾け出していた。そうして、この騒々しい軒のなかにも、一軒の小料理屋の硝子函のなかでは、鰻がぬらぬらと泳いでいるのだった。薄暗い玻璃の表は、むこうの軒のネオンがくるくると廻るのを映したり、路上に食み出した女給の衣裳の妖しげな模様を映していた。さっきから、一人の背広服の人間がその小料理屋の前で女給とむかい合って、何か立話をして居るのだったが、あたりの雑音のために、その二人の人間は大変重大なことを相談し合っているような印象を与えた。そうして、俊が彼等のところまで辿りついた時、恰度二人はもう相談が済んだものとみえて、背広服の男は靴の踵をカタカタと鳴らしながら、落着きのない姿で歩き出した。

盛場の殷賑《いんしん》も、其処であっけなく尽きて、路は細く薄暗い小路に出ていた。左手には白い壁の見えるお寺があり、そのお寺のむこうの空が蜜柑色に見えるのは、色町が控えているしるしだった。薄暗い小路を人間の影は白い息を吐きながら、ひそひそと、或は思いきり噪《さわ》いだ調子で、その色里の方向へ流れて行くのだった。俊はしかし、それとは逆の方向へ、ゆるゆると進んで行った。その狭い路は、一度アスファルトの広い通りと交錯すると、今度は更に幅が狭くなって、もし両手を拡げれば、左右の軒に届きそうな処へ出た。そこは半町向うに見える、徒広い電車通に対って、七八軒の屋根が額を寄せ合って顰蹙《ひんしゅく》した表情を呈していた。そうして、薄暗い、凡そ華やかでない喫茶店と酒場が、七八軒の人家の中央に向き合って存在していた。酒場の方はそれでも、微かに内部に緑色の照明を用いて、情緒を醸し出そうとしているらしかったが、不思議なことには、オルガンの音がそこから洩れて来た。今迄、俊の周囲には絶えず人間の往来があったが、此処まで来ると、ぽつんと人足も消えていたので、洩れて来るオルガンの音は、はじめ侘しい吐息か何かのように想われた。が、耳に入るメロディは何処かの人学の応援歌であった。俊の眼にはむしろ喫茶店の灯が映った。その灯は、半紙を貼って作った四角の雪洞に、ものはな、と云う文字を滲ませていた。

俊は紅のカーテンを潜って、半間の入口から、その家へ足を踏込んでみた。ひっそりとした内部には、三方の隅に小さなテーブルがあったが、誰も居なかった。中央の煉炭ストーブに掛けられた、アルミの薬鑵がしゅんしゅんと呟いていて、白い湯気が白く塗られた天井へ立昇っていた。俊はストーブの脇にある小さな椅子に腰を下した。俊のすぐ側の椅子の上には編みかけの毛糸の束が無造作に置かれてあった。俊は吻としたように、両手を伸して、ストーブの上に翳《かざ》した。奥の方もひっそりとしていて、向うの酒場で弾くオルガンの音ばかりが侘しく続いた。俊はそろそろと眼を挙げて、壁の方にあるペンキ塗りの柱を眺めた。白いペンキの光は電燈の光に慄えているようだったが、その柱の中央には何のためにか二本程、釘が打込んであった。錆びて歪んだ釘は、今不思議な影をもっていた。俊はそれを何時までもぼんやり視凝《みつ》めていた。暫くして、俊がほっとその釘から眼を外した拍子に、入口の方から何かが、そろっと這入って来る気配がした。それで俊が向きかわると、相手は意外にも死んだ渡辺だった。渡辺もいささか愕《おどろ》いたような風で、しかし直ぐにニコニコと笑い出した。

「やあ、今晩は」と俊は云った。

「君もここへ来てたのか、今晩は夷子講《えびすこう》で、何処も人間で満員だったよ」と渡辺は俊の脇に腰掛けた。

「フフフ」と俊は無意味に笑った。

「フフフ」と渡辺もついて笑った。暫く話が杜絶えた。ふと、俊は思い出したように口をきいた。

「随分久し振りだね」渡辺はニコニコ頷いた。

「君が死んだのは何時だったかしら」

「もう今年で三年になる」と渡辺は感慨深かげに応えた。

「そうかね、もう三年になるのだったかね、してみると君の家へ何時か夏の晩僕が訪ねて行ったのは、あれはもう七八年位むかしのことになるね」と俊は呟いた。

「ああ、あれは君、君が死ぬ前の年の夏じゃないか、あれから僕はまだ五年も生きてたんだよ、尤も僕だってあの頃からもう駄目だったのだが、君があんなに早くまいるとは思わなかった」

「うん」と俊は頷いた。

「それで、君が死んだ時には、君は知ってるまいが、君の親しい友達は、俊の野郎は意気地無しだ、と云ったよ」

「そのことは知ってる」と俊は云った。「しかし僕は何も態《わざ》と死んだ訳じゃなかったね。君だってそうだろう」

「うん」と渡辺は頷いた。「僕が死んだ時はもうそんなことを云う人間もいなかった。みんな年寄になったのだね」

「フフフ」と俊は笑い出した。「そう云えば、今夜慶ちゃんと逢ったよ、大将も到頭結婚して、とても幸福そうだったよ」

「あ、あれなら僕も見た。あの男、齢はいくつ位なのだろう」

「さあ、僕が生きてた頃もう三十近かったようだね」

それきりまた話は暫く杜途切れていた。オルガンの音が喧しかった。

「君は毎晩ぶらぶらしてるのか」と俊は訊ねた。渡辺は首を横に振った。

「よく此処へは来るのかい」と今度は渡辺が訪ねた。

「いや、今夜が始めてなのさ」

「フフフ」と、渡辺は笑った。

「オルガンが鳴ってるね」と俊は呟いた。

「あ、あちらの酒場へ行ってみようか」と渡辺は軽く立上った。

「いや、人間の居るところはうるさい」と、俊は動こうとしなかったので、渡辺もまた腰を下した。俊と渡辺はストーブを取囲んでぽかんとして居た。

「君は吉木て男識ってたかね」と、俊は憶い出したように云った。

「あ、何時か君と一緒にやって来た男だろう」と渡辺は頷いた。

「あの男もこの頃になって、僕のこと頻りに憶い出したりなんかしてるらしいのだよ」

「フフフ」と渡辺は笑った。

恰度、その時、露次の方に忙しそうな跫音がして、カーテンが開くと女が二人、這入って来た。二人の女はそれぞれ籠と手拭を提げていて、手足に銭湯の匂いを漾わせていた。ぴんぴんと身体を動かせながら、ストーブのまわりを一寸の間、踊るように廻っていたが、やがて側の椅子に腰を下した。一人がふいと袂から、いきれの立つ紙袋を膝の上に置き、指でさあっと新聞紙を裂くと、なかから焼芋が出た。するとニ人の女は素早く手摑みにして、ふうふうと吹きながら唇へ持って行った。暫くは賑やかに唇を動かす音と呼吸とが続けられた。が、そのうちに一人の女は膝の編物を執ると、せかせかと編み出した。するともう一人の女もそれを視凝めながら、何かせかせかと落着かぬ眼つきをしていた。

「今夜はもう誰も来ないかしら」と、落着かぬ女は到頭呟き、それから唇をあけて、ほっと欠をした。

「ああ、睡むくなった、今夜は大分冷えるわね」と、その女はまた独言《ひとりご》ちた。

「大分冷えるね」と、今迄黙っていた渡辺が俊に云った。

「煉炭がもう消えかかりでしょう」と、編物をしている女は云った。

「成程、ストーブも滅入って来たね」と、俊は云った。さっきまで鳴っていたオルガンも、その時ぴたっと歇《や》んでしまった。

「静かだな」と渡辺は云った。「こうして、女達を眺めていると、僕はまだ生きてるのじゃないかと疑わしくなるね」

するとと、落着かない女が呟いた。

「ああ、何だか変に淋しくなって来た、誰だかすぐ側に男がいるような気持がして、何だか今晩は変な晩だわ」

「フフフ、馬鹿ね」と、編物をしている女は一寸笑った。俊はそっとその女を視やりながら云った。

「女の笑顔て気持の悪いものだね」

「わーっと云って、お化けになりそうなのか」と、渡辺も笑った。すると編物をしている女は急に、

「あははは」と笑った。

「まあ、びっくりさすじゃないの、気でもちがったの」と、相手の女はビクビクしながら、不安な目つきであたりを見廻した。

「あははは、もうおしまいにしよう。睡むり睡むり編んでたら、とても変になっちゃったわ」と、編物をしていた女は立上った。そして、奥の方へ行き帚《ほうき》とバケツを持って来た。そこで、もう一人の女も、そわそわと立上った。

「帰ろうか」と、渡辺と俊とは同時に一つことを云って立上った。

露次に出ると、もう前の酒場の灯も消されていた。渡辺と俊は並んでそろそろと歩き出した。両側の家はみんなもう戸を下していて、門燈の光が路上に冴えていた。少し行くと、葉の散ってしまった柳の大木が、路上に蹲っていた。

「まあ、お互いに身体を大事にしようね」と、俊は無意識に呟いた。

「フフフ」と渡辺は笑った。

二人は何時の間にか電車通まで来ていた。電車通を隔てて、向うに在る小学校のトタン屋根は、夜露に濡れて光っていた。

「さて、君はどちらへ行く」と渡辺は訊ねた。俊は今来た道の方を頤で指差した。

「じゃあ、ここで別れよう」と、渡辺の姿は電車通を越えて、もう小学校の方へすっと消えて行った。

　俊が今来た道を後帰りして行くに随って、路は妖しく煙って朦朧と現れて来るのだった。そして、一歩一歩俊が空間へ進んで行けば、冷えた固い地面と両側の家屋の影が確かにはっきりと現れては来るが、俊の通り過ぎた路は忽ちまた妖しく煙ったもののなかに紛れ込んでしまう。さっきの喫茶店の前まで来ると、もう入口には木の戸が嵌められていて、白い半紙で作った雪洞の灯も消されてあった。それで、もものはな、と云う鉛色の文字が門燈の光で味気なく照らされていた。そこの狭い通りはやがてアスファルトの路と交錯していたが、その角の電信柱まで来て、俊がひょいと顔を横に向けると、一列に並んだ電柱の群が、一瞬ずらりと無気味に現れた。俊はなおも真直ぐに路をとって、細い小路を突き進んで行った。何かガリガリと云う音がするので、眼をやると、掃溜に首を突込んでいた犬が、ひょいと俊の方を見た。烈しい眼つきをした、その犬は、しかし、また直ぐに首を掃溜のなかに突込んだ。ガリガリという音が遠ざかって、なお暫くは聴えた。盛場の入口が現れて来た。入口の上に針金を渡して吊ってある、ペンキ塗りの広告板が、風にぶらんぶらんしていて、かなり剽軽な表情だった。そう云えば喧嘩の果て、今、白痴と化して睡っている両側の酒場も俊の眼には入った。どの軒も板で造った戸を入口に嵌めたり、黒いカーテンで扉を隠したりしていた。窓の外に糸杉の鉢を置き、窓側の壁を天然岩になぞらえているのも哀しそうだった。

　俊は今、人間の影の一つも見えない盛場の凹みへ出た。映画館は依然として片側に置かれてあった。その大きな棺を想わす空洞の建物の後には、青磁色の空が展がり、緑色の星が瞬いていた。ふと、俊の眼には、建物の影が取残した、アスファルトの真白い部分が映った。其処をちょろちょろと何か小さな黒い塊りが動いているのは、人間が吐き捨てて行った汚れた米粒に集まっている鼠だった。やがて俊は射的場の前に来た。すると、奥の方から、ぷつんと時計が鳴った。俊は盛場の出口まで辿り着き、向うの盛場の入口が目の前に現れた。其処から誰だか見たことのあるような男が、背後に貧しい照明を浴びながら、ふわふわと出て来た。ふらふらとトンビの両袖が無性に揺れていて、その男は自分で身体が自由にならないらしい。顔は濛と煙っていて、トンビの両袖と一緒にふらふら揺れた。俊とその男の距離は次第に接近して来た。たしか見憶えもある筈で、その男はさっき夷子講の人混みで、俊の前にのさばり出た古トンビだった。古トンビは今俊の前に衝突しそうになった。俊がひらりと身を避けた拍子に、その男は雄鶏のように蹣跚き出したが、下駄から足が滑ると同時にくるりと一廻転して、路上にぺったり倒れた。倒れたかと思うと、ウエヘヘヘへと腸をちぎるような狂笑を発した。それから何かぶつぶつ独りで呟いていたが、直ぐにぐうぐうと睡り出した。そこで、俊はその男の脇を通り抜けて、行きつけの喫茶店の前へ出た。そこの軒の看板には、ぽっちりと白い小さな電球がいくつも嵌められていたが、それはよく視ると、風車の形になっているのだが、ところどころ電球が欠げた儘になっているのだった。俊はそんなことを今になって気づいたので、変な気持がした。

やがて、火見櫓のある交番の背が見えて来て、そこのアスファルトの通りを今緩い速度で黒いものの影が移って行った。俊がその通りまで来た時、黒い列は既に遠ざかっていたが、もーう、という牛の声がまだ向うで聴え、彼等の残して行ったいきれがまだ少し漾っていた。俊は胡神社の方へふらふらと進んで行った。もう人間のいきれは何処にもなかった。花崗岩の鳥居の肌は青白く、急に丈が低くなっているように思えた。そこから見える境内も狭く貧弱で、あんなにたくさんの人間を呑吐《どんと》したもののの姿ではなかった。太鼓が拝殿の脇に裸でころがっていた。煙草屋の角まで来ると、針金で吊された路上の電球は、一様にもう消されていた。路の上には熊手から落ちたらしい、夷子の面が泥まみれになって裂けていた。そこにはまた新聞紙の破片や、縄屑などが時を得顔に散乱していた。

　左右の商店はみんな戸を下していたが、不図、むこうの料理屋のところには、変な女が瞬もせずに立っていた。近づいてみると、それは木で造った人形であった。人形の手は灯の消えた奥の方を指差しているので、俊は何気なしにその奥の方に眼を向けた。するとその時、俊の後から自動車が慌しくやって来た。自動車のなかに乗っていた、影のような人間も、ちらりと人形の指の方を眺めたらしく、一瞬ぼやけた顔が窓硝子に白く浮んだ。間もなく左手に盛場の入口が見え、俊の正面には暗い通りの入口が近づいて来た。暗い通りの軒下では、今赤い火の粉がちらちらと乱暴に立騰っていた。そこに、緑色の灯を点けた蕎麦屋の車が停められていて、その脇で二人の男が並んで饂飩を食っていた。薄闇のなかに饂飩の白い姿ばかりがつるつると動いていて、食っている男の顔は湯気で暈されていた。俊がそこの曲角まで来た時、また向うの隅では男達が饂飩を呑込んでいた。俊はそこから、鈴蘭燈の並んだ商店街の方へむかって進んで行った。そこにはもうすっかり人間の影が無くなっていて、白っぽい路と両側の家が遠くまで見渡せた。が、戸を立てている一軒一軒の家が、今度は何だか人間の顔に似ているのであった。と云うより、街全体がやはり人間のかわりに眼を開けているらしいのだ。俊はそのなかを進んで行くうちに、どうも次第に歩みが前よりか速くなって来た。大きな看板のなかにいる、頬の紅い女や、青い鬚をした紳士達が軒の上から空洞な道路を瞰下《かんか》しているのだが、彼等の眼の色は奇妙に活々として来た。また、三等郵便局の前に在る赤いポストなども、今は思いきり判然と存在を見せていた。かと思うと、電信柱の上に在る白い磁器の碍子までが、人間の眼球に似ていた。俊は何時の間にか、そこの通りと交錯している電車の軌道まで来ていて、右手には練兵場の入口の闇が、左には氏神神社の闇があって、軌道はそのなかを貫いているのだった。軌道を渡ると俊はまた商店街の続に這入った。そうすると、路は少し彎曲して来たが、もう向うには橋がある徴《しるし》に、冷たい気流がぞくぞくと辷《すべ》って来るのだった。

やがて、角にある郵便局と呉服屋が見え、そこから橋の灯が続いていた。俊は右の欄干に添って、次第に橋の中央まで進んで行き、大きな石の柱まで来ると、そこに立留まって、真下の方へそっと顔を覗かせてみた。橋の下の水は真黒だが、橋から少し離れたところは、茫とした白っぽい灯のために、水の動きがよく眺められた。波の黒い背筋に乗っている、細い灯りは針金細工のように凍えたまま揺れていた。その辺を眺めていると、後から後からやって来る水のために、俊は橋に立ったまま、後の方へずんずん流されて行くような気持がした。こうした気持は何も今夜に始まったことでもなかった。随分子供の時から、そこの橋に来ては俊は立留まった。子供の時には確か橋の左側の方の家の壁に、小倉の袴を穿いた奨学生と、葡萄茶の袴を穿いた女学生の看板が掛っていた筈だった。そう云えば、ここの橋も何時頃から石で造り変えられたのだったか、以前は秋の洪水でこの橋がよく押流されたものだった。俊は中学を卒業して上京する前の晩、ここに立ったのを憶い出した。今、両側の家はみんな黒く睡っていて、ところどころに灯が点ぜられていた。その灯は遠方になるほど微かであったが、微かな灯ほど氷のように凝結していた。俊の背後からは風が頻りに吹いて来た。ここからは夜の空が広々と眺められた。空には沢山の星がてんでに冴えていた。俊は反対側の欄干へ今度は身を寄せてみた。そちら側は上流になっているので、遙か遠方の山脈が半輪の月に照らされて、青黒い姿で浮出していた。

行列

あんまり色彩のない家々と道路が文彦の眼の前にあった。それでも、太い電信棒の頭には飴色《あめいろ》の光線が紛れ込んでいて、二月の青空は奇妙に明るかった。人形の影や形が少し青味を帯びた空気のなかに凍てたまま動いていた。金粉を塗った竜の首や、青銅色の蓮の葉や、葬式に使う、いろいろの道具が賑《にぎ》やかに路上を占めていた。そこに立留まって見物している人間は、溷濁《こんだく》した表情で、静かに時間が来るのを待っているのだった。近所のおかみさんの顔や、通りがかりの年寄の顔がそのなかにあった。顔が控目に文彦の家を覗いていた。

文彦は路上から自分の家の二階を見上げた。軒の天井に燕の空巣が白く見え、乾大根を吊した縄が緩るんでずりさがっていた。昨夜、あそこの窓には白々と燈があり、烈風が電線を唸らせて通って行った。夏の宵にはあの軒に蝙蝠《こうもり》が衝き当るのだった。文彦には知りすぎるほど知っている場所の一つだった。ふと、文彦の眼は玄関の格子戸に貼られた、忌中という文字に留まった。たしか、叔父の筆蹟らしく、勢のいい文字が薄墨で滲み、悲しみを添えていた。その時、開放たれた戸口から、紋附を着た叔父の顔が覗き、何気なしに往来を眺めた。文彦はあわてて帽子を脱ぎ、おじぎをしたが、叔父の眼鏡の反射は白くたっぷり光って、何の反応もなかった。やがて叔父はそのまま奥の方へ引込んでしまった。

文彦は玄関を潜り、鞄を放り出して、編上靴の紐を解き始めた。今放った拍子に鞄のなかの弁当箱の箸が揺れて、ゴロゴロと音たてるのを聞きながら、彼はのそりと奥の方へ這入《はい》って行った。次の間の薄暗い女中部屋に、白木綿で覆われた桶が、壁の方へ片寄せて置かれていた。覆いをめくってみると、木の香も新しい棺桶であった。文彦は指でピアノを弾つように蓋の上を弾いてみた。

次の間からは、障子や襖が取除かれて、屏風が張られているので、薄暗い家も広々とした感じであった。線香の煙と、読経の声と、ひそひそ話と、畳の上を滑るようにして歩く白足袋の音と、低い天井の下には沈んだ空気が立罩《たちこ》めていた。文彦は正面の柱時計を眺めた。三時二十分で、恰度《ちょうど》彼が中学から帰ってくる時刻だった。柱時計の下に立てられている屏風は、虎の絵だった。死んだ父が、幼い日の文彦に虎というものを教えて呉れた屏風で、父が死んだ時も、たしか柱時計の下に立てられていたのを文彦は憶い出す。文彦が久振りに見る屏風にみとれていると、すぐ眼の前に、大阪の叔母がやって来た。四五年振に見る、器量のいい、叔母の姿に、文彦はちらと頬を染めたが、叔母は風のように急いで台所の方へ行くのだった。

文彦は縁側に出て、冷たい空気にあたりながら、服の釦《ぼたん》をはずして、あくびをした。見るともなしに庭を眺めると、日あたりの悪い軒の梅はまだ固い蕾《つぼみ》のままだった。冬休みに彼が物置から引張り出して、弄んだ、古い扇風機のエレキが、今も庭の隅に放ったままになっていた。文彦は軽い空腹を覚え、母を探すために座敷の方へ行った。

八畳の間には床がのべられ、恰度今、人々は枕辺を取囲んで、ざわめいていた。文彦は静かに人々の後から死人の様子を覗いてみた。文彦の母の指が、顔の上に被さった白い布をめくると、その下に文彦の死顔があった。白蠟《はくろう》のような文彦の顔が現れると、人々はまた新しく泣き出した。唇のあたりに産毛《うぶげ》か生え、額に小皺《こじわ》がみえ、閉じている眼蓋《まぶた》が悲しそうな表情だった。何処《どこ》となしに、それは文彦の父の死顔と似ていた。そのうちに、母は筆にコップの水を含めて、死者の唇を湿した。文彦は唇が変に冷やりとした。筆は文彦の兄の手に渡された。兄の手はいくらか震え、筆は鼻の下の方を撫でた。その次に妹が筆を執《と》った。幼い妹は習字でもするつもりで、文彦の唇を重たく抑えた。それから叔父の番であった。叔父は軽く文彦の唇を撫でた。筆は大阪の叔母に渡された。見れば、叔母の睫毛《まつげ》にも露が光っていた。文彦も自然に涙が浮んだ。その時、叔母は軽く筆をやって、すぐに次の人に渡した。

文彦は枕辺を離れて、仏壇の前に行ってみた。昼ながら賑やかに燈が点けられて、いろんな御供ものが上げられていた。その燦爛《さんらん》と輝く金色の小さな欄杆《らんかん》を眺めていると、文彦は二階が気になった。階段を昇り、二階の勉強部屋へ入ってみた。何時《いつ》の間にか、文彦の机や書物は隅の方へ取片づけられ、そこで女達が着物を着替えたらしく、茣蓙《ござ》の上にしどけない衣裳の抜殻があった。それでも壁の方には、黒リボンをつけた、文彦の写真が貼られてあった。この正月撮った写真だが、何かに脅されて、ビクついているような顔を見ると、文彦は自分ながら厭な気持がした。往来に面した方の窓から下を覗いてみると、やはり、路には葬式屋が屯《たむろ》していた。さっきより、大分人数が増えたのは、いよいよ参列の人も揃ったのかもしれなかった。

モーニングを着て、山高帽を被った男が、ひょいと文彦の窓の方を見上げた。受持の山田先生だった。先生のまわりには廿人ばかりもクラスの生徒がいた。文彦はちょっと意外な気持がした。クラスでは除け者にされ、何時も冷笑されていたので呑込めないことであった。それにしても、山田先生の何時もの愁わしげな顔はこういう場所に応《ふさ》わしかった。先生の陰に、白い歯を剥《むき》出している生徒があった。やはり生徒達は普段と変りなく笑っているらしかった。小学校で同級だった、二三の女学生が映った。これも意外のことであった。そのなかの一人は、嘗《かつ》て文彦が草履《ぞうり》を盗まれて困っていた際に、何気なしに革の草履を彼の足許へ差出して呉れた生徒だった。その草履の緒には赤いきれが目じるしに着けてあった。文彦はその女学生の襟首《えりくび》に眼を注いだ。白い固そうな襟をきちんと揃えて、大変真面目そうな顔つきだった。文彦はまた意外な人物を発見した。鳥打を被って、襟巻をしているその青年は、彼が学校を怠けて、郊外をぶらぶら歩いている時など、きっと後からやって来て、「先生につげ口してやるぞ」と脅すので、文彦は一度も相手にしなかったのだった。

文彦は顔を引込めると、今度は別の窓から違った方向を眺めた。その窓の方には、ところどころ禿げた山脈が遠くに見え、少し近くに黒くこんもりした小さな山があった。その小さな山で、文彦は今日一日、学校へ行かず、怠けて暮したのだった。山は文彦をよく知り抜いているような表情であった。文彦は暫くその山を視凝《みつ》めて、さっきまでの生活を考えてみた。今日、山の枯草の上で弁当を食べたり、遠くに見える海を眺めて、日向ぼっこをしていたのは、みんなたしかなことだった。しかし、どうも階下の様子が気になって、また薄暗い階段をドシンドシンと降りて行くと、座敷には何時の間にか、棺桶が運ばれていた。

今、掛蒲団がめくられて、白い帷子《かたびら》を着た文彦の死骸を、叔父と母とで抱え起そうとしているところだった。余程、死骸は重たくなっているものとみえて、どうかすると、二人の手を滑り抜けようとした。がくりがくりと死骸が反抗する度に、文彦は何か苛立たしく、同時に愉快でもあった。白い道化た衣裳を着せられて、硬直している姿は、哀れっぽいと云《い》うよりも滑稽《こっけい》だった。ところが死骸が愈々抱え上げられて、棺桶へ入ろうとする時、幼い妹は恐怖のため、わーっと泣き出した。すると、また新たに悲しみをそそられたらしく、母や叔母はひきしぼるような泣き声を放った。文彦は叔母がそんなにまで泣くとは思い掛けなかったことで、やはり彼も一同の悲嘆につり込まれて、しくしく涙を啜《すす》り出した。しかし、死骸は母の手を離されたため、額が棺桶の縁に前屈みに伏さっているので、文彦は額のあたりが疼《うず》くのを感じ、叔父の帯の間から洩れて来る、懐中時計のチクチクという響を聴いた。間もなく、叔父が文彦の額の位置を直し出した。叔父は文彦の両手を揃えて、膝の上で合掌させると、数珠《じゅず》を嵌《は》めてしまった。それで、死骸は今は窮屈な姿勢に固定し、何か大へん恨みを持っているような容顔だった。

死骸は今にも飛起きて、暴れ出しそうだった。その時、棺桶の片隅へ、叔父は黒い風呂敷包を挿入れた。文彦は何が包んであるのか気になったが、そのためにか、死骸に閃いた不穏な気配は、暫くして収まって行った。すると、叔父は桶に蓋をしてしまった。その時、軒の廂《ひさし》に何の鳥か綺麗な小鳥がやって来て、チャチャチャチャと啼き出したので、一同の視線はふと期せずしてその方へ奪われた。

「文彦はもう鳥になってしまいました」と母は真顔で呟き、皆も静かに息を潜めた。けれども、無心な小鳥はそのまま何処《どこ》かへ行ってしまったので、また作業は続けられて行った。叔父は金槌でコンコンと桶に釘を打込んだ。文彦はもう棺桶の内部を視ることが出来なかったが、幽閉された闇に屈む死骸は、金槌の音で脊柱が揺らぎ、烈しく身悶えしているらしかった。ところが、人々の顔には、ほんの微かではあるが、何か晴々した表情が閃き始めた。母はハンケチを持出して、さっきからの涙を拭い、熱くなった眼球を冷たい空気にあてながら爽やかな気分になって行くらしかった。叔母はもう間もなく往来へ出ることを予想して、ハンドバックを開けて顔をつくろい始めた。皆は、ともかく一段落ついたような顔で席をはずし出したが、叔父ばかりは態《わざ》と落着払って、釘の頭を丁寧に打込まなければ気が済まないらしかった。最初に現れた、人々の冷淡さに、文彦は何か残念で耐らない気持をそそられた。そして、叔父が態と余計な事に念を入れているのを見ると、一層癪《しゃく》に触るのだった。「叔父さん」と文彦は後から声を掛けた。「僕はまだこんなにピンピンしてるんだよ」と文彦は、槌を打っている方の叔父の腕をおずおずと把えた。だが、その声はどうしても叔父の耳には入らない様子だった。文彦は叔父が強情張っているのだと思った。

「やめてくれ、やめてくれ、僕の葬式の真似なんかまっ平だ」と今度は力一杯で抗議し出した。すると、叔父は始めて文彦に気がついたらしく、凝《じっ》と彼を睥《にら》み下したかと思うと、はしと、金槌で文彦の額を撲りつけた。文彦は眼から火の出るような痛みと、怒りで、今は幼い子供のように、わーっと泣き出してしまった。そして、隣室の方の母のところへ駈けつけて行った。

「叔父さんが撲った、僕の額を撲った。お母さんが悪いのだ、死にもしないのに葬式なんか出すからこんなことになるのだ」と文彦は精一杯、号泣しながら、畳の上で身悶えをつづけた。けれども母は文彦に気づかないらしく、そそくさと喪服の襟を正していた。文彦はまた凝としていられなくなった。

「やめてくれ、やめてくれ、僕は死んじゃいないじゃないか。ほら、ここにいるのがわからないのか。馬鹿、みんな馬鹿、みんなとぼけて僕を葬ろうとするのか」と、今度は家のうちの誰彼なしに把えては喚いた。が、誰も彼の存在に気づかないらしかったので、次第に文彦は気抜けがして来た。とうとう文彦は幼い妹にむかって、

「おい、云うてくれ、僕がわかるだろう。そら、この通り僕はここにいる」と、空の弁当箱を妹の耳許で振り廻してみた。すると、妹の顔には、ほんの微か、何かを凝視する表情が現れたが、それも無駄であっ

た。妹は向うの壁にある鏡で彼女の顔を見ているにすぎなかった。

文彦はもう一度棺桶をたしかめてみようと思って、座敷へ引返した。すると、もう棺桶は玄関の方へ運ばれていて、恰度、人夫が柩《ひつぎ》に入れて担いで出るところだった。人々は今、玄関からてんでに下駄を穿《は》いて、外へ出て行った。さっき脱いだ、編上靴がまだ其処《そこ》にあったので、文彦もあわてて靴の紐を結んだ。

外ではもう一同が整列していて、先頭の列は今静々と歩き出した。それはまるで始めから定められた秩序を着実に行っているような落着を持っていた。もう先頭は文彦の家から半町あまり離れたところにいた。道の両側や、家々の戸口から人が立並んで静かに見物していた。先頭は恰度四つ角の交番のあたりを通っていたが、交番の巡査も暫く葬式の列にみとれているのだった。誰もこの葬式に疑いをさしはさむものはなさそうだった。今、西の空から投げかける夕方の光線を、龍の首は正面に受け、それは西の方へむかって進んで行くのだった。蓮の花を持った男や、三方を抱えた男が、黙々と続いた。みんな、西の方を指して進み始めた。西の街はずれには火葬場があった。

文彦は列の外側から、ずんずん先頭の方へ進んで行ったが、ふと、花輪があるのに気づいた。「北村文彦の霊前に」と、どういう積りなのか、彼の名前が態々《わざわざ》白布に誌るされて、花輪に吊されてある。文彦はそれを見ると、また気がくしゃくしゃして、花輪を支げている男の側に近寄って行った。

「そんな花輪やめてくれ」と、花輪を奪い獲ろうと、手を伸した。すると、相手は穏かに手を振って、文彦の手を払い退けてしまった。ほんとに文彦に気づいて、花輪を守ったかどうか疑わしい動作であったが、その男の肘の力は、なかなかものものしいことがわかったので、文彦は暫く途方に暮れた。見ると、すぐ側に、俥《くるま》に乗った坊さんがいた。それは文彦の家にもよく出入りする坊さんなので、文彦も知らない人ではなかったが、今、美しい法衣を着て悠然と車上にいるのを見ると、文彦はまた癪に触った。「やめてくれ、やめてくれ。こんな無茶な葬式出ささないぞ」と、文彦は車の轅《ながえ》を把えて呶鳴《どな》り出した。が、坊さんはただ面白そうに、にやにや笑って、とりあおうともしないのであった。それで文彦の方でも次第に気勢がだれて来た。

文彦が暫く路上に立留まってぼんやりしているうちに、行列はずんずん進んで、もう母も兄も妹も、彼の側を通り過ぎてしまった。恰度、彼が気づいた時には、叔父が側を通りかかるところだった。さっきも金槌で額を撲られたので、文彦は多少躊躇《ちゅうちょ》したが、やはり思いきって、叔父の側にとり縋った。

「ねえ、伯父さん、僕はもう喧嘩腰でものは云わないから、まあ聞いて下さい。僕はそら、この通りピンピン生きてるのに、どうして皆は僕を死んだことにして、葬式なんか出すのか、その訳が教えてもらえないでしょうか」

叔父は依然として不機嫌そうな顔で、

「死んだものは死んだ。だから葬式出すのだ」と云ったきり相手にしてくれなかった。文彦はまた口悔しかったが、すぐ気をとり直して、行過ぎた母を追って訴えた。

「お母さん、僕を、この生きてる方の僕をよく見て下さい。僕がわからないとはお母さんもよっぽどうかしてるのです。ね、わかるでしょう」すると母は不機嫌そうに、文彦を視凝めていたが、ふと、

「おや、文彦だね。迷っているのだね」と、おろおろ声で云うと、早くもハンケチを眼の縁にあてた。

「お母さんこそ迷ってるのだ。ひどいよ、ひどいよ、あんまり人を無視したやり方だ」と文彦は母の側

で地蹈鞴《じたたら》を踏んで喚きながら、母の袂を把えて行かすまいと試みた。ところが母は、ますます文彦の存在を無視するばかりで、「可哀相に、まだ迷ってるのかい。南無阿弥陀仏、南無阿弥陀仏」と、泣きながら念仏を唱えるので、手の下しようがなかった。文彦は今度は兄をとらえて談判してみた。

「兄さん、兄さん、僕が誰だかわかるだろう。わかるなら返事してみてくれないか」兄は黙って頷《うなず》いた。

「そら、わかるなら、何故葬式なんか出すのか、一つ君の考えを聞かせてもらいたいね」

すると、兄は、「そんなこと知らないよ」と云って、そっぽを向いてしまった。

「知らないって、現に生きてる僕の身の上になってみてくれよ。何と云ってもこれは変じゃないか」と文彦はまた尋ねた。

「いや、そんなこともあるかも知れないね。一体この世の中で変でないものはない」と、兄は冗談とも本気ともつかない顔つきで、文彦を視凝め、「まあ、短気を起すなよ」と云うのであった。文彦が困惑して、暫く立留まっている隙に葬式の列はずんずん前へ進んで行った。それで彼もまた、ちょこちょこと忙しげに列の脇を追って行ったが、今は誰を相手に話しかけようとしているのやら見当がつかなかった。

ふと、行列は電車通りを横切るので、一度留まった。気がつくと、文彦の横に、山田先生がいるのであった。文彦は何か先生の方で云い出しはすまいかと、暫くもじもじしていた。しかし先生は相変らず、もの静かな顔で何も見ていないような態度であった。文彦はさっき迄、暴れ廻ったのがふと気恥しくなった。平素はおとなしい、火の消えたような無口の文彦が到頭《とうとう》飛込むところまで飛込んだのだった。彼は山田先生の方へ一歩、歩み依ると、思いきって口をきいた。

「先生、僕です。何故こんな無茶をみんなはするのでしょう」すると、山田先生は文彦を多少憐むよう

な顔つきで、

「それは君にわかっているだろう」と云った。恰度その時電車が通り過ぎたので、列はぞろぞろと進み出した。先生のまわりにいたクラスの生徒等は今までべちゃくちゃ喋っていたが、ふと一人が文彦の姿を認めると、

「やあ、あそこに北村がいらあ」と騒ぎ出した。

「やあ、やあ、やあ、北村の幽霊か」と、皆は遽《にわ》かに活気づいて、嬉しそうに囃《はや》し出した。

「生きてた時から、まるで幽霊のような野郎だったもの。ハハハ、こいつは面白い」と、悪童の一人は、くるりと文彦の方へ向きかわると、挙手の敬礼をした。皆は一勢に口をあけて笑い出した。

「幽霊閣下に敬礼」と、またさっきの生徒は敬礼をした。文彦は恨しそうに皆の悪口を見守っていたが、ふと我慢がならなくなって、「黙れ」と叫んだ。すると。二三秒、皆は吃驚《びっくり》したように沈黙したが、忽《たちま》ち一人の皮肉屋が云った。

「やあ、幽霊が口をきいたぞ。古今未曾有《みぞう》だな」そうして、皆は再び騒然とした。文彦は今にも泣き出しそうな顔で口悔しさを堪えた。「静粛にし給え」、その時、山田先生が皆を叱った。皆はそれでも、じろじろと、列から顔を離しては、文彦の方へ軽蔑の視線を投げた。とうとう文彦は路上に立留まって、暫く皆の通過するまで待った。そうしているうちに、列は次第にしんがりの方になって来て、文彦の小学時代の友達などの顔がちらほら見えた。が、彼等は文彦に遠慮してか、顔を外けて通り過ぎた。そして、とうとう最後になった。一番しんがりには、文彦の家に永く働いている老女が、普段着のまま列から大分後れ勝ちに歩いていた。そこには、とりのこされた安らけさがあった。

老女は文彦を認めると、別に驚きもせず、口をきいた。

「なかなか賑やかなお葬式で御座います」文彦は老女と並んで歩き出した。「しかし、これは誰の葬式なのかしら」と、彼はもう興奮しないで話すことが出来た。

「それは、あなたのお葬式なので御座いますよ」文彦はこの老女とこれまで殆んど口をきいたことがなかったが、今は不思議に彼女の云うことがしんみりと聞けた。

「それで僕はどうなるのかしら」

老女は暫く黙っていたが、「あなたは葬られるので御座いますよ」と答えた。

「葬られると、僕は滅びるのかしら」

「ええ、勿論で御座います」

「でも、僕はまだピンピン生きてるではないか」

「いいえ、あなたは、あの柩のなかに収められています」

「じゃあ、ここにいるのは誰なのかしら」

「それはあなたの抜殻で御座いますよ」

文彦は暫く黙っていたが、黙っているのが次第に怕《こわ》くなった。

「不思議だね。僕はずっと昔、子供の時、自分が死んで、葬式を出される夢をみたことがあるんだが、その時も自分で自分の葬式に従いて歩いたり、皆が泣けば僕も泣いたのだった」

老女はちらっと若やいだ顔をして文彦を視凝めた。

「ああ、そんな夢なら、私もずっと以前にみたことが御座います」

「しかし、あれは夢でよかった、が、今度は、今度は……」と、文彦はガタガタ戦《おのの》きながら啜り泣いた。

「いいえ、今度だって、まあまあ夢のようなものですよ、観念なさいませ」と、老女は静かに文彦を宥《なだ》めた。

暫くして文彦は泣き歇《や》むとまた口をきいた。

「僕は何度も普段から、死にたい、一そのこと一思いに死んでしまいたいと思ってはいた。しかし、こう云う変な目に遇おうとはまるで考えていなかった」

「ええ、あなたは段々諦めが出来てまいりました。さあ、もう二つ目の橋にまいりましたから、焼場も間もなくです」と老女は静かに向うを指差した。恰度、橋の中程を文彦は歩いていた。向岸の家々からは夕方の仕度をするらしい煙が幾条も立昇っていた。その少し川上の方の、枯木のなかに、大きな赤煉瓦の煙突が高く聳《そび》えていた。今も、薄い微かな煙が昇っていて、その上の空を鴉が四五羽、頻りに舞っていた。

「ほんとに、これは夢であってくれないかなあ」と文彦は絶望して呟いた。

「ええ、そうした嘆きなら、誰だって何時も抱いておりますとも」老女もそっと溜息をついた。

「じゃあ、やっぱり僕はほんとに焼かれてしまうのかね」老女は黙って頷いた。

「そうか。僕は子供の頃、地獄の鬼が赤い車を牽《ひ》いて迎えに来る夢をみたことがあるが、やっぱし焼かれた後ではあんな赤い車が迎えに来るのかね」老女は何も返事しなかった。列はもう橋を渡って、堤にさしかかった。

「そら、あなたは大分前、夏に伯母さんの葬式に行ったことがあるでしょう。あの時この辺に葦簾《よしすだれ》が張って御座いました」と老女は云った。その辺には二三軒飲食店が並んでいた。

「そうだった。この辺に置座《おきざ》が出ていて、ラムネやサイダがバケツに浸けてあった。この辺は夕涼みの場所なのだろうね」

「あの時のお葬式は途中で大変な雷が鳴りました」

「あ、そうだったね。みんなびしょ濡れになって帰ったもの」

「今日のお葬式は恰度いいお天気で幸で御座います」気がつくと、むこうの方の空が美しい夕焼けであった。それはもう春のように明るい雲の加減であった。文彦はふと、また溜息をついて呟いた。

「ああ、もう一度、川の堤で土筆《つくし》を摘んでみたい」

すると老女は頑《かたくな》に頭を振って云った。「もうそんなことはおっしゃいますな」

焼場の石の門が見えて来た。行列の先頭の方はもう静々と其処を潜っていた。文彦と老女は暫く黙ったまま歩いていたが、そのうち二人とも石の門へ来た。空地に今、会葬者が整列していた。正面の寂《さび》れた丈の高い建物は、かなり急な勾配の屋根で地面に迫っていた。その屋根の下に、白い壁や、太い柱や、祭壇らしいものが見えた。蠟燭《ろうそく》の灯が燃えていた。文彦の柩はその前にあった。柩の両脇に、花輪や、龍の首や、造花などが、とりどりに置かれた。左右の椅子には母や兄や親戚の者が腰を下していた。一般の会葬者は一塊りになって空地に立っていた。文彦と老女は一番端の方から、遠くの祭壇を眺めた。あの椅子にかけている母は今頻りにハンケチを出して眼を拭い出した。ふと文彦は兄の席に目をやった。あの隣の椅子に文彦は嘗て腰掛けたことのあるのを憶い出した。

次第に人々の影は暮色に包まれて濁って行った。坊さんは今、だみ声で読経をあげていた。今は何も彼も色の褪せた写真のような気持がして、父が死んだ時のうつろな悲しみと似ていた。文彦はふと別のことを思い出して老女に話しかけた。

「あ、僕はうっかりしてた。今日学校を怠けて山で遊んだのだが、懐中時計を樹の枝に置いたままで忘れて帰った。あとで拾っておいてくれないか」老女は黙々と頷いた。

暗室

しんは寝室に睡《ねむ》っていたが、雨戸の外の庭が、月の光で真昼のように明るかった。簷《のき》の近くの海の樹の枝が二股に岐《わか》れているところに、しんの二番目の息子の七つの時の顔が嵌《は》められていた。その顔は眼のくりくりとした、好奇心に芽生えかかった表情で、写真師の方へ向けられた顔で、たしか箪笥《たんす》の戸棚のアルバムに貼ってある、古ぼけた写真の儘《まま》だったが、海の樹の股から覗《のぞ》いている顔は、段々鼠《ねずみ》のような顔になって、寂しげに瞬《またたき》してはしんを眺めるのであった。しんは自分の産んだ子が動物になっているのに驚かされて、胸は早鐘を打ち出した。不図《ふと》、また向うの百日紅《さるすべり》の枝に気がつくと、そこには三番目の息子が真裸で、すべすべする枝に登って行くのだった。いくら三郎の柄が小さくても、あんな小さな手足ではなかったし、背中に猿そっくりの毛が生えているのも哀れだった。百日紅はさるすべりと云《い》って、お猿でさえ登れないのですよ、とあの子を背負っては教えてやると、あの子は一生懸命梢の方を振仰いだものだった、あんなことを教えたために到頭《とうとう》、三郎は夢中で這《は》い登ってゆく。梢には点々と赤い花がみえ、それがすぐ真下の井戸の底に青空と一緒に映っている。三郎はふと、変な身構えをすると、むこうの枝に飛び移ろうとする。あれは一度、尋常四年の時、機械体操から墜《お》ちたから、それに中学の入学試験にも落ちたから、何時《いつ》もあんな恰好《かっこう》をする癖がついたのかもしれないが、もし飛び損なったら今度こそ井戸の底に墜ちるのに、と、しんは気が気でなかった。そのうちに、ぽしゃり、と井戸の底に鯉が跳ねる音がすると、もう三郎の姿は樹上になかった。しんはさっきから続いていた胸騒ぎが今はコチ、コチ、コチ、と氷を割る音に変って行った。笊《ざる》の底の氷塊はごろごろと滑って、うまく錐《きり》が立たなかった。縁側のすぐ側の飛石が大きな亀の恰好をして地面に伏さっているが、あれは長男の一雄の証拠に、時々難儀そうに口を開けるのだった。あんなに辛くなるまで我慢しなくてもよかったのに、一雄は脚気《かっけ》を怺《こら》えて試験を受けようとしたのだった。それで夜、あれが突然帰省して来て、玄関の戸を弱々しく叩いた時、しんは心臓を叩かれるような思いがした。今も地面に伏さっているからには余程苦しいのだろうが、脚気を氷で冷やしたら少しは楽になるのかしら、と、ついしんは余計な思案をしながら錐の手を休めていた。すると、耳許で、しんの夫が、「馬鹿、早くしろ。一雄は脚気じゃない、疫痢《えきり》だぞ」と呶鳴《どな》って、錐をひったくると、自分でゴツゴツと氷を割り出すのだった。子供のことになると、無我夢中になる夫の姿をみると、しんは自分ののろくささに狼狽《あわ》てながらも、内心微かに嬉しかった。夫の義造は壮烈そのものの姿で錐を打ち込む。氷は頻《しき》りに白い煙を放ち、溶けた雫《しずく》が笊の目から庭へ流れた。

ガチャリ、ガチャリという音響で暫《しばら》く気がつかなかったが、ふいと視ると、向うの百日紅の方から飛石を踏んで、二人の警官と一人の女がやって来るのだった。彼等はもう義造のすぐ側まで近づいていたので、どうなることかと、しんが少し心配し始めた時、「おい!」と一人の警官が義造の首筋を摑《つか》んで呶鳴った。「なにをしているのだ、君は」義造は吃驚《びっくり》して、暫く口をもごもごやっていたが、「何をしているかって、息子が疫痢だから氷を割ってるのですよ」と答えた。「嘘をつくな。君は変なものを拵《こしら》える気だな。証人がいるぞ、夜通しごそごそやってたとこの女が云ってるぞ」そう云って警官が指差した女は、しんの家へ毎日牛乳を配達する女だった。彼女は若い時、キャッチボールの球が額にあたったので、耳が遠かった。「ええほんとに毎晩ここの家からは変な物音がして、二三丁離れたところからでもよく聴えます」と牛乳配達の女は得意そうに鼻を蠢《うごめ》かした。「とにかく、一応調べねばならん」と、二人の警官は台所の方へ上り込んで、ガス・メートルの数字を頻りに首を捻《ひね》りながら眺めていたが、「とにかく、ちょっと来てもらおう」と義造を真中に挿《はさ》むと、ずんずん表の方へ行ってしまった。彼等が見えなくなると、後に残っていた牛乳屋の女は急にしんに同情するような振りで、「ほんとにお気の毒で御座います。それというのもお宅の御主人はお稲荷さんに寄附をなさらなかったから罰があたったので御座いますが、後に残されたお子様はおいたわしゅう御座います」そう云いながら、ぽろぽろと大粒の涙を前垂の下に零《こぼ》した。しんは腹の底が煮えくり返るほど口惜しかったが、眼さきがちらちらして、赤や青の火の玉が灰色の闇に漾《ただよ》って流れた。ふと、耳許で義造の嗚咽る声がして、しんはやっと眼の前が明るくなった。何時の間に帰って来たのか、義造は大変憤慨して縁側に立ちはだかっている。牛乳屋の女はさっきから嗚咽《おえつ》を持ちつづけながら、今は時々頭を下げては詫びている。「いい加減なことを喋るというにも、いうにも、程があるじゃないか」と義造はまだ怒りが解けないらしく、足を踏み鳴らした。すると何時の間にか父の側に二郎と三郎がいて、父の真似をして足を踏み鳴らした。縁側は雷鳴のようにゴロゴロと響いた。「あああ」と牛乳屋は声をあげて泣き出した。「私は聾ですから時々感違いするのです。悪う御座いました。悪う御座いました」そして、こほん、こほんと奇妙な咳をし出し何時までたっても歇《や》まなかった。「もういいから帰れ」と義造が云うと、急に嬉《うれ》しそうにひょこんとお叩頭《じぎ》をして、牛乳屋は下駄の歯を、きゅる、きゅる、きゅる、と露次《ろじ》の敷石に鳴らしながら消えて行った。

義造は怒った後の気疲れで、柱に凭掛《よりかか》って空を眺めていたが、ふと、梅の枝に頬白《ほおじろ》が留まっているのに目をとめると、「四郎さんよ、可哀相に」と話しかけて涙を浮かべた。「誰がお前を殺したのかしら、お前に枇杷《びわ》を食べさせて疫痢にさせたのは誰なのだろう」と、義造は段々興奮して来た。ふと、頰白は何かに驚いたらしく、ききき、と不思議な啼きかたをして、急にぱたぱたと逃げて行った。義造は不思議そうに頰白の逃げて行った跡を見送っていたが、急に何かに思いあたったらしく、ぽんと膝を叩いて立上った。「そうだ。狐《きつね》だ、狐の仕業《しわざ》だぞ。何も彼も狐の奴が企んでるのだわい。解った、解ったぞ。あの牛乳屋の婆《ばばあ》も狐だぞ。こほん、こほん、啼いたりなんかしやあがった。狐が儂《わし》の一家を覗《うかが》ってるのだな、畜生！」そう云いながら義造は握拳を振り廻して、縁側を往ったり来たりしていたが、ふと、しんの側に立留まって、「おい、お前は何歳《なにどし》生れだったかいな」と尋ねた。解りきってることを尋ねるので、しんが黙っていると、「そうだった、酉《とり》だったな。酉だと、こいつは大変だ。いよいよ以《もっ》て狐が覘うわけだ」と、義造の顔は急に青ざめて、手足が少し慄《ふる》え出した。「鶏の子なら雛だ。雛を覘うてるのだな、狐の畜生が」義造は独りで呟いていたが、また急に語調を高めて、「ああ、残念だ。狐に一杯食わされたぞ。狐の乳とは知らずに皆に牛乳飲ませてたか。ああ、残念なことをした。こいつは早く医者に相談して手当しなきゃ大変だ」そう云って、閾《しきみ》の上にどかんと坐ってしまったが、「まてよ、医者ももしかすると狐かもしれないぞ」と呟いた。しんは義造があんまり変なことを云うので、くすりと笑った。「何がおかしい！」と義造は鋭く咎《とが》めた。「だって、医者と狐は違いますもの」「黙れ、お前までが狐の味方をするのか、一雄や二郎や三郎や芳枝や妙子を狐の餌食にする気なのか」「だって、そりゃあ、あなたが疑いすぎるのですわ」「そんなこと云ってるから、狐はいい気になって図に乗って来だすのだぞ。畜生、ウオオオ！」と義造は終《つい》に咆哮《ほうこう》して、胸をどんと叩いた。「ウオオオ、俺は虎だぞ、寅歳生れだぞ。さあ来い、狐の二匹三匹噛《か》み殺してくれるぞ。さあ来い、何なりと来い。ウオオオ！」義造はほんとの虎のように畳の上を跳ね廻り出した。四つん這いになってじっと蹲《うずくま》っているかと思うと、突然飛上って、神棚にある榊《さかき》の枝を歯で捩《も》ぎ除《と》って、左右に振廻した。義造は榊を歯で弄《もてあそ》びながら、左と右の眼で交互にしんの方を睥《にら》んだ。その眼球が次第に虎に変ってゆくのでしんは怕《こわ》くなった。そのうちに義造はウウと口をあけて一声唸ったかと思うと、のそのそとしんの方へ迫って来た。しんはビクビク顫《ふる》えながら、部屋のうちを逃げ惑い、どういうものか、きゃっと叫ぼうとしたのに、ここここ、という啼声になってしまった。それでは自分も鶏にされてしまったのかしら、やれ情ない、と考えながら、しんはちょこちょこと両脚で歩いては羽撃《はばたき》をした。そのうちに虎はしんの尻尾に噛みついてしまったので、しんはここここと悲鳴をあげて、眼球を白黒させた。

しかし、今、虎の歯はしんの背中にがくりと噛みついたのだが、しんは全身が怠《けだる》く、少し火照って来るだけで、あんまり烈しい痛みは生じなかった。それで、ぐったりとした儘、少しずつ眼を開けてあたりを見廻すと、おかしなことに、すぐ彼女の四五尺前に、義造が畳の上に大きな鼾《いびき》をかきながら仮眠しているのだった。まあ、よかったと安心すると同時にしんは義造の寝顔をしげしげ眺めた。義造は時々何か愉快そうに夢でもみているのか、すやすやと笑うのだ。そのうちに涼しい風が頻りに畳の上に流れて来た。こんな処《ところ》で何時までも仮眠していては風邪を引くだろうと思って、しんは義造の肩を揺って起そうとした。義造はぱっと眼を開くと、半身を起して、すぐ側に落ちている榊の枝を手に執ってみとれた。それから如何《いか》にも安心したらしく、枝の葉を一枚一枚数えながら、いかにも嬉しそうな顔をした。しんは、どう云う訳で義造があんなことをしているのか合点が行かなかったが、黙って眺めていると、義造はそれらの葉を一枚ずつ枝から捥《も》ぎ取ると、丁寧に揃えて懐中に収めて行った。「福の神が飛び込んだぞ。

この株券の配当たら、どんなもんだい、二倍、三倍、四倍、この調子で行ったら凄いものだぞ。おい、ちょっと算盤《そろばん》を持って来い」と、義造はしんに命じた。しんはどうも合点が行かないながら、すぐ側の机から算盤をとって渡した。すると、義造はさっき懐中に収めた、榊の葉を一枚一枚、畳の上に並べ出したが、不思議なことに、榊の葉はちゃんと立派な株券になっている。しんはこれは大変なことになるのではあるまいかと心配していると、はたして義造は遽《にわ》かに眼の色を変えて、一枚の株券をぐいと睥みつけた。義造は株券を手に持ったまま、暫くはものも云えないほど興奮した。それから、「フーン」と感嘆の息を吐くとともに、「こいつは、幽霊株だな」と叫んだ。すると、義造が手に持っているのは、榊の葉であった。義造はそれに気がついたらしく、大急ぎで懐の葉をはねくり出して、全部畳の上にちらかした。「やりやあがったな。狐め！　かつぎやあがったな。畜生！　よくも木の葉を株券にしてくれたな」義造は怒号とともに木の葉を八方へ蹴散らかしたが、やがてがくりと畳の上に蹲ると、もう全身の力を失って、よろよろと横になってしまった。横に倒れながらも、余程口惜しいのだろう、義造の胸は大きく波打ち、鞴《ふいご》のように激しい息をついた。「水をくれ、水を」と義造は喘ぎながら、しんに訴えた。しんが鉄瓶の水をコップに汲んで差出すと、義造はぼんやりコップを掌にしたまま眺めていたが、「おかしいな、このコップのなかには金魚が泳いでいるね」と子供のような調子で話しかけた。「いいえ、鉄瓶の水ですから金魚なんかいませんよ」と、しんが云うと、義造はすっかり安心したらしく、唇にコップをあてたが、不図また、コップを離して、「どうも蛭《ひる》のようなものがちらちらする」と云って眉を顰《ひそ》めた。しんが義造の額に掌をやってみると火のように熱かった。そのうちに義造はガタガタ慄えて、眼が潤んで真青になった。「ああ、怕い。狐が、攻める。攻める、狐が」と義造は悶《もだ》えながら口走った。しんは義造の身体をしっかり摑えながら、「何処に、何処に狐がいます」と尋ねると、義造は黙って頤《あご》で天井を指差した。見ると天井には何十匹の狐がぐらぐらと蠢いていた。狐達は絶えず入替っては上から義造の方を覗いていた。そのために、もさ、もさ、もさ、もさ、という狐達の跫音《あしおと》がしんの耳にも聴えた。そのなかの一匹は今にも天井から飛出しそうな気配だった。しんは思わず、「しょい！」と叫ぼうとしたが、声は咽喉《のど》のあたりに痞《つか》えた。ところが、それと同時に一匹の狐はちょろちょろと壁を伝って降りて来た。しんはまるで自分の背中の上を狐に走られているような気持がした。既に一匹が畳の上に達した頃には、他の狐達も一勢に四方からどろどろどろと雪崩れ落ちて来た。頭から水を浴せ掛けられたように全身びしょ濡れになって、暫くは何も見えなかった。やがて気がついた時には、もう狐達は退却したのか縁側をどろどろと走って行く音がした。

見ると側の義造は何時の間にか氷嚢《ひょうのう》を額の上にやって、すやすやと睡っているのだった。縁側を走る跫音は再びしんの方へ近づいて来た。やがて、跫音は障子の外まで来たかと思うと、ぴたっと立留まって、何か囁き合っている様子だった。そうして、すーっと障子が開けられた。はっとして振向くと、そこには二郎と三郎の顔が覗いた。「お父さんが病気なのですから騒動してはいけません」と、しんは少し怕い顔で叱った。義造はその物音で目が覚めたとみえて、一寸頭をもちあげて、「こちらへはいっておいで」と云った。子供達は父の枕頭にかしこまって坐った。二郎も三郎もシャツ一枚で暑そうに額に汗の玉をかいている。「二郎はもう霜焼はなおったかい」と父が尋ねると、二郎は黙って頷く。義造は額の氷嚢の口を開けて、「さあ、氷砂糖をやろう」と、二人の掌に二つ三つ渡した。子供達は早速それを頰張り出した。「もう、あちらへ行って遊びなさい。静かにしているのですよ」と、しんが云うと子供達はそっと座を立って出て行った。やがて暫くすると、蜜柑色の光線が障子に射して来て、茫《ぼう》とした樹の枝が映って、雀たちが一頻り囀《さえず》り出すのだった。しんは雀たちの啼声を聴いていると、何だか少し睡たくなって、とろとろしかけたが、時々、義造の額の上の氷嚢がガチャガチャいう音で、はっとして眼を開いた。それからまた、とろとろしていると、雀たちはいい気になって囀り廻るし、義造の氷嚢のガチャリという音は睡むりばなを見はからっては始まるので、しんはうつらうつらと裁縫をしているような気持だった。長い間の看護疲れもあったが義造は段々快方へむかってゆくし、子供達が庭で元気そうに遊戯をやっているのを聴いていると、しんはすっかり安心してしまった。実際のところ、あれは子供達が騒いでいるのか、それとも雀の啼声なのか、しんの耳には区別ができなかったが、そんなことはどうでもよかった。そのうちに暫くあたりが静かになったかと思うと、今度は庭の方で合唱が始まった。「もし、もし、お前は誰ですか」と子供達は声を揃えて歌った。誰かが一人、「私はここらの狐です」と答えた。

と、今迄すやすやと睡っていた筈の義造はまるで電流を懸けられたように、かばと跳ね起きた。それから縁側へ飛出し、「馬鹿!」と大音声で号《さけ》んだ。子供達は義造の剣幕に恐れて、パタパタと逃げ出してしまった。義造は縁側に立はだかって、余勢を持てあましていたが、やがて、「エイ!」と一声気合を入れたかと思うと、右手に樫《かし》の棒を握り締めているのだった。「一雄二郎みんな来い。今晩這入って来る泥棒を今に儂《わし》が退治するぞ」と義造はすっかりいい機嫌になって、たった今叱ったばかりの子供達を呼びかえした。子供等は珍しそうに父の後からぞろぞろと従いて歩いた。義造はすっかり得意そうに樫の棒を振り翳《かざ》し、時々、「エイ」「ヤア」と、手あたり次第柱や壁を撲りつけ、「そもそも泥棒はどこから這入る」と、家のうちをぐるぐる見張りして歩くのであった。そのうちに、義造は便所の脇の廊下に大きな足跡を発見して、「やあ、あったぞ。あったぞ」と叫んだ。「さあ曲者《くせもの》だ。さあ曲者だ」と家のうちをぐるぐる走り廻って、箪笥から押入れから仏壇まで到る処を探し廻ったが、もう曲者は逃げた跡らしかった。「ああ、残念だったな。一足ちがいだった」と義造は腕組みして考え出したが、「うん、大工を呼んで来て、あの足跡のところを切抜いてもらおう」と云った。と、もうさっきの足跡のところには大工がやって来て、鋸《のこぎり》でゴシゴシ廊下の板を切抜いていた。義造は大工の側に行って、「随分大きな足跡だなあ」と感心しながら話しかけた。「足跡というものは大きく見えるのですよ」と大工は切抜いた足跡を義造に手渡した。「ふん、これは参考になるから一つ小学校へ寄附してやろう」と、義造はその板を大切そうに袱紗《ふくさ》に包んだ。

その時、突然、火事の半鐘がガンガンとすぐ近くで鳴り出した。と思うと、近所の小学校の方角の空に濛々《もうもう》と煙が立昇っているのが見えた。「やあ、小学校が火事だ。儂が寄附した足跡が焼けてしまっては大変だ」と義造は樫の棒を抱えて飛出してしまった。しんも凝《じっ》としていられなくなって、二階の物乾棚へ上ってみると、もう向うの小学校の講堂の屋根の上では、義造が樫の棒を振廻して活躍していた。さっき階下でみた時ほど、あんまり煙も立たないので、しんはもう消えたのかしらと思ったが、ワイワイという人声や、往来を走る足音がまだ頻りに聞えた。義造はたった一人、講堂の屋根で頑張っているので、彼の姿が大変大きく見えた。義造の後の空はまるで火事とは反対に静まり返っているので、義造も少し退屈して欠《あくび》をした。今、火事の騒ぎで飛出したらしい鴉が四五羽、義造の頭上を逃げて行った。彼は樫の棒を振上げて、ポカポカと撲《なぐ》りつけた。すると、みごとに手答えあって、鴉は四五羽ともぽとぽとと屋根の上に墜ちてしまった。義造はすっかり偉大になったらしく、今、樫の棒をしんの方向へむかって正眼に構えると、忽《たちま》ち彼の身体は宙を飛んで、もうしんの居る物乾棚のところへ戻って来た。

ふと見ると、さっき義造が叩き落した鴉どもが、今静かに舞上るのが恰度、蜻蛉《とんぼ》位の大きさに見えた。鴉はまるで飛行機のような唸《うな》りを発して、物乾棚の方へだんだん近づいて来た。しんは大変心配したが、義造は一向に気がつかなかったらしい。やがて、サイレンが物々しく鳴渡り、パタパタと人の逃げ惑う足音や、犬の啼声があちこちで生じた。その騒ぎの上を撫でまくるように、ぐわんという唸りと、大きな翼の影が横切った。しんは義造の手を引張って、物乾棚を飛降りると、階段を滑り落ちて、風呂場の方へ逃げて行った。何時の間に普請したのか、流しの所が地下室の入口になっていて、そこは百貨店の地階の入口のように飾ってあった。しんは逃げながら、ちらと、模様の変っているのを見て、風呂場が便利になったのが一寸嬉しかったが、やがて地階の床へ足がとどいた時には、どたりと倒れてしまった。もう大丈夫だろうと安心していると、すぐ外をオートバイの走る音がして、ガチャンと硝子《ガラス》の壊れる音がした。「やられた！」と、しんのすぐ側に倒れていた義造は悲痛な声で唸った。しんは吃驚しながらあたりを見廻すと、壁のところに亀裂が生じていて、そこから白い煙が少しずつ洩れ入って来た。義造は顔を痙攣《けいれん》させながら、涙を湛えて、「儂は今度こそもう助かるまい」と云った。そう云ったかと思うと義造の顔は少し落着いて来た。「それでなくても胃が悪いのに、あんな毒瓦斯《どくガス》を吸わされてはもう駄目だ」と、義造は壁の裂け目をじっと視凝《みつ》めていたが、「今死んでは子供が可哀相だが」と云って涙ぐんだ。しんも涙を湛えて、じっと義造を見守った。すると、義造はひょっこり立上って風呂場の方へ歩いて行き出した。

しんが気づかって後からおろおろ従いて行くと、義造は風呂桶をじろじろ見ながら段々、不平そうな顔色になった。「あれほど儂の棺桶は檜《ひのき》で拵《こしら》えて呉れと云っておいたのに、これは松じゃないか。それに節穴だらけだし、恰好だってなってはいないじゃないか」と、義造はしんを叱り出した。しんは死際になってまで叱られるのが悲しかったし、それに身に憶えのないことでもあった。「いいえ、そんなこと私は聞きませんでした。それにこの桶は松ではありません。檜です」すると、義造は一そう怒り出した。「何! 儂が死のうとする時にあたって、まだ口答えしたり強情はるのか。これは松だ。松だ。松だわい」「ええ、やっぱし松でした」と云って、しんはそっと涙を零《こぼ》した。すると、お互に沈黙がつづいた。「おい」と義造がとうとう口をきいた。「お前泣いているのかい」しんは黙って答えなかった。しんは義造がとっくに死んでいた筈なのに、まだ生きているのが今不思議に思われた。「お前は悲しいのかい」と義造がまた尋ねた。しんは首を横に振った。「いいえ、死んだはずのあなたに、こうして叱られているのが何よりも嬉しゅうあります」そして義造の方を見上げようとすると、しんの言葉は余程、義造の弱点に触れたのか、義造の姿は見る見るうちに細りながら悶《もだ》えて、空を摑もうとし出した。ああ悪いこと云ってしまった、と、しんは後悔しながら義造の方を見ると、今、彼は煙のように空気のなかに溶けて吸い込まれて行くのだった。義造の眼の色だけが一番終りまで残って、その眼は少し羞《はにか》んでいるような恰好になった。やがて左側の眼はぱっと消えてしまったが、右側の眼だけがまだ美しく残り、段々その眼球は魚の眼に似て来たが、最後に貝殻の釦《ぼたん》のように平たくなって、茫とした燐光《りんこう》を放つのであった。しんはその青い塊りを指先で弄《いじ》ってみたくなったが、いくら手を伸してみても其処にはとどかないので、不思議なもどかしさと怕さがあった。何だか気抜けしたような気分で、しかし、誰かに後から催眠術でもかけられているのか、しんは自分で自分の身体が自由にならず緩いリズムとともに両手を前方へ上げたり下ろしたりし出した。胸のあたりが疼くように切なかった。そのうちにしんはこれはどうも後の方に誰か立っているらしいと感づいたが、振向こうとしても首筋が硬直して動かない。眼の前が段々昏《くら》んで行くと、さっきまで光っていた向うの眼球が急にするすると墜落して見失われてしまった。それと同時にしんも立っている力が失われて、思わず足許へ蹲《しゃが》んだ。

激しい耳鳴と目暈《めまい》の渦が静まった時には、しんは洗濯をするような恰好で盥《たらい》に両手を突込んでいた。そうして両手は水の中に浸された義造の襦袢《じゅばん》の襟をしっかりと握り締めていた。じゃぶ、じゃぶ、とやりながら、しんはお腹のなかに子供がいて両脚を突張るのが苦しかった。さっきから誰かが頻りに後でものを云いたげにしているらしかったが、しんは暫くの間、素知らぬ顔で洗濯をつづけた。が、ふと、手を休めると、後では暖かそうな咳払いがした。それで、あ、お父さんだなと、しんは思った。父親は用事がなくても時々家へ立寄るのが癖なのだから、しんは大して気にもしないで、また洗濯を続けて行ったが、何時の間にかお腹のなかの子供が軽くなって行って、非常に身体の具合が楽になった。

盥には洗濯石鹸の泡が日の光で美しく輝き、それに庭の楓の若葉が映った。そうすると、隣の家の方で若い衆が臼《うす》を碾《ひ》きながら緩い声で歌を歌っているのが聞え、時々、車井戸の車がヒラヒラヒラと可愛い金切声をあげていた。往来を飴売が太鼓を叩きながら通った。チンチンチンと鈴が鳴って、おそなえ売もやって来るらしい。しんのすっかり若やいだ頰にはちょろちょろと微風が来て撫でた。微風はまるで小さな魚のようにしんの襟首をくるくる廻って、髪油のにおいを遠くへ持運んだ。すると、しんの挿しているい花簪《はなかんざし》を花と間違えて縞蜂《しまばち》がやって来た。しんは恍惚《こうこつ》として、お祭の提灯が続いている軒や、水に浸った海酸漿《うみほおずき》を思い、洗濯にいそしんだ。しんの頭にはあの祭の宵の藍色の空が美しくひろがっていた。それで、もう盥に浸っているのは彼女の派手な長襦袢であった。しんは娘友達の誰彼と一緒にはしゃぎながら過す時のことを思うとますます気持が浮立って来た。

　すると微風がまたやって来て、今度はしんの袖を引張った。しんが知らない顔でいると、微風は一そう強く引張り出す。まあ、まるで人間のする通りに袖を引張るので、しんは何だかおかしくなって、振向いて微笑した。ところがすぐしんの後の柱には一雄が大変不機嫌な顔をして突立っているのだった。しんはちょっと意外な気持がして、同時にまたおかしくなって笑った。息子はますます憂鬱に顔を曇らした。大きな男がまるで子供のように不貞腐《ふてくさ》れているのを視ると、しんは、「まあ、まあ、そんなに怒るものじゃありませんよ」と云った、すると一雄は悲しそうな声で、「どうせお母さんなんかにはわからないのさ」と云った。「僕がいくら真面目に相談しても、茶化すことしか出来ないのだもの」と一雄は怕い眼でしんを睨み出した。「おや、そうかい。何か相談があったのかい。ちょっとも知らなかったのだよ。それなら早く云えばいいのに、一体どうしたの」としんは心配になって尋ねた。すると一雄は頑《かたくな》にくちを噤《つぐ》んでしまった。「どうしたのよ、なにがいけないの」としんはまた優しく尋ねた。「わかってらあ」と一雄は突慳貪《つっけんどん》に云って、とっとと向うへ行ってしまった。

　息子が残して行った跫音が何時までもカタカタと縁側で鳴った。しんは心配になって、跫音を辿って行ってみると、二階の階段の中途で息子の跫音はぱったり止んでいた。それでは、もしかすると、と思うと、しんの胸は悪い予感に襲われて呼吸がはずんだ。やっと二階へ辿りついて、襖《ふすま》の隙間からそっと覗いてみると、一雄は元気で本と相撲をとっているのだった。一雄が相手にしている大きな書物は、本の癖に手足をもっていて、なかなか倒れない。一雄は余程汗が出るとみえて、とうとう肌脱ぎになって、手拭で鉢巻をした。それから奮然と本へ組みついて行ったが、海亀のような書物は、見る見るうちに一雄をぱったりと畳の上に倒してしまった。一雄は元気を失って、顔が真青になった。ひどいことをする奴だと、しんは口惜しくなって、次の間へ飛込んで行った。しんが一雄の頭を抱えて起そうとすると、一雄は虫のような息をしていた。「どうしたのです。元気を出しなさい」としんが云うと、息子は細い眼を見開いて、「ああ、苦しかった」と呟いた。それから不審そうにあたりを見廻して、「さっき、ここに大きな亀がやって来て僕をいじめたのだが、何処に行ったのかしら」と云った。しんも息子に気をとられていて、さっきの書物の怪物のことを忘れていたが、気がつくともうそれらしいものは見あたらなかった。ただ、一雄の周囲にはいろんな書物が散乱していて、どたんばたんやったらしい形跡が残されていた。

一雄はうつろな瞳孔を開いて、ぼんやり天井を眺めているのだが、余程さっきの海亀が怕かったのだろう、まだ心臓がどきどきと、しんの膝の上に響いた。そうしている息子の姿は段々、素直な顔になって行くので、しんは嬉しかった。額から眉のあたりがそっくり義造に似ていて、頤や下唇は子供らしくつるりとしていたが、頬が病後のように痩せてきて、産毛が侘《わび》しそうに生えているのは、どうやら一雄ではなくて二郎のような気がした。そう思い出すと、たしかその顔は二郎であった。二郎は長い病いですっかり窶《やつ》れた青年らしい瞳に、なお生きることの希望を燃やしているらしく、美しくキラキラ光る涙を湛えて、しんの顔を見上げているのだが、そうされると何だかしんは自分が苛められているように辛かった。ところが幸いなことに二郎は次第に元気を恢復して行った。やがてむっくりと立上ると、さっきしんに甘えていたのを今になって恥じているのか、しんの方へは顔を外けたまま机の前の座蒲団に坐った。それからあたりに散乱している書物を両手で寄せ集めると机の上に積み重ねて行った。まるで積木細工をしているように書物の山は段々高くなって行ったが、土台の方が弱っているために、ぐらぐらと左右に少しずつ揺れているのだった。それを二郎はまだ気がつかないのか、無造作に後から後から積重ねて行く。しんは注意してやりたくなったが、ああして折角独りでいい機嫌で遊んでいるものを、余計なことを云って怒らすにもあたるまいと、我慢していた。ふと本棚の方を見ると、壁の隅の薄暗い処から何かのこのこ這い出そうとしているので、しんはまたさっきの海亀ではないかと冷やりとしたが、静かに音もなく立上って出て来たのは、三郎の友達だったのでまず安心した。

ところが、第一、二郎のところへ弟の友達が来るのも変だし、あんな処から這い出てくるのも怪しげだったが、その友達は大きなペン軸を槍のように右手に抱えて、壁に映る影は細長い蜂のようだった。その友達は足音を秘めて、二郎の後へ近づいて行くので、これは怪しからぬと、しんが一声叫ぼうとした時、もうペン軸の先で机の上の書物に一撃を与えてしまった。ガラガラガラと書物は崩れ落ち、それに和して窓のすぐ外で三郎の友達が五六人一斉に歓声をあげて顔を覗かせた。はっとして今気がついたらしいのは三郎だった。三郎は口惜しさに青ざめ、ガタガタ手足を慄わせながら、窓の方を睥み返していたが、もうその時には友達は逃げてしまったらしく、遠くでげらげら笑っている声が響いた。口惜しさは三郎の頭の芯を打ったのか、眼がじいっと据ってしまい、あんまり殺気立っているのでもう何にも見えないらしく、頭髪から茫と白い湯気さえ立っていた。暫くすると三郎は何か手探るようにして本棚の方へ近寄って行ったが、抽匣《ひきだし》から手斧を取出すと、やにわにあたりに散っている書物を割り出した。三郎は薪を割るような恰好で斧を振上げ振下すのだが、書物が割れる度にパッパッと火花が散った。

呼吸《いき》をもつがずやっているのは余程口惜しさの余りだろうが、あんなに弱い身体の癖に、あんまり無茶をやってくれなきゃよいがと、しんははらはらして留めるすべもなかった。

そのうちに三郎は到頭ふらふらになって倒れてしまったが、まだ口惜しさが残っているのか、倒れたままも地蹈鞴《じたたら》を踏むようなつもりで、足をバタバタやっていた。はだかった懐から鳩尾《みぞおち》の凹みがみえ、その凹みには膏汗《あぶらあせ》が貯まって、薄い煙を発していた。あんなにひどく怒っては今に死んでしまうだろうに、どうして平静になれないのかしらと、しんは畳の上に落ちていた厚紙で遠くからそろそろ煽《あお》いでやった。すると多少人心地がついたのか、三郎はぱっと眼を見開いた。「あんまり怒るものじゃないよ」としんが宥《なだ》めると、三郎は不思議に涙ぐみ出した。「お前のように何でも彼でも一々本気にとりあおうものなら腹も立つだろうが、世間には腹を立てるのが馬鹿馬鹿しい程腹の立つことだってざらにある。お前がそんなものに一々腹を立てるなら、それこそ相手の望むところで、馬鹿をみるのはお前一人だよ」と、しんが云い聞かせているうちに、三郎の顔は段々赤ん坊らしくなって来た。赤ん坊になってしまってからも、三郎はまだ時々歔《しゃく》るように呼吸をするので、しんは両手に抱き上げて、口に乳房を含ませてやった。

すると、三郎は嗚咽が乾いていたとみえて、夢中で乳豆をしゃぶり出すのだった。しんは三郎の鼻翼に出ている汗をそっと拭き除ってやりながら、厚紙で襟の辺へ風を入れてやると、三郎はすっかり安静になったらしく、すやすやと睡り出した。三郎はまだ乳房を離さなかったので、しんは暫くぼんやりと坐っていた。三郎は時々、乳の出の悪い乳豆を無理に吸おうとして、ちゅるちゅると唇を鳴らしていたが、突然、がくりと乳豆に噛みついた。「痛いよう」と、しんがびっくりして悲鳴をあげ、三郎を押退けようとすると、乳豆に噛みついているのは死んだ娘の芳枝だった。今も死んでいるのか、臘《ろう》のような頭をして、大きな丸髷《まるまげ》ばかりが艶々と黒かった。

きゃっと叫んで、しんは逸散《いっさん》に逃げ出した。どこをどう逃げて行ったのか、何時の間にやら、階下の縁側まで来ていたが、其処《そこ》でまたぱったりと芳枝に出逢った。しんは到頭、観念して、ぺったりと縁側に坐り、念仏とともにガタガタ慄えた。ところが芳枝はさっきからしんの肩を揺さぶりながら、頻りに心配そうな声で、「お母さん、お母さん」と呼んでいるらしい。しんは眼を塞《ふさ》いだまま、「ああ、おどろかさないでくれ」と絶え入るような声で云った。「何を云ってるのよう。お母さん、しっかりして頂戴な」と云う声がすぐ耳許でして、温かい息が首筋に触れた。それでそっと薄眼を開いて見ると、どうやら相手は芳枝ではなく妙子らしかった。「ああ、びっくりした。お前の顔が死んだ姉さんにそっくりに見えたのだもの」そう云ってしんはまだ苦しそうな息をした。「私の方が吃驚するじゃないの。どうなさったのかと思ってはらはらしてしまったわ」と妙子は少し不平そうに云った。「あんまり苦労を重ねたせいだよ」としんが詫びるように甘え心地で云った。それから、しんはすっかり安堵《あんど》して、却《かえ》って子供らしくなった。「一緒に少し歩いてみないか。晴々するよ」「まあ、もう気分は大丈夫なのですか。おかしい」と妙子は笑いながら、それでもしんの手を執るばかりにして、外へ出た。

玄関を出ると、すぐ家の前にはアスファルトを修繕するために変な車が置かれていて、その車から陽炎がぺらぺら昇っていた。大変、季節がいい証拠には、街の上の空が青く潤んでいて、白壁からはみ出している無花果《いちじく》の葉に透き通る陽光があった。しんの後から微風が吹いて来て、妙子の髪がふわふわと揺れた。しんは娘の髪が明るい光でみると赤茶けて煙っているのを後から眺めながら歩いた。ふと、妙子は振向いて、「お母さん、どこへいらっしゃるの」と尋ねた。「お寺」としんは子供のような声で答えた。すると娘はまるで母親のように分別顔で頷いた。その時、妙子の頭のすぐ二三間上を蝙蝠《こうもり》が一匹くるくる舞いながら飛んで行った。しんは娘に何だか置去りにされそうで不安になったが、手を引いてくれと云うのが遠慮だった。向うの角の畳屋のところから栗毛の馬を連れた洋服の男が現れた。馬の横腹がピカピカ光っていて、おそろしく元気がよさそうだった。悪いことには、さっき飛去った蝙蝠がまた現れて来たかと思うと、馬の鼻つらを掠めて飛んで行った。パタン！　とピストルを撃つような音がした。馬が暴れ出したのだった。忽ち馬は四つの足で地面を蹴飛ばしながら、鬣《たてがみ》を反らして、しんの方へ突進して来る。しんは周章《あわ》てて果物屋の奥へ身を潜めたが、妙子を顧《かえりみ》る暇がなかった。その時、はっしゅ、はっしゅ、ぷるぷる、と、白いいきれと真赤な塊りが門口を掠めて過ぎ去った。やがて蹄《ひづめ》の音も遠のいたので、しんは恐る恐る往来を覗いた。

ところが、何時の間に現れたのか三人の無頼漢《ぶらいかん》が妙子の腕を拗《ね》じ上げて、今何処かへ連れ去ろうとしていた。三人とも鼬《いたち》のように後を見ながら、足はせかせかと歩いていた。拗じ上げられている妙子の白い腕は今にも折れそうに曲っていた。しんは泣声で往来へ飛出すと、男達の後を追って、「妙子を返せ、妙子を返せ！」と号んだ。男たちは暫く困ったらしく立留まって、しんを横眼で眺めていたが、やがて何か策略が出来たのか、三人は突然お互にお叩頭をし合って、「やあ、これは暫くでした」「ところで景気は如何《いかが》です」「いえ、何しろお互にワハハハ」と立話をし始めた。見ると何処へ隠してしまったのか妙子の姿はなかった。しんは一層嚇怒《かくど》して、「妙子を返せ、妙子を返せ」と三人のまわりをぐるぐる喚き廻った。男達は一向平気で談笑を続けて居たが、「あの女は何でしょう」「さあ、この辺の気違でしょうな」「見たことのあるようなキじるしですな」「何やら喚いているようですな」「なあに、亭主が欲しい、亭主が欲しいって云ってるのでしょうよ」三人は面白そうにじろじろと、しんを見物し出した。「その手は喰わぬぞ。ひとの娘を如何《どう》して隠した。さあ、妙子を返せ、妙子を返さぬか」と、しんは三人に喰いついてやり度《た》くなった。

その時後から、「お母さん、お母さん」と呼ぶ声がしたので、振向くと、何時の間にか娘は元の姿で平気そうに立っている。「どこへ迷ってたの、随分探したのに」と娘は膨れ面《ふくつら》をした。「お前こそ、どこへ消えてたの」としんは嬉しさに息もつげなかった。それから何度も娘の顔を見守ったが、たしかに妙子であった。見るとさっきの三人連れは何時の間にか向うの方へぶらぶら歩いて行くのだったが、如何にも紳士らしく落着払って肩を並べていた。「もうこれからは消えないでおくれよ」と、しんは娘と並んで歩きながら云った。「何を云うのよ。変なことばかり云ってお母さん駄目じゃないの」と娘はつんと澄ましていた。そのうちに二人はお寺の門まで来ていた。すると娘は急に忙しそうな顔をして、「後でお迎いに来ますから一人でお説教聴いていらっしゃい」と命令した。「お前も一緒にまいってはくれないのかい」「だって、私はまだ洗濯もしなきゃならぬし、縫物だって貯っているのですよ」そう云ったかと思うともうとんとんと勝手な方向へ消えて行ってしまった。

しんはぼんやり立留まって、躊躇していたが、やがて諦めてお寺の門を潜って行った。何時の間に改築されたのか、甃石《しきいし》がタイル張りになっていたし、正面の建物もまるで銀行のような扉があった。石段を昇って、しんが重たい扉の前でおどおどしていると、洋服を着た少年がいち早く扉を開けてくれた。内部はステンドグラスの天井から緑色の照明が落ちていて、金網で向うが仕切られていた。金網の向うには大きな時計や金庫らしいものがあったが、「一銭也十銭也百円也三銭也」と奇妙な声や、時々、ジャラン、ジャランと楽器を打つような音がした。髪を綺麗に分けた男子達が、金網の向うで絶えず動作を変えていた。しんがぼんやり呆気《あっけ》にとられていると、守衛らしい男が側にやって来て、「あなたはこちらです」と。一つの窓口へ連れて行って呉れた。その窓口には二郎の中学の時受持の先生だった男とそっくりの紳士がいた。相手は万事、呑込顔で丁寧にお叩頭をすると、「どなた様でしたかしら。はあ、左様でいらっしゃいますか。その、ええ、この節は銀行もよく破産致しますので、成程、御尤《ごもっとも》で御心配に違いありませんが、いや、なあに、今日とも知らず明日とも知らずと申しますのは人間の寿命のことでして、それだから、そもそも人間、貯蓄をなさらなきゃならぬのです。おわかりになりましたか」

そう云いながら、頻りに眼球をパチパチ廻転させて、机の上で蜜柑を剥いでいた。やがて彼は蜜柑を一袋、自分の唇へ持って行って黙って味わっていたが、急いで指尖《ゆびさき》で別に一袋を摘むと、それをしんの唇許《くちもと》へ突出して、「一ついかがです、まことに結構な味で御座います」と、にやにや笑い出した。あんまり突然だったので、しんが周章《あわ》てて、その蜜柑の一袋を掌で払除けると、袋はゴロゴロと床の上に落ちた。「ワハハハ、お気にさわりましたか。こいつはどうも、ワハハハ、まあ奥さん、あのおっこちた蜜柑の恰好見てやって下さい。こいつはどうも、ワハハハ」あんまり彼が大袈裟に笑い出したので、他の銀行員達も何事かと彼の周囲へ集まって来た。そして何が何やら訳もわからぬ癖に忽ち笑いが伝染して、床の上の蜜柑の袋を指差しては「ワハハハ、こいつはどうも」「ワハハハ、こいつはどうも」とてんでに腹を抱えて騒ぎ出した。

そのうちにまた、ジャラン、ジャランと楽器を打つような音が響き亘ると、今迄無意味に騒ぎ廻っていた連中はあわてて奥の方へ逃げて行った。すると天井の方から、牡丹に唐獅子を染めた幕がするすると降りて来て、しんは何だか自分の立っている処がくるくる廻って行くような気持だった。と、思うと、パチパチパチと拍手が湧いて、しんの周囲はぎっしり人で満ちているのだった。と、しんのすぐ横には三郎がキャラメルをしゃぶりながら小学生の帽子を被り、片手を頻りにしんの手に繋いでいた。再びジャラン、ジャランと楽器が鳴って、幕が上がると、辮髪《べんぱつ》の志那服の男が六七人どかどかと現れた。と見ると、彼等は忽ち、ヤハチョンと掛声もろとも、宙返りを打って、手に持っている鉄の棒をお互にガチンと打ち合わせた。それからもう逆立やら宙返りやら呼吸《いき》をもつがぬ猛烈な立廻りが始まり、それにつれて奇妙な囃《はやし》が一頻り鳴渡った。遠くの方で、時々、ウオーと唸るライオンの声や、ピシ、ピシと打つ鞭の音も聞えた。その雑音のなかには焔硝《えんしょう》の臭いや、筵埃《むしろぼこり》が立籠め、人いきれでしんの耳は熱く火照《ほて》って来た。もう何を見ているのやら眼の前のごたごたした景色もぼんやりして、しんは睡むたいような、うっとりした気持でいた。ふと、気がつくと、何時の間にかさっきの曲芸は終っていて、今舞台には三人の紳士が並んで立っていた。紳士達は何か始めるらしく、神妙な顔つきをしていたが、どうも見憶えのある顔だと思ったら妙子を誘拐《かどわ》かそうとした連中だった。しんは胸騒がして、気色が悪くなったので、人混みのなかを掻分け、ずんずん出口の方へ出て行った。外へ出ると少し清々した。もう夕方らしい光線であたりは黄色っぽく染められていた。高い櫓《やぐら》の上からクラリネットの音が風にちぎられて飛んでいて、自転車屋の飾窓に赤い太陽が溢れていた。しんはその飾窓が眩しいので、横の日蔭の小路へ這入ろうとすると、そこには大変な人だかりで、今、何事かあるらしかった。

近寄ってみると、一台の空の荷馬車が放ってあった。しんは何のことか解らないので、暫くぽかんとしていた。すると間もなく人垣を押分けて、荷馬車のところへ馬丁が現れた。馬丁は悠々と落着払って何か考えているらしかったが、「ところでえーと、君、君、ちょっとここへ来い」と、誰かを指差して差招いた。呼ばれて出て来たのは、意外にも妙子であった。妙子は頭をうなだれた儘、両方の掌でしっかりと袂の裾を握り締めていた。しんは周章てて荷馬車のところへ飛出し、「これは私の娘です。何か悪いことでもしたのですか」と性急に尋ねた。馬丁は胡散《うさん》そうな眼でじろっとしんを見下し、「お前さんは引込んでろ」と命令した。それから黙々と妙子を眺め廻していたが、「袂の裾を握るんじゃない」と一喝すると、妙子は電流に打たれたように両手を袂から離した。しんは黙っていられなくなった。「何故、私の娘にそんな剣幕を振うのか。あなたは一体誰だ」馬丁は軽く肩を聳《そび》やかして、「訳は後で話す」と云った。そう云って今度は馬の腹へ近寄って、馬具を直していたが、ふと妙子の方を振向いて、「あん、いい加減に謝罪せんか」と云うのであった。妙子が相変らず黙った儘うつむいていると、馬丁はまた彼女の側に近寄り、「強情張ると君の為にならんぞ」と妙子の肩を小衝《こづ》いて、それから静かな口調で話し出した。「なあ、君は第一、左側通行お守らなんだのがいけないのだ、それに我輩の馬車に衝き当っておいて黙って行過ぎるって法もないのだ」「それ位のことにそんな難癖つけるのですか」と、しんは再び口を挿んだ。「引込んでろ。お前さんに云ってるのじゃない。ああん」と吼鳴っておいて、馬丁は馬車の上にどかりと胡坐《あぐら》をかいて坐った。

「大体そのう、その精神がよくないのじゃ。我輩はお前さんの子供を知っとるが、どいつもこいつも気に喰わん。あんなことで世間が渡れると思ちょるのか。ああん」と云いながら、馬丁は何時の間にか徳利を出して、ごくごくと酒を飲むのであった。「世間と云うものは団栗の丈競べじゃが、お前さんの産んだ息子は気違茄子じゃ」と馬亭は大分酔ぱらったとみえて、変てこなことをべらべら喋り出した。しんは息子の悪口を云われるので腹が立ち、じっと馬丁を睥み、まるで章魚《たこ》のような男だと肚《はら》のなかできめた。ところが、馬丁は急にぷっと口を閉じると、眼をまじまじさせて、肩を左右に揺り出した。てらてら光っていた顳顬《こめかみ》の辺が段々窄《すぼま》って、ギラギラ輝いていた眼も霞み、と思うと、窄めて突出していた唇をぴょいと開いて、ちゅちゅと空気を吸おうとした。それからその男の表情はどうも自分ながら合点が行かないらしく宙にさ迷っていたが、もう全くほんものの章魚になっていた。するとさっきまで荷馬車だと思っていたのが早速俎《まないた》に変ってしまった。

俎の上にぐにゃりと倒れた大きな章魚を、今、頼りに白い手が現れて揉み出した。皿のまわりには割《かっ》烹着《ぽうぎ》を着た女達が集まってキャッキャッと笑い出した。見ると、一雄の嫁も、妙子もいる。皆ががやがや云って、てんでに働いている。白い徳利や、小鉢や皿がぐらぐら笑い、鍋からぽっぽと白い輪が出る。そうなると、しんもぼんやりしていられないので、しちりんに掛っている豌豆《えんどう》を笊《ざる》に移した。すると、しんの袂の横から、何時の間にか孫達がやって来て、笊の豌豆を摘み喰いする。竈《かまど》の下に燃えている火からザザザザザと走って行く兵隊の靴の音がする。と、思うと誰かが蛤《はまぐり》をガラガラ洗い、何処かで機関銃もパンパンパンと鳴り出す。ひひひん、と女中が馬の笑い声を放つ。J・O・Z・K・J・O・Z・K……J・O　タッタカチテタ、トテチテタと喇叭が鳴る。ビューゥとサイレンが唸る。しんはそれらの騒音にすっかり逆上《のぼ》せ、今、背伸して頭を上にあげた。すると、眼には薄暗い天井の天窓が映ったが、忽ち脳貧血とともに、身はふわと宙に浮び、天窓の外へするすると運び出された。

しんが屋根の上に這い出してみると、不思議なことに、そこは何時の間にか宴会場になっているのだった。紋附《もんつき》を着た男や女が、てんでに瓦の上に坐って、御馳走を摘んでいた。どれもこれもしんの内輪の人ばかりだったし、第一すぐ頭の上に青空があって見晴しがいいせいか、皆晴々とした顔であった。見ると向うの煙突には義造の写真が吊されてあった。皆は空に浮ぶ白雲を眺めながら、悠々と酒を飲むのであった。やがて、叔父が立上って、「今日は義造さんの十七回忌でほんとに結構なことです。それにこんなに皆が揃《そろ》えて愉快この上ありません」と演舌し出した。「それにつけても、つけましても、とにかく、しんさんの偉大さは偉大なものです」すると皆がパチパチと拍手をした。その時、屋根の下にいた鶏が、「お母さん、万歳」と啼いた。皆は面白がってまた拍手をした。そこで、しんは立上って皆に晴々と挨拶をした。

「有難う、有難う。何も私がそんなに偉いのではありません。私はただ一羽の鳥ですよ。お父さんだって一羽の鳥です。そうして皆さんもやっぱし終には鳥になられます。それ御覧なさい」と、しんが指差す義造の写真は、ぱっと真白な鳥になったかと思うと、青空へ飛んで行った。おやおやおや、と皆が驚いていると、「私も飛んで行きますから、皆さんも後から来て下さい」と、しんが云い、そう云ったと同時に、しんはもう一羽の鳥になって、義造の後を追って行った。あらあらあら、と皆は呆気にとられながら、一人ずつ、忽ち鳥となっては、ぱたぱたと飛んで行くのであった。

迷路

淡い藍色の山脈の上には、その山脈の幅だけの空が、蜜柑色に暈《くま》どられていて、重苦しい雲がそのまわりを覆《おお》って居たが、それが宗彦の眼には何かよくない徴《しるし》のように映った。列車は夕闇の軌道の上を進んでおり、時刻は呆けた冬の靄《もや》を枯木に絡ませていた。宗彦は虚《うつ》ろな顔つきで、硝子窓《ガラスまど》の外を視凝《みつ》めていた。冷々として身も魂も地の底へ引込まれそうになるのだが、やがて目的地に着けば、今度こそ湯に浸れて憩《いこ》えるのだった。

機関車は疲れはてたような吐息をつづけ、汽笛が優しい悲鳴をあげた。夕闇に包まれた山脈はなおも次々に姿を現わし、次第に輪画がはっきりして来た。そのうちに窓の外が妙に白らんで来て、空の一隅に故郷の山が見え出した。宗彦ははっとした。しかし、眼に見えて来るのは、たしか見憶えのある地方の風景で、外はもうすっかり朝の姿なのだった。宗彦は山の温泉へ行くつもりで、この汽車に乗って居たのに、向うへ着く時刻は夜と決まって居たのに——すべてが不意に喰い違ってしまった。

狼狽して宗彦は周囲の人々に血走った眼をくばった。しかし、車内の人物は凡て前と変りなく、澱《よど》んだ電燈の下で、穏かな旅を続けて居るのだった。と、思うと、電灯がパッと消えて、人々の顔は却って活々《いきいき》して来た。人々はてんでに網棚から荷物を取下ろし出した。宗彦は学生帽を被り、ボストンバッグを提げて昇降口の方へ出てみた。汽車は速度を緩めて、故郷の都市の一角が今眼の前を通過して居た。そのうちに昇降口には降りる人がぞろぞろ集まって来た。列車はホームに横づけになり、駅の白っぽい建物が前にはあった。宗彦はふらふらとホームに降りてしまった。

人々の後から従いて、地下道へ降りて行ったが、宗彦はここまで来ると、またこの間のように改札口には誰かが出迎えに来ていて呉れそうな気がした。左右のコンクリートの壁に跫音《あしおと》が佗《わび》しく響き、疲労した身体はまるで泳ぐように進んで行った。やがて、改札口に出ると、はたして、誰かが彼の名を呼留めた。

「宗彦さんですか」相手の声はひどく痙攣《けいれん》していたが、宗彦は吻《ほっ》としたような顔で頷《うなず》いた。すると、あいては宗彦のバッグをひったくるようにして受取り、「早く！　早く！　早く！」と口走りながら、自動車を傭《やと》った。しかし、宗彦はもう急いだって仕方がないように思えた。「沢田まで行け！　沢田だ。大至急！」と、相手は運転手を呶鳴《どな》りつけて、宗彦の横に腰掛けた。何も彼もこの前と同じで、自動車の窓越しに見える橋の景色まで同じだった。すると、まだ母は死んではいなかったのかしら——と、宗彦は次第に胸騒を覚え、臨終へ駈けつけて行く息詰る気分にされた。タイヤの下で唸《うな》る砂や、窓の隙間から吹込んで来る風があった。

間もなく宗彦の家が見えて来た。見るとやはり二三人の女達が待兼ねて出迎えているので、宗彦はがっかりしてしまった。「早く、早く、早くいらっしゃい！」と、うわずった調子で女達は宗彦を奥へ導き入れた。宗彦は大変急いでいるようにして学生帽や、ボストンバッグを玄関脇に放り出したが、ふと何か躊躇《ちゅうちょ》を感じて、放り出したバッグの位置を直したりした。すぐ隣室の座敷からは女達の啜泣《すすりな》きや、人々の囁きが洩れていた。宗彦は廊下から廻って隣室の方へ行くごく短い距離を、今は大変困難な気持で進んでいた。それで、非常に急いでいながらも暇がかかり、——これは一体どうかしたのかしらと怪しまれるのであった。

しかし、眼の前に座敷の光景が現れた時、忽《たちま》ち一切に明瞭になった。母は南枕でだらりと両手を蒲団の上に投出していた。その両手を左右から医者と看護婦が握って、鼻に酸素吸入器をあてがっていた。吸入器の液体を吸う音がすぽすぽと鳴った。室内の光線は大変明るかったが、立ったり坐ったりしている人々の顔はみんな茫と霞んでいた。腕組みして立っていた兄が、宗彦の姿を認めると、「君が戻って来るまで注射でもたしていたのだ」と低い声で云った。

「そうか！」と宗彦は不意に大きな声を放ち、がくりと母の枕頭に蹲《うずくま》った。母の顔色は普段と左程変っていなかったが、閉じた瞼《まぶた》のあたりに灰色の暈が漾《ただよ》っていて、頻《しき》りと歯齦《はぐき》を開いて喘《あえ》いでいるのは、濛々《もうもう》とした夢のなかを今、潜《もぐ》っているらしく、まるで嬰児《みどりご》のように哀れであった。しかし、宗彦はふと、一ケ月前に死んだ筈の母がまだそこにいるのを不審に思った。すると、母は急に寝返りして、顔を宗彦の方から背《そむ》けてしまった。宗彦ははっとして眼を瞠《みは》った。が、周囲の人々には何の動揺も生じなかった。遠くの廊下をドカドカと子供達が走り廻ったり、何か云い争う声が聞えた。宗彦のすぐ真正面には他家へ嫁いだ妹が、唇をゆがめて泣いていた。その袖に縋《すが》って兄の小さな娘が、可愛い声で泣いていた。皆はもう長い悲嘆に慣れっこになっているような姿で、今はいささか気も惰《だ》れているように見えた。宗彦はそれでも医者の側に寄って、「注射でもてているのですか」と、訊ねないではいられなかった。医者は黙って退屈そうに頷き、母の脈をじっと数えていた。のろのろと時間が移って行った。母は宗彦の方に肩を見せた儘《まま》、絶えず苦しそうな息をついでいた。

そのうちに、宗彦の後にいた叔母が「さあ、そろそろ末期の水をあげなさい」と促《うなが》した。綿を纏《まと》った箸を受取ると、宗彦は母の枕頭の方へ廻って行った。すると、母はまた寝返りを打って顔を背けてしまった。瀕死《ひんし》の病人がこうして楽々と動けるので、宗彦は次第に怕《こわ》くなった。周囲の空気や人物まで、どうやら少しずつ奇怪に思えて来た。しかし、酸素吸入器は確実に少しずつ費やされて行った。そして、それが無くなってしまうと、医者は母の顔から器具を遠ざけた。間もなく母は大きな苦しそうな呼吸をし出した。「あ、大きな息が始まったな」と、誰かが云った時、母の赤らんだ顔は忽ち土色に変って行った。医者は母の手を離し、時計を眺めた。「大きな息は一回きりだったな」と、また誰かが云った。あっちでも、こっちでも新たに啜り泣く声が始った。母はぐったりと呼吸をとめて、今は微動だにしなかった。

この時になって、宗彦には更にぞっとすることが生じた。今迄母の顔は普通の女の大きさだとばかり思っていたのに、気がつくと、それは二倍も三倍も大きいのだった。顔ばかりではなかった、軀《からだ》全体がまるで巨人のように脹《ふく》らんで居て、胸などは高く蒲団を突上げて聳《そび》えて居た。そして母の額には厳しい大きな皺《しわ》が一杯刻まれ、土色の頬には次第に残忍な表情が募《つの》って行った。宗彦は恐怖と悲哀で、そっと眼を伏せて涙ぐんだ。

宗彦は再び視線をあげて、母の方を覗《うかが》った。すると忽ち母の顔には激しい不可解な怒りが漲《みなぎ》って行った。大きな顔は今怒りではちきれそうになり、左右に投出されている母の掌の指が一本ずつ静かに開かれた。母は手を差上げた。母の眼はかっと見開かれて爛々《らんらん》と燃えた。母は苦しそうに巨体を上げて、床の上に立上った。頭髪は乱れ、天井とすれすれに在った。暫くは何か冷たい風のような唸りを歯間から発していたが、やがて宗彦の方をきっと睥《にら》み下すと、彼を指差して云った。「こいつが、儂《わし》を疑ってるぞ！」それはまるで兇暴な男の発する声であった。一瞬、宗彦の耳にはビューと唸る凩《こがらし》が通過した。と、座敷中に険悪な空気が閃いて、無数の眼で威圧された。さっきまで涙を湛えていた人々の眼が、まるで狼のような怒りに燃え狂って、じりじりと宗彦の方へ迫って来た。しかし、その時、母の威丈高《いたけだか》な姿勢が次第に崩れそめた。母の広い肩から、がくりと力が抜けたかと思うと、母は両手を宙に泳がせながら無念そうな身悶えをつづけ、暫くはまだ立上っていたが、やがてふらふらと床の上に倒れてしまった。見ると、もう母には何の変化も認められなかった、それはたった今、呼吸をひきとった母の姿であった。そして気がつくと人々はもう座を離れて、みんなてんでに働いていた。宗彦は悄然《しょうぜん》と立上って次の間へ行った。

其処《そこ》ではテーブルが持出されて、もう兄は頻りに死亡通知の電報を書いていたが、すぐ側のソファには義兄が横になって、子供の吹く喇叭を面白そうに口にあてて居た。義兄は今にも吹いて音をたててみたいような顔つきで、それが余程娯《たの》しそうだった。宗彦は何をしていいのかわからなく、ぼんやりと柱の脇に立竦《たちすく》んでいた。今、外では紫色の雨が静かに降って、部屋のうちは非常に薄暗く、天井や畳に虚ろな黒い影がぽそぽそと這《は》い廻っていた。ふと、宗彦のすぐ前に老人がよろよろと歩いて来た。宗彦の父が生きていた頃からずっと店にいたその人は、暫く振りに見ると、全く老衰していた。眼ばかりが鋭く輝き、動作は緩慢であった。彼は宗彦の前に来ると、細い声で、「お母さんが……」と呟いた。宗彦は急に悲しみが崩れて、今は子供のように泣声をあげた。老人は老人で眼に指をあてて静かに涙を拭った。それから暫く宗彦を憫《あわれ》むような顔つきで見守っていたが、突然、眼底に変な閃きが生じたかと思うと、老人はワハハハハと物凄い笑い方をした。そして、きっと宗彦を睥みつけ、またワハハハと笑った。「ざまあみやあがれ！　親の罰、天の罰、思い知れ！」と云いざま、彼は宗彦の胸許を摑んで、ぐっと引寄せ背負投げで畳に叩きつけた。と、思うとまた宗彦を引寄せ、繰返し繰返し背負投げを続けて行った。

その時、隣の座敷から、鐘を鳴らす音がして、次いで読経の声が洩れて来た。すると老人は宗彦を蹴飛ばしておいて立去ってしまった。宗彦はふらふらと立上ると、隣室へ誘われて行き、一番後の閾《しきい》のところに、ぺったりと坐った。と思うと、誰かがポカリと宗彦の横面を撲った。「もっと前へ出ろ！」と、すぐ横に坐っていた兄が呶鳴った。宗彦は二三人前の席へ割込んで行くと、見憶えのない女が彼の顔を覗き込んでくすりと笑った。宗彦は凝《じっ》と正面に眼を据えた。仏壇には沢山の香奠袋《こうでんぶくろ》が重なり合って並べられ、蠟燭《ろうそく》の灯が大変美しく揺れていた。宗彦の視線は人々の肩を越えて、そっと母の死骸の方へ漾って行った。母の寝床はもう部屋の一方へ片寄せられて、顔には白い覆いが懸けてあった。坊さんは御経を悠長な声で読んでいたが、途中から止めてしまうと、吻としたような顔で一同にお叩頭をした。それから坊さんは紙と筆を運ばせて、立ちどころに戒名を書き、それを仏壇の前にそっと置いた。もう人々は座を立ちてんでに何か喋り合っていた。

宗彦も吻として立上ったが、次の瞬間にはもう自分が何をしていいのやら解らないので迷わされた。が、恰度《ちょうど》いい具合に妹が声を掛けて呉れた。「暫くでした。いいことで出逢えたのならいいのですに……こう云うことで出逢おうなどとは……」と妹は唇を歪めて泣いた。次いで叔父が宗彦の姿を認めて、一寸会釈してくれた。すると又別の人が宗彦の前に来てお叩頭をした。それから又別の人が現れた。宗彦は見憶えのない顔も多かったが、相手はドンドン入替って悔みを述べた。そのうちに「お面！」と云って誰かが宗彦の頭を撲りつけた。すると後から後から皆がそれに倣《なら》った。そして最後に、「ヤア」と云って義兄に手を握られた。「面白いものを見せてやるから台所へ行こう」と、義兄は宗彦の手を引いてよろよろと進んだ。大分もう酒に酔払って白いものを見せてやるから台所へ行こう」と、義兄は宗彦の手を引いてよろよろと進んだ。大分もう酒に酔払っているような足どりだった。

台所には皿や鉢が一杯並べられて、人と料理でごった返していたが、ふと片隅から頓狂な声で宗彦は呼掛けられた。「まあ宗彦さん……」と、彼の家に長らく働いている老婆はそう云ったまま暫く声を呑んだ。そしてポロポロと涙を零《こぼ》した。涙は老婆が手にしている皮を剥《は》がれた赤蛙の肢《あし》に落ち、赤蛙はピリピリと足を慄《ふる》わせた。老婆はそれを串に刺して七輪に掛けた。火の上でも蛙はまだピクピク動いた。「なるほど、こいつはうまそうだね」と義兄が老婆に口をきいた。老婆はにっと笑って、「それでも人数前、集めるのには苦心しましたよ」と呟いた。見ると老婆の後の箱には沢山の赤蛙がピョンピョン跳ね廻っていた。宗彦は何だか空恐ろしくなって、そっと台所を抜けて行った。

次の間の縁側では呉服屋がいろんな反物を並べていて、四五人の女達が集まって、てんでにその反物を見はからって居た。どうやら喪服を註文しているらしいのだった。「こう云う際だから私はついでに訪問着が欲しいわ」と妹が云った。と、今度は姉が、「それなら私は今度生れて来る赤ん坊の産衣《うぶぎ》を註文しようかしら」と云った。「そうよ、死んだ人より、生れて来る人の方がずっと大切だと思うわ」と、眼鏡を懸けた女学生が口を挿んだ。気がつくと、一番向うの端に、死んだ筈の母がちゃんと坐っていて、皆と同じように反物を繰展《くりひろ》げているのだった。母はぼろぼろの普段着を纏っていて、眼がよく見えないものだから、何だか気疎《けうと》そうな容子で、手に展げている反物にもあんまり興味を感じて居ないらしかった。そして、娘達の話に加わるでもなしに、唯一人でぼんやりと存在して居た。しかし、母の凭掛《よりかか》っている後の壁は雨漏りのために処々禿げて赤土を現わしていたが、その辺の光線はひどく朦朧《もうろう》としていた。暫くそれが気になるので宗彦は立留まって眺めていた。そのうちに母の一番近くにいた妹が、ふいと母の方を振向くと、母の手にしていた呉服を何か云いながら引手繰《ひったく》ると、母は黙々と妹に手渡すのであった。

その時、宗彦の背後から誰か子供らしい拳が来て、腰のあたりを頻りに撲り出した。宗彦はいい加減にあしらっていると、子供の方では図に乗って到頭《とうとう》、宗彦の身体に攀登《よじのぼ》って来た。それで宗彦は後へ手を廻して押退けようとすると、子供はすかさず宗彦の耳あたりを引掻いた。宗彦は無性に腹が立ち、全身を揺すって、子供を振い落した。畳の上に倒れた子供は姉の子供だった。甥の眼には興奮の涙が光った。宗彦の方でも遽《にわ》かに悲しくなり途方に暮れてしまった。ところが小さな甥は猛然と跳ね起きて来た。甥は宗彦の頬に飛びついて、ガリガリと爪を立てた。甥の小さな指は血で染まった。宗彦がじっと怺《こら》えていればいるほど、甥は益々猛り立って来た。

とうとう宗彦は湯殿へ逃げ込んで戸を立てた。が、其処には若い女中がひとり鏡に対って、口紅を塗っていた。宗彦は傷けられた顔を冷水で洗ったが、何の感覚も感じられなかった。鏡でちらと自分の顔を眺めると、顔は醜く曇っていて全体の輪画がひどく歪んでいた。宗彦の側にいた女中は胡乱《うろん》そうに彼を眺めていたが、彼が愚図愚図しているのに立腹したらしく、エヘンと咳払いをした。恰度そこへ彼を捜しに義兄がやって来た。「あんまり捜させるものじゃないぞ、みんなもう揃ってるのにこんな所で何してたんだ」と、義兄は宗彦の片腕をぐいと摑んだ。もうひどく酔払っているらしく、義兄は大変力強くなっていた。そして、ぐんぐん彼を引張って、広間の方へ連れて行った。

広間には大きな食卓が持出されていて、其処では沢山の人が飯を食っていた。大概の人が意気昂然として、箸を持っている手つきまで正々堂々としていた。あんまりいろんな顔があるので宗彦は呆気にとらわれたが、不思議なことには、新聞の写真でよく見る偉い人の顔も二三ちらついているのだった。その偉い人達は鷹揚《おうよう》に威厳を保ちながら酒を飲んでいた。そして、人々が彼等を笑わせようとして何か云うと、ぱくりと白い歯を剝いて笑うのだった。宗彦はそこに居る人達がみんな偉い人に思えて来た。と何時までも彼がぼんやりして居るのに業を煮やして、横にいた義兄が箸で彼の頰を弾いた。「食え、何故食おうとしないのだ」と、義兄は宗彦の前の赤蛙の皿を指差した。見ると、皆はむしゃむしゃと、串焼にされた蛙を賞味しているのだった。宗彦もそれに倣《なら》って食い始めると、暫くしてまた義兄は彼を箸で小衝《こづ》いた。「飲め、何故《なぜ》飲もうとしないのだ」宗彦の前の盃にはなみなみと液体が盛られていた。

食事はだらだらと続けられて行った。人々はぎっしりと食卓に席を占めているので。宗彦には食堂車に居るような気がした。酒の酔が廻ったのか、身体が動揺して居るようで、睡気が顔中を襲って来るのであった。時々、隣にいる義兄は宗彦を覚ますために箸で活を入れて呉れた。「とにかく電気をつけるとしようじゃありませんか」と、誰かの発案の声がした。すると、パッと部屋中が明るくなった。もう夜になったのかしら、と宗彦は感心した。しかし、食卓はまだなかなか賑やかであった。宗彦は長い退屈な旅をしているように、また睡気がさして来た。

その次に目が覚めた時は、大分客も減っていて、広間はしーんと寂れていた。今度はお通夜だな、と宗彦は思った。眼がチラチラして、再び睡くなった。沢山の星が一杯輝いていて、大変綺麗な夢をみた。それから再び眼が覚めると、広間では大きな物凄い鼾《いびき》が生じていた。義兄や妹が仮睡している姿が宗彦には大変大きく思えた。まるで彼等が山脈か何かのように思えた。そうして宗彦はどうも自分は何処かの山奥にいるような疑いが生じた。しかし、母はもう何処にも居ないのだ、と今更のように思うと、突然、空間が破壊するような感覚に陥った。そして、猛烈な嵐が耳を劈《つんざ》いて響いた。「居るぞ！　居るぞ！」と、鋭い唸り声が上の方から捲起った。見ると大きな黒い鳥が空中高く舞上っていて、次第に彼の頭上をめがけて近づいて来た。そして宗彦の左右に在る山脈がするすると音もなく迫め寄せて来た。

溺没《できぼつ》

錯乱は昂進し、河の堤に積上げてある礫《こいし》の山がガラガラと崩れる。

雷鳴を孕《はら》んだ空の下、猛夫は礫とともに崖を転び墜ちると、石と砂と青い水が彼の顔を押流し、電柱の閃めき、夾竹桃、黒焦の杭が遙かなる空間を滑走する。

遊泳者の群の風にちぎられる声が耳朶《じだ》を打ち、今、断末魔の眥《まなじり》に、白い巨大な網のような梯子が、おごそかな天空を揺れうごき、そこに生死不明の兄の姿が浮び出す。

兄は、するすると身軽に梯子を伝って来て、猛夫の片腕を握り締める。その昔、ふるさとの河で、彼の溺死を救ってくれた異腹の兄は、今、猛夫の片腕に兇暴な力を振いだす。

片腕は痺《しび》れて、既に、軌道の側に転がっている死骸の一部と化したのか。

胴の上、赤と緑のシグナルが瞬く闇に、涼風の窓を列らねた省線が走り、その女の靴の踵が、轢死した彼の上を通過している。

洋裁を習って、二人の妹を養わねばならぬと、その女の踵。

ガラガラとミシンは回転し、女の踵は猛夫の額を踏み、踏む。ああ、それも、これも、背き去らねばならぬ衰運の児のさだめか。再び、彼の頭上を省線は横切り、無用の頭蓋を粉砕してしまう。


既に、その魂魄《こんぱく》は粉砕されていたのであろうか。

ぐったりと身を真昼の部屋に横えて、決行の時機を待つばかりであった。絆《きずな》は切断された、と、自らに云いきかせた。生きてゆく目的も、意志も喪われていた。すべてが、君は無用の男だと、暗に、――それは殆ど不明瞭ながら、人の言語の端に、表情の裏に潜まっているのを、彼は夙《つと》に感知した。

窓を閉切った、その部屋の屋根では、今も樹木が揺れている。

樹木、――少年時代にはそれが静謐《せいひつ》の心霊のように思えていたものだが、――樹木もまた狂乱の樹液を滾《たぎ》らせているのか。栗《くり》の花、樟《くす》の若葉――一週間前、公園の青葉は猛烈な叫びを放って彼に迫って来た。

青葉の焔にとりまかれながら、誰かを撲《なぐ》りつけてしまいたい衝動に駆られた。誰を、何のために、――理由のない怒りは不燃焼のまま、身裡《みうち》に疼《うず》くばかりだった。突貫だ、突貫だと叫びながら彼は坂を登って行った。太陽がギラギラ、樹木は爆発し、雲は雪よりも白かった。なにものも心を満たすものは無いのか。猛夫はくらくら燃える青空に見入った。と、真昼の淡い月輪のかなたに、巨大な透明な梯子が浮上った。

梯子は夢にみる神の死骸のように空を緩く揺れて移動した。

突然、猛夫の一方の瞳にチラリと奇異な痛みが襲った。戦慄とともに涙が頰を伝わった。眼の痛みによって流されているのか、号泣しているのかわからない気持で、夕刻から酒場を飲み歩いた。だらだらと涙が流れた。

記憶にない三日間――否、数年間かもしれない――が過ぎた。ふと、眼科病院の控室のソファで猛夫は意識を恢復《かいふく》していた。手も足も負傷はしていなかったが、何ごとかを叫んだり、破壊したり、狂乱の限りを尽していたように思えた。眼帯をして、巷に出ると、眼は心配するほどの病気でもなかったが、顔は罪劫《ざいごう》に拉《ひし》がれていた。

郷里の父に電報で送金を頼み、夜遅くアパートへ戻って来た。敷ぱなしの夜具の上に、先日封を披《ひら》いて読捨てたままの、女からの手紙があった。（あなたは来春御卒業なされればもう何不自由ない身分ではありませんか、私はまだ後に二人も妹がありまして、それが私の細胞で養ってゆかねばならないのです）――婉曲な拒絶。誰が誰に求愛なぞしていたのだったか。このためにではない、と猛夫はこなごなに手紙を引裂いてしまった。それから、夜具の中に意志のように思い頭を埋めていた。

頭は泣いたり、怒ったりして、夢はまだ微かに光を求めていた。

夢は中学生の感傷に還《かえ》って、ふるさとの河辺をさまよった。月見草の咲く堤に横臥して、暗い世を嘆いて涙した。涙することにまだ慰藉《いしゃ》はあった。兄の出奔《しゅっぽん》の記憶も生々しかった頃で、猛夫は切に上京を夢みた。宇宙の核心を頭の中に捉《とら》えると、その鍵を、子供の時から想像していた。その鍵を得たならば、その時はじめて一切は充足するであろう。間もなく上京して学問をして行ったならば、その鍵は捉《つか》めるであろうと。川波のさざめき、舵の音、かぐわしの太陽、つばくらめ――今、いぎたなく睡り呆けている眼に涙はひたぶるだ。

忽《たちま》ち河は氾濫し、水が狂奔する。水は真黒な怒りを湛《たた》えた牛。川床を転がりゆく礫は猛夫。

夕ぐれの窓では、出奔決行直前の紙のように白い兄の顔がある。父親と衝突して半年も監禁されていた兄は、夕闇の中に脱出の隙を覘《うかが》っている。

ひらりと仄白《ほのじろ》いものが、窓から滑り落ちる、兄の白い脛《すね》が小走りに闇を消えて行く。一銭も持たなくて出奔した兄は――もう帰って来ない。夕闇は宙をさまよって移動する。

猛夫は郊外の叢《くさむら》にいる。友達と二人で冷酒をあおっている。叢は火薬の臭いがし、夕闇は鼻さきに漾《ただよ》う。街の方の空にはもう灯がともっている。

突然、兇暴な力が地下の闇から跳ね返って来る。猛夫はそいつに弾かれて、だ、だ、だ、と走りだす。置去りにされた友が後から何か喚いている。

いきせききらせて、アスファルトの路はまっしくらに続く。街が、灯が、人が、前後左右から犇《ひしめ》いて来る。そのうちに彼はどたんと誰かと衝突する。相手は彼に組附いて来る。舗道に投出された二人は組附いて離れぬ。群衆に取囲まれ、血みどろの格闘が回転している。この訳のわからぬ無我夢中の格闘は次第にだらだらと間のびして来る。

それからまた叫喚の中をつ走っている。いくつも、いくつも同じような夜の街が怒号する。猛夫はへとへとになり、ふらふらと歩みだす。終《つい》に街は尽きて、向うに河が見えて来る。それは故郷の夜の河に似て、心を鎮める。

ふと、猛夫は孤独な父親のことを想い出す。兄の失踪以来、気の衰えて、猛夫には無性に優しい父親。祖母とともに家計を節約しながら、彼には莫大の学資を送って来た。哀しい父は今も薄暗い電燈の下で算盤《そろばん》を弾いているのだろうか。絆は堅く猛夫を締めつけ、放蕩《ほうとう》の、愚行の負債は重く押しつけて来る。

いつかは、いつかはすべてを償わねばなるまい、しかし、いつ、いつの日にか果して真の力は湧くのか。暫《しばら》くすると、家の窓が見えて来る。窓には明るい電燈がつき、物干台には襁褓《むつき》が飜《ひるがえ》っている。三人目の妻を迎えて若返った父親が、今度生れた弟を抱いて、ふと、窓から首を出す。

忽ち猛夫を載せた地面はぐらぐら墜落してゆく。だらだらと涙が流れ、何処《どこ》に自分がいるのかまるでわからなくなる。

額のすぐ上に星。無限の韻律が静かに漾って来る。砕かれた心を抱いて、物干台に寝そべる暑中休暇の銀河なのか。そうしているとまた胸の底に、真黒な、不逞《ふてい》な、悲しい思考が宿る。一つの思考と睥《にら》み合っていると、彼の眼は青く凍てつく。

すると、かすかに絹ずれの音がして、白いベールをした女が現れて来る、その女は、倒れている猛夫を宥《なだ》め起し、彼を家まで送ってくれるというのだ。猛夫は遽《にわ》かに素直な気持になり、黙って後から従いてゆく。街灯が霧に煙り、深夜の靴音は冴えて朧《おぼろ》だ。曲角のところで、ふと、女は消え失せてしまう。

嵐は来た。今度こそ、今度こそだと、咆哮《ほうこう》して噛みつく嵐。嵐にむかって、咆哮している、もう一つの嵐。彼は風雨の中をずぶ濡れになって走っている。向うに旅館の灯が青葉の動乱を射、水溜りは飛沫をあげている。

そこの玄関に駈けつけると、彼はほとほと倒れそうになる。廊下にいた女中が彼の姿を認め、青ざめて奥に引込む。やがて怯《おび》えきった番頭の顔がやって来る。番頭はおずおずと彼を奥へ案内してくれる。

突当りの鏡で、ふと彼は自分の顔を覗《のぞ》く。血まみれだ、ひどい負傷だ。もう、助かるまい。

かくて、脂汗の、夢現《ゆめうつつ》の数十時間が過ぎて行った。

ふと、戸の隙間から、部厚な封書が抛《ほう》り込まれているのに気づいた。はじめ、猛夫は父親からの送金かと思って、急いで封を切った。巻紙に認められているのは継母の筆であった。憂鬱な眼で紙をぐるぐる開いてゆくと終りに今度生れた赤ん坊の写真が挿んであった。

（これでよろし）と猛夫は呟《つぶや》いて、手紙を捨てた。（さて、それから）と、猛夫はぐるぐる室内を歩きだして眺めた。金になりそうなものは、残っている学生服だけだった。（よし、こいつだ）と、無造作に風呂敷に包んだ。

夕ぐれであった。それはまるで夢のつづきに似ていたが、夢ほどの興奮もなかった。質屋で服を金に替え、彼は省線に乗った。ある駅で降りた。駅前の居酒屋で長い間何かを待った。

誰かやって来たようであった。そこで彼は立上った。

彼は酒屋を出て、踏切の方へ歩いて行った。今、電車は杜絶えて、あたりは森《しん》としていた。やがて微かに軌道が唸りはじめた。響はすぐに増して来た。光と礫の洪水の中に、異腹の兄に似た白い顔がさまよっていた。

魔女

　私は姉や姉の友達七八人に連れられて、人喰人種を見に行くのだった。恰度《ちょうど》、夕方のことで街は筒のように暗かった。うまくすると、人喰人種が夕食を食っているところが見せて貰えるかもしれない、と一人の女学生は云った。昔の女学生は庇髪《ひさしがみ》のような髪を結っていて、丈が高かった。そして長い袴《はかま》を穿《は》いていて、気高い顔をして歩いた。私は人喰人種が今夜は何を食うのかしらと思った。人喰人種はきっと塞がって、裸体の上に赤い毛布をくるくる巻いて、宿屋の畳に六七人蹲《うずくま》っているような気もした。

　そのうちに石畳みの狭い露次へ来ると、旅館が二三軒並んでいた。姉達は一軒一軒旅館の玄関で、人喰人種は来ていないかと訊ねて歩いた。どうも人喰人種が泊っている宿屋はもっとさきらしかった。もう一つ裏側にある路へ這入《はい》ると、今度はたしかにそれらしい旅館だった。皆は真暗な玄関の土間に立って、一人が声をかけた。すると真暗な障子がするりと開いて、婆《ばあ》さんが現れた。「人喰人種が泊っているのはこちらで御座いますか」と一人が訊ねた。婆さんは頷《うなず》いた。それで私は何だか吻《ほっ》とした。「人喰人種が御飯食べるところ見せて下さいませんか」とまた一人が口をきいた。婆さん何を思ってか、ずっと黙り込んでしまった。それで、もう一人が同じことを嘆願した。「駄目です！」急に婆さんは口惜しそうな声で呶鳴《どな》った。皆はびっくりして、そのまま往来へ飛出した。それからだんだん急ぎ足になって。とうとう走り出した。

私は門口の処で、石に蹴躓《けつまづ》いて膝頭《ひざがしら》を擦剥《すりむ》いた。膝坊主は火がついたようにヒリヒリ痛んだ。見ると、膝頭には土がくっついていて雲母の破片がキラキラ光っているので、私の眼さきは曇ってチラチラ慄《ふる》え出した。家に帰ると、もう辛抱が出来なくて、おいおい泣いた。すると、縁側で活花をしていた姉は静かに鋏を置いて、私の傷を調べ出した。姉は私を畳の上に寝転がして、「眼を閉じていなさい」と命令した。私が素直に眼を閉じると、姉は私の額の上に何か軽いものを置いた。青々した木の葉の匂いがするので、一寸《ちょっと》眼を開けてみると、やはり額の上に置かれているのは木の葉らしかった。「まだ、眼を開けてはいけません」と姉はおごそかに云った。

私は眼を閉じた儘《まま》、どういうことが次に起るのだろうかと、少し面白くなって来た。暫く何の物音もせず、青々した木の葉の匂いが鼻さきを掠《かす》めていた。やがて姉がそっと立上る気配がして畳の上を静かに歩いて行く跫音《あしあと》がした。姉は箪笥の前で立止まったらしく、微かに箪笥の環が揺れる音がした。間もなく、すーっと抽匣《ひきだし》を抜く音がしたので、成程繃帯《なるほどほうたい》を持って来るのだな、と私は思った。そこから姉が私の側へ帰って来るまでには随分時間がかかった。とうとう私は、何時《いっ》、姉が、どういう風に私の膝頭に繃帯を巻いてくれたのか、わからなかった。姉はパチパチと植木鋏を使いながら、「もう眼をあけてもいいよ」と云った。

私は父の大切にしていた万年筆を踏んで壊してしまった。生憎《あいにく》、見ている人がなかったので、それが却《かえ》っていけなかった。壊れた万年筆が父親の顔のように思えて、もう私は怖《こわ》くてその方を見ることも出来なかった。私はびくびくしながら縁側の方へ行った。すると、何も知らない姉が、「もう、お風呂よ」

と云って、私を捉えた。それから私の帯をほどいて、私を裸にさせた。姉は私に手拭を渡した。それから姉は湯を汲んで、私の背中にざぶざぶ掛けた。

磨硝子《すりガラス》の窓の青葉を照す陽光が揺れていて、風呂場は明るかったが、私は窓の外に蓑虫《みのむし》がいることや、漆喰《しっくい》に黒い苔《こけ》が生えているのを見ると、何だか地獄に陥《お》ちているような気がした。やがて、姉も顎《あご》のあたりまで湯に浸って、私の顔と姉の顔は対《むか》い合った。私は天井を見上げると、太い竹で組んだ天井は煤《すす》けて怕《こわ》そうだった。その時、私は姉が何か訊ねるような眼をしたので、「地獄極楽」と口走った。すると、姉は一寸呆れたような顔をして、私の眼の中を視凝《みつ》めた。それから姉の眼は、私の悩みの種を見つけて摘み出そうとする眼に変っていた。

私は姉に連れられて街を歩いていた。公会堂で活人画や何かがあるのを見に行くのだった。打水をされた路はピカピカ光って、時々泥が裾の方に跳上った。どの店舗も日覆《ひおい》を円く膨らまして、奥の方はひっそりして薄暗かった。屋敷の塀の続いている日蔭へ来ると、ポプラが風車のように葉を飜《ひるがえ》していた。気持のいい微風が路の角や電柱の横から吹いて来ることもあったが、斜上から差して来る陽はかなり蒸暑かった。姉は白いパラソルを翳《かざ》して歩いていた。青い木蔭へ来ると、パラソルも顔も青く染められた。

私は稍《やや》ひだるい気持になり、少しぼんやりして来た。その時、一匹の大きな揚羽蝶《あげはちょう》がかなめ垣から飛出して来て、姉のパラソルの上を横切って消えた。暫くすると、またその揚羽蝶はふわふわと漾《ただよ》って来て、姉のパラソルのまわりを飛んでいた。それから間もなく揚羽蝶の姿は何処《どこ》かへ見えなくなったが、私は別に気にも留めず歩いていた。ところが、ふと、気がつくと、姉の白いパラソルには何時の間にか、さっきの揚羽蝶が刺繍されて、くついているのだった。私はびっくりして声を放てなかった。刺繍の蝶はまだパタパタと片方の翅《はね》を動かして、そこから今にも飛出そうとしているのだった。

私が夏の午後、小学校から帰っている途中のことだった。電車道を越えると、路は片蔭《かたかげ》になっていて、静かな家が並んでいた。妙に静かな時刻で、家のうちの時計の振子の音が外でも聞えるのだった。私はその時、屋根の方から誰かが呼んでいるような気がした。すると、声はまた確か「順ちゃん」と云っていた。見上げると、二階の障子が半分開いて、蔭から姉の顔が覗《のぞ》いていた。私は無言のまま暫く立留まってその家を見た。ベンガラを塗った格子のある中位の家で、二階の軒には簷忍《のきしのぶ》と風鈴が吊ってあった。そこへ姉は嫁入りしていたのかしら、と私は久し振りに見る姉の顔が妙に透徹《すきとお》っているように思った。すると、姉は黙って障子の奥へ引込んでしまった。私はそれから間もなく自分の家へ戻った。

ところが、家へ戻ると、私の父は、「今、これから姉さんを停車場へ出迎えに行くのだから、お前も一緒に来い」と急きたてるのだった。私はカバンを家に置いて、そのまま父の後に従《つ》いて出掛けた。急ぐと、太陽が後からギラギラ照りつけて大変暑かったが、駅へ来ると、そこは風があって涼しかった。絽《ろ》の羽織を着た女の人と、父と私と三人はホームに出た。やがて汽車が着くと、中から姉が出て来た。姉は透徹った顔をしていて大変疲れているような容子《ようす》だった。それから皆は俥《くるま》に乗った。姉の俥が先頭に街を走った。俥は私の家の方へ行かないで、小学校へ行く路の方へ折れた。そして、さっき私が驚いて見上げた家の前で俥は留まってしまった。

私は姉の入院している病院に見舞に行った。姉はベットに寝た儘、だるそうな容子で暫く私を相手に話していたが、枕頭の薬壜《くすりびん》を取って、唇に含んだ。「少し睡いから、これを飲んで睡むろう」そう云っているうちに、もう姉はすやすやと小さな鼾《いびき》をたてはじめた。私は椅子に腰掛けた儘することもなかった。窓の外には侘《わび》しい病院の庭があって、常盤木《ときわぎ》の黔《くろず》んだ姿が見えるばかりだった。壁に懸っている額や、小さな人形や植木鉢のほか、目に留まるものもなかった。白い侘《わび》しい時間だった。

ふと、ベットの方で姉の起上る気配がした。見ると、姉は蒲団《ふとん》の上に坐り直って、頻《しき》りに両手を上の方へ伸しながら、何か綱のようなものでも把もうとしている恰好だった。その眼は虚《うつ》ろに大きく開かれて、何にも見えないのではないかと怪しまれた。姉は同じような動作を続けながら、次第に身体の重みを失ってゆくらしかった。突然、姉は宙を浮上ると、天井の処に姉の身体はあった。と思うと、ベットの下の方で姉の得意げに笑う声がした。それから姉は額の裏や、植木鉢の下や、電球の中に、自在に身を潜めて、暫く飛廻った。その間私は凝《じっ》と椅子に縛り附けられているような気持だった。やがて、ベットの方で姉のうめき声が聞えた。見ると姉はぐったり疲れたように蒲団の中に埋れていた。

私は午睡から覚めて、ぼんやりと玄関のところへ行った。西の方の空にはまだ雲の峰が出ていて、表の道路は白っぽく乾いていた。そうして往来を通る人も殆《ほと》んどなかった。無性に誰か私は人が現れないかと待った。すると、近所の氷屋のおかみさんがバケツを提げて通った。あのバケツの中にはけむりの立つ氷を入れているのかと思うと、一寸おかしくなった。おかみさんは、しかし、すぐに視野から消えて、往来は再びもとの静寂にかえった。

暫くして、何か異様な影が路傍に落ちて来た。が、それは今、人力車が通るのだった。その人力車の上には、つい先日死んだ姉がちゃんと乗っていて、頻りにこちらの家の方を気にしている容子だった。俥はそのまま家の前を通り過ぎた。私は早速下駄を穿いて門口に出てみた。すると、俥の姿はもう見えなく、往来はひっそりとして、砂がギラギラ光っているばかりだった。

私はサーカスの綱渡りの女に姉がなっているのを見た。姉が死んだ頃から算《かぞ》えると、もう二十年も経っていた筈だが、綱渡りをしている女は恰度死んだ姉の齢頃《としごろ》であった。何時か姉は内証で私の家の前を俥に乗って通り過ぎたのは、こんな所に身を潜めるためだったのだろうか、――そう思うと、今、衆目に晒《さら》されている姉の身の上が気の毒でもあり、腹立たしかった。子供の時の私は姉に魔術を懸けられて、いろんな不思議な目に遇わされたが、私ももう成長しているので、そう簡単な暗示には陥るまいと思った。しかし、どうもけしからんのはその女が現に死んだ姉なのだから、これは大変いけないことにちがいなかった。私は楽隊の音につれて、今、綱を渡って来る姉の眼をじっと遠方の客席から視凝めていると、姉もどうやら私に気が着いたらしい。しかし、私は腹に力を入れて、猶も視線をはずすまいと努めた。が、どういうものか、私のすぐ眼の前に小さな塵《ちり》がくるくるくるくる廻り出した。楽隊の音が急に高まり、姉の眼に悶絶の色が浮んだと見たのは一瞬であった。もう客席は総立ちになって、墜落した姉の様子を見ようとしていた。

私はその後、負傷した姉を病院に見舞った。けれども彼女はけげん相に私の顔を眺めているばかりで、一向私に気がつかないらしかった。私は先日姉が綱から墜ちた時のことを話して、姉の記憶を甦《よみがえ》らそうとした。すると、姉は突然私を睥《にら》みつけて、「出て行け、この馬鹿野郎!」と口ぎたなく罵《ののし》り出した。私は姉が負傷のため精神に異状を呈したのだろうと察し、そのまま其処《そこ》を立去った。

私はその後、暫く姉と邂逅《めぐりあ》うこともなかった。しかし、姉は魔法使だから何時何処に現れて来るかわからないと思っていた。そのうちに、私の生活は段々行詰って来て、私の精神は衰弱して行くばかりだった。ある蒸暑い夏の深夜、私はふらふらと寝床を匍《は》い出すと、縁側の天井の太い横木に自分の帯を吊した。そうして踏台の上に立っていると、何処かで車井戸を汲上げている音がした。どうもその物音がおかしいので、暫く耳を傾けていると、踏台のすぐ下で、ほほほほと笑声が洩れて来た。

何時の間にか私は死ぬことを忘れてしまって、秋になると、高い山へ登って行った。山の宿で一泊する積りで、早くから寝間に這入っていたが、不思議と目が冴えて来た。何かぷつりと雨戸に突当る音がしたので、私は雨戸を開けてみた。月明を含んだ一めんの霧だった。恰度、真上の方の雲が裂けて、どうやら月が現れ始めるところだった。私は下駄を穿いて外に出てみた。頭をあげて月の方を見ていると、よほど早い雲脚なのだろう、月の面輪は絶えず光を変えていく。そして、気がつくと、向うの杉の木立の中をちらちら何か真白なものが跣足《はだし》で走り廻っているのだった。

私は見知らぬ地方の青葉の景色をたっぷり眺めて、最後にケーブルカーに乗って、火口湖があるところまで行った。火口湖のほとりに小さな四阿《あずまや》があって、そこで私は腰を下していた。気がついてみると、そんなところに休んでいるのは私一人であった。湖水の静かな波の音と小鳥の声が聞えるばかりで、あたりはひっそりしていた。外輪山は薄い雨雲につつまれていて、雨に濡れた青葉に混って、躑躅《つつじ》の花も咲いていた。そのうちに私が眺めている山も湖水もみんなうっとりと大気の中に溶けて行き、しまいにはもうなにもなくなってゆくのかとおもえた。ただ、向うの森の沢山の小鳥の囀《さえず》りのなかから、一羽だけ注意を惹《ひ》く鳥の音があった。その小鳥の声は何か無意識に私の心を支配しそうだった。やっぱし居たな、と私は森の方を睥《にら》んで苦笑いした。

幼年画（抄）

貂《てん》

杏《あんず》の実が熟れる頃、お稲荷さんの祭りが近づく。雄二の家の納屋の前の杏は、根元に犬の墓があって、墓のまわりには雑草の森林や、谷や丘があり、公園もあるのだが、杏の実はそこへ墜《お》ちるのだ。猫が来て墓を無視することもある。杏の花は、むかし咲いた。花は桃色で、花は青空に粉を吹いたように咲く。それが実になって眼に見え出すと、むかし咲いた花を雄二は憶《おも》い出す。「来年は学校へ行くのだから、今のうちに遊んでおくのよ」と母は云《い》うが、雄二は色鉛筆が欲しいと云って泣いた。大吉の石筆《せきひつ》をもらって石に絵を描いたことはあっても、白い紙に色鉛筆でやってみたいのだ。到頭《とうとう》夜遅く、妹の守《もり》に連れられて、小学校の前の文房具屋へ買いに行った。帰り路の屋根の色は青く黒く、灯は黄色だった。「夜、色鉛筆使っても駄目よ、黄色なんか白と間違えるから」と姉の菊子は云う。雄二は、しかし、白と間違ってみたかった。鉛筆を持ってから、雄二は大変緊張した。「さあ、これから二階へ行って何か描いておいで、昼御飯の時見せてもらうから」と、母が云った。雄二は独りで二階の窓際の机に坐った。独りで坐っていると、朝日が窓のところの桜青葉を照した。大屋根の辺では雀が、ち、ち、ち、と囀《さえず》っている。風が吹いて青葉の光が翻《ひるがえ》って、しばらく物音がしない。と、また、ち、ち、と雀は喋《しゃべ》り出す。雀の卵があるかな、と、桜の枝を見ると、ある。白い殻が枝の叉についている。（それは刺虫《さしむし》の殻だが、父が雀の卵だと教えた。）そこで雄二は真白な紙に茶色の芯で桜の枝を描く。どうも桜が電信棒のような恰好になってしまった。雀の卵を一つくっつけようとしたが、今度はそれが杏の実ぐらいの大きさになった。

杏なら熟れる。雄二は赤鉛筆で杏の実をくるくる塗った。が、あんまり勢がよくて遠くまで線がはね出した。すると、これは杏が熟れてゆくしるしだと考えた。大へんいい考えなので、赤い線は四方へ跳ねて行った。雄二は暫《しばら》く夢中で何が何だかわからない線を引いていた。気がつくと、真白な紙が火事のようになっている。ち、ち、ち、と雀がまた囀る。隣の染物屋の草原で、こ、こ、こ、こ、こ、と急に牝《めん》鶏《どり》が啼き出したのは、卵を産んだのだろう。しんし張りの布に茶褐色の粉が白い模様を残して一めんに塗ってある。布はピカピカ光って、風に揺れる。そのむこうに黒く茂っている椎の木は怖いのだ。夜あの樹でふうろうが啼いたことがあるのだから。雄二はお母さんがもう御飯だよと呼んでくれないかと思う。まだ、ドンは鳴らない。随分長い間、独りで居るような気がする。「舟を描くのが一番やさしいわ、まっすぐ横にこうやって、帆をつければいいでしょう」と菊子が教えてくれたのをふと憶い出す。それで火事のような絵の余白へ舟を走らす。一艘、二艘、三艘、四艘描いたら舟が衝突して、舟火事のような光景になった。いよいよ消防隊が飛出して、上から青鉛筆で雨を降らす。雨が何時《いつ》の間にか、鉄砲の弾丸になって、大砲の弾丸になって、大戦争が始まった。地雷火が爆発すると、もう、舟なんか木端微塵《こっぱみじん》だ。雄二は吻《ほっ》として、絵を投出した。丁度、その時、階下から母の呼ぶ声がした。雄二は絵を持って、台所へ行き、母の前につき出した。奇妙な顔をして、母は絵を眺めているので、説明しなきゃわからないらしい。これが舟で、杏で、桜の枝で、地雷火で、杏の実が熟れるところで、雨が降って、そして舟が衝突したから、大戦争になったのだよ。母は頤《あご》で頷きながら眼で不審がっている。

雄二の眼にはお椀のなかの豆腐のお汁が移る。小人《こびと》だったら豆腐なんか島のようなものだし、お椀のなかは海だ。その海には帆立貝も浮んでいるが、帆立貝は豆腐とくっついているところもある。静かな海は暫くして掻き乱された。「その絵に名前を書いておきなさい」と母は云う。「ユウジて字こう書くの」と母が箸をさかさまにして、お湯でしめし、食卓の上に片仮名を書くと、見ているうちに乾いてしまう。もう一ぺん、母は今度は人差指で消えないように書く。雄二は指で何度もその上を真似てみる。憶えた。その拍手に台所の窓から微風が飛込んで来る。雄二は黒の鉛筆で自分の名を書く。それから、絵を懐中にして納屋のところへ行き、杏の樹を仰いで見る。青い空に杏の樹は両腕をぐいと伸ばして、一本足で立っている。うん大分熟れた、と杏は自分の頭を吹く風にむかって話す。風に誘われて縞蜂がやって来た。すると、杏はまた両腕をぐいと伸して、蜂に話掛ける。川崎の庭の杏も大分熟れたかね。蜂は知らないよと云って飛んで行ってしまう。ハハハ、蜂の阿呆は川崎の庭知らないのだわい、と杏は両腕を揺すって、くすぐったそうに笑った。どすん、と杏の実が墜ちて、犬の墓にあたり、その実はころころ転んで、谷底へはまり込んでしまった。雄二はあの谷へ丸木橋掛けたらいいと思いつき、そこで納屋へ這入《はい》って、橋になりそうな割木を探すのだった。割木は山のように納屋の壁に積重ねてある。その山の上には小さな穴があって、隣の家が覗けるのだ。雄二は割木の上へ登って、何時かのように穴から覗いてみようと思う。隣の縁側の籃《かご》のなかには頭の大きな、福助のような子供がいたが、まだいるのか気になる。割木は足もとから崩れて、身躰《からだ》が墜落しそうだ。生々しい木のにおいと、黴《かび》のにおいと、暗い冷たい空気が、雄二の頬に迫る。天井の梁に一本の縄が輪にされて、ぶらさがっている。その梁には、白墨で、クビツリと書いてある。この間大吉が梯子《はしご》を掛けて落書した場所なのだ。雄二は到頭割木の山へ登り着いた。すぐ上は天井で、山は狭く暗い。腹這いになって、柱の脇の赤土の隙間に、雄二は眼をあてた。すると、むこうの家の庭はとても明るい。苔が青々と生えている地面を葉洩陽《はもれび》が色彩《いろど》っている。しかし、縁側には、籃が出ていないし、障子は閉めてある。手洗鉢の脇に、水からくりが放り出してある。あの玩具、頭の大きな子供の玩具なのかもしれない。誰もいない庭に風が吹くと、楓の葉が揺れて、さっと、庭の景色が変った。誰か来るのではないかしらと、雄二はまだ眼を離さないでいる。その時、また、さっと、庭の様子が変るような気がしたかと思うと、何かがちらりと現れた。金色の毛をした、燃えるような変な動物は、庭を横切って、すぐに見えなくなった。あ、あれは貂《てん》だ、貂だ。雄二は眼を円くして、壁から離れた。ちょっとも音をたてないで、滑るように消えて行った。全身が金色に輝いていた。だから、あれは、やっぱし貂にちがいない。

納屋を出て、ぶらぶら歩いて、雄二はやっぱし貂のことを考えている。そのうちに雄二は向いの酒屋の店さきへ這入っていた。薄暗い奥の間から、酒屋のおばさんが雄二の姿を認めた。雄二は下駄を脱いで、三畳の間に入る。おばさんは雄二が片手に持っている絵を受取り、黙って感心しながら眺める。「おばさん、貂がいるのだよ」と雄二はまだ貂のことを忘れない。「貂、なるほど、貂がいますわね」「あ、貂がいるんだよ、貂は金色で、つーつーつーと走るんだね」「あ、なるほど、ここのところにいるのが貂でしょう」おばさんは絵のなかから黄色い塊りを見つけて指差した。雄二はびっくりした。大砲の弾丸が貂によく似ていて、今は貂になってしまっているのだ。「うん、貂がいるから、皆がドンドン、鉄砲やら大砲やらで撃ったのだよ」「あ、それで貂は赤い血を流したのね」「うん、そうすると、舟が出て、貂を助けようとしたのだ」「ほ、ほ、舟がどうして貂を助けるのでしょう」「だって貂が助けてくれえ、とおらんだからそうなったのだよ」「それで貂は助かりましたの」「やっぱし駄目さ、舟だって大砲に撃たれて沈んでしまうのだ」「じゃあ、貂は死んでしまったのでしょう」「ううん、逃げているところなのだよ」「じゃあ、やっぱし貂は助かったのでしょう」「ううん、まだ助からないのだ」「ほ、ほ、むつかしいのね」

その時、前の往来をゴロゴロと大砲を繋いだ馬や、兵隊がやって来たかとおもうと、軒の前で、立留まってしまった。雄二は兵隊を見に下駄を穿《は》いて出た。兵隊はずっと向うの四つ角の方から酒屋の四五軒さきまで列《なら》んで立っている。帽子を脱いで、額の汗を拭いている者や、ぼんやりと側の家を眺めている兵隊だ。馬は暫く休めるので、頻《しき》りに尻尾を振っていた。革と埃と日向のにおいがそこにはあった。雄二が珍しげに兵隊達を視ていると、雄二のすぐ側にいる兵隊も彼の方を眺めた。そして、ふと、兵隊は雄二に口をきいた。「坊やはいくつ」雄二は一寸どぎまぎして、「六つ」と答えた。そうすると、雄二に口をきいた兵隊のまわりにいる二三人の兵隊も、何か感心したらしく微かに頷くのであった。そのうちに兵隊の列はまた動き出した。ゴロゴロと車馬の響がして、埃があがり、兵隊の列は遠ざかった。雄二は早速大急ぎで家のうちへ駈けつけた。家の簷《のき》には恰度陽《ちょうど》が差込むので、カーテンが張ってあった。雄二は縁側へ腰を下すと、そこに母がいた。何と云って、さっきの出来事を話していいのか雄二は暫く眼を簷のカーテンにやった。「今、兵隊さんと話したのだよ」と雄二は急込んで話した。「兵隊さんが僕をいくつかと尋ねたから、六つだと答えた」すると、何時の間に学校から帰って来たのか、大吉が次の部屋で聞いていた。「六つ？　嘘だい、お前は五つだよ」と大吉は次の間から現れて来た。雄二は不図《ふと》心配になった。「お母さんが六つだと云ったよ」「五つだよ、お前は満五歳さ」雄二はそれではやっぱし間違ってたのかと思い、さっきの兵隊さんを追駈けて行って、云い直して来ようかと思う。しかし、もうさっきの兵隊は随分遠くへ行ったに違いない。雄二は心配相に暫く遠くの空に眼をやって。何だか情なかった。さっきの兵隊さんは何時までも雄二を六つだと思っているに違いない。すると、その時母が云った。「満なら五つだけど数え歳は六つなのだよ」雄二は急に安心して、「やっぱし六つだ、どうだ、六つだよ、六つだよ」すると、大吉は雄二の持っている絵をひったくって、逃げ出した。雄二が泣き出すと、大吉は遠くで絵を面白そうに眺めながら、「ふん、こいつは火事の絵だな」と勝手に決めてしまう。「ははん、舟もあらあ」と大吉は雄二に聞かそうとして云う。雄二は大吉の云うことが聞きたくもあるし、腹も立つので、わーと泣いては、暫く黙っている。「ははあ、この黄色いけだものは狐だな」と大吉はまた云う。「狐じゃない、貂だ」と雄二はつい釣込まれて返事する。「わーい、泣いていた烏がものを云うた、狐じゃない、貂だって、貂やなんかがいるかい」と大吉はけげん相な顔をする。「いるとも、今日、納屋のところで見たんだ」「そりゃあ猫か犬の間違いだろう」「貂だよ、金色の毛をしてキラキラ光ってたもの」「じゃあ、三毛猫さ」「見ないものだからあんなことを云ってら」「見たとも、僕だって見たよ、お前なんかがまだ赤ん坊の時、練兵場の方に沢山いたんだぜ、貂は毎晩しっぽへ青い火をつけて、コンコンって啼いて騒いで、時々、人をばかすのだよ」「やあ、そいつは狐じゃないか」「そら、狐にばかされたたろう」大吉は得意そうに笑い出した。

杏がまだ花を持っていた頃、雄二は上の兄の貴磨に連れられて、日曜日に川崎の家へ行った。兄は賑やかな通りの書店で本を買い、雄二には「幼年の友」を買って呉れた。それから石の敷詰められている、ひんやりした横路へ這入ると、両側に肴屋ばかりが並んでいて、店頭の桶の水がピカピカ揺れ、底には泥鰌《どじょう》やら、鰻が泳いでいた。その軒のなかに石垣をめぐらしたお稲荷さんがぽつんとあった。赤い小さな鳥居や、旗が奥の方に見えたが、兄が注意してくれなければ雄二は見落したかもしれない。やがて、小路が四つ角になると、一軒の家は鶏屋で、裸にされた白い死骸がいくつも台の上に重ねてあった。そこから右に折れると、路は少し明るくなり、小鳥屋の軒が目につく。その小鳥屋の前が川崎の家だった。門を這入る拍子に、庭の竹垣の戸が開放《あけはな》たれていたので、緑の樹木が眺められ、雄二は綺麗だな、と思った。薄暗い玄関から、廊下を伝って、居間の方へ行くと、伯父はいた。伯父は雄二の顔を見ると、ニコニコ笑い、笑うと、舌が唇から食み出す癖があった。雄二はそこへ坐って、「幼年の友」の絵を見た。居間には大きな鉄の引手のついた古びた箪笥《たんす》やら、長持やら、紙の剝げかかった屛風などがあり、すぐ次の間は台所で、台所の晒天井は、煤《すす》けて何か恐しいような気持がした。台所の中央に大きな井戸があり、つるべで汲み上げる度に、井戸はキリキリキリと鳴った。奥の間には縁側があり、そこに杏が花をつけていた。雄二の家の杏よりかもっと大きく、庭全体を圧して、咲いていた。廊下の橋を渡って、離れの間に行くと、そこの窓には無花樹《いちじく》が茂っていた。大変暗い部屋で、壁には西洋画の額が掲げてある。女の人がスプーンで牛乳を少女に飲ませている絵で、顔の色が青ざめているので、顔までが牛乳のように思えた。貴磨と一緒に伯父の家を辞して、表へ出ると、黄色の蝶々が何時までも雄二達の間をヒラヒラ飛んで行った。余程、長い間、外へいたような気がしたが、家へ帰ると恰度、ドンが鳴って昼御飯だった。

川崎の庭の杏、もう熟れただろう、と、雄二の家の杏が蝶に尋ねた。ああ、熟れてるよ、と蝶は気軽に返事して風に乗って行った。雄二の家の杏は満足そうに両腕を揺すって、じゃあ今日はお稲荷さんの祭だな、と呟いた。

夕方から雄二達は新しい着物を着せられた。着物の上にきちんと三尺を緊く結ばれたので雄二は急に窮屈になり、脇の下のところを引っ張って難《むつか》しがろうとした。すると、菊子は脇の下のところを直してやりながら、「そら、こんばんはのぞきがみられるのよ、だからのぞきを見る人はきちんと着物着ていないとおかしいでしょう」と雄二の注意を遠くへやろうとするのだった。大分前から菊子はもう、杏と蝶に話させたりして、お祭のことで一杯だった。それで、もう雄二も行かないさきから緊張していた。いよいよ、俥《くるま》が門のところへやって来た。子供達がさきに川崎の家へ送り届けられるのだった。雄二が一番に俥の上の方へ乗せられ、その前に大吉が乗り、その次に貴磨が乗せられた。雄二は一番上の方で手足が押し潰されそうで、今にも泣きそうな気がした。しかし、往来のことではあるし、じっと我慢していると、そのうちに俥はもう轅《ながえ》を上げて、走り出した。雄二の身躰は上で揺れ、気持は不安だったが、やがて、俥が二三丁も走ると、いくらか慣れて来た。初夏の夕方の風が熱かった頰を少しずつ撫でた。糸杉を植えた西洋料理屋の門口にはもう灯が点いていた。やがて練兵場の堀に添う路へ出て、暫くすると、もうお祭の提灯やら露店が並んでいるところへ来た。人もぞろぞろと集まり始めた路を俥は角の鶏屋を過ぎて、川崎の前に留まった。川崎の横にはもうのぞきが設けられ、人がたかっていた。雄二は俥の上から、のぞきの看板をちらと見た、戦争の絵で、地雷火が爆発している草原で、一人の兵卒が銃を逆にして、銃の台で敵兵の頭を撲りつけているところだった。赤々と燃える空は物凄く、敵の兵卒は青ざめて身悶えていた。雄二は川崎の家の玄関を潜るまで、その絵が気になった。雄二達は暫く二階で休んだ。格子窓から下を覗けば宵闇のなかをぞろぞろと人は賑わっていた。大人達はなかなかやって来そうになかった。そこで、三人は表へ出てみた。雄二はさっきののぞきの部屋へ立留まって、また看板にあきれた。竹の笞《むち》で、台を叩きながら、男が何か声高に喋っていた。しかし、迷子になるといけないので、すぐ兄達の後を追った。道傍の露店には、海酸漿《うみほおずき》や、茱萸《ぐみ》の実や、肉桂《ニッキ》、粕《かす》などが並べられ、風船玉や、風車が、絶えず動いていた。角の鶏屋の前の人だかりには、車に乗せた檻があり、金網のなかをゴソゴソと狐が動き廻っていた。狐は何か不思議な臭気をあたりに漾《ただよ》わせ、それにアセチレンガスの臭いが鼻に強く来た。雄二はまた迷子になりはすまいかと心配になった。しかし、兄達はそこで引返すと、すぐ川崎の家へ帰った。と、玄関には恰度《ちょうど》、母と菊子が着いたところだった。他所行の着物着ている、母や菊子の姿が珍しく、雄二は母が急に一段と優しくなったような気がした。「さあ、皆、二階へ上っていらっしゃい」と母は云った。それで、四人がどかどかと梯子段を昇って行くと、二階の格子のところには伯父がいた。伯父はひょいと首を皆の方へむけると、ニコニコ笑い、「やあ、大将、賢《え》らしこだね」と大きな声で、雄二と大吉の頭を撫でた。大吉がおかしがって、そっと雄二の身躰をつつき、皆は何時もの伯父の癖をくすくす笑い出した。すると、伯父は眼の色だけ、微かにてれたが、相変らず磊落《らいらく》な態度でニコニコ笑い、「皆、よく来たね、ほう、皆、随分大きくなったぞ」と独りで面白がっては、舌をなめずった。そのうちに、親類の人々や、大人達が次第に集まって来た。皆がそれぞれ壁に添って坐ると、部屋は賑やかになった。膳が運ばれ、酒が廻されて、話声や笑声が湧いた。そこへ、雄二の父が這入って来た。父がやって来ると、雄二は遠くから父の方ばかり気になった。父は皆にはきはき口をきき、時々娯《たの》しそうに笑ったりしていて、顔が大変涼しそうだった。不図、父は大きな嚔《くさめ》を立てつづけに二つ三つした。寒くもないのに嚔をすると云って伯母が笑った。ガヤガヤという大人達の話声のなかから、今、雄二は誰かがのぞきの看板の話をし出したのを聴きとった。あの看板の絵は何時の戦争のものでしょうか、などと云っている。雄二はその返事が聞きたいのだが、生憎《あいにく》よく聞えない。そしてもうのぞき絵の話は終ったらしい。大人達の顔は段々酔ぱらいらしく光り、座敷には白い靄のようなものが立籠めた。すると、母が雄二と大吉を手招いた。母は膝のところのハンケチを直しながら、「秋子さんと一緒に少し外の方を見て来なさい」と云った。母のすぐ側にはおさげの女がにこにこ笑っていた。雄二にははっきり憶えのない顔だったが、その女は雄二を識っているらしく、はじめ彼を見る時、わざと眼を大きく瞠《みは》った。大吉の方は彼女を憶えているので、すぐ彼女と一緒に出掛けようとした。秋子は雄二を顧みて、「さあ、手を引いてあげましょう」と云った。三人が門口を出ると、秋子はすぐ前ののぞきのところへ立留まった。雄二は愈々《いよいよ》それが見られるのかと娯しみにしていると、「こんなものつまんないわ、八百屋お七か不如帰《ほととぎす》なら面白いけど」と、秋子は云った。そして、大吉を顧みて、「ねえ、あっちののぞき見に行きましょう」と、ずんずん人混みのなかを早足にわけて進んだ。雄二はその女の足が早いので、弱っていると、ふと、露店の鬼灯屋《ほおずきや》の前で彼女は立留まり、鬼灯を買うと、早速唇に入れて鳴らし鳴らし歩いた。「なにか、あんた達も買うといいわ、ね、あの、辣韮《らっきょう》の形をした飴がおいしそうだわ、あれがいいわ、あれ買いましょう」と、彼女は菓子屋の前で立留まると、大吉にその飴を買わせた。雄二はその隣のガラス函のなかに煙むる桃色の綿菓子を視凝《みつ》めて、それが欲しいのだった。が、秋子はずんずん、雄二の手をひいて行った。やがて、もう一つののぞきのところへ来ると、秋子はもう気が変ったとみえて、そこには立留まらず、とっとと通り過ぎた。それから狭い、敷石の露路の方へ折れて、お稲荷さんの方へ行った。太鼓の音が洩れて来るあたりまで来ると、人混みでなかなか進めそうになかった。すると、彼女は、「もう、ここでおまいりしたことにしておきましょう」と云って、くるりと引返し、横の路へ折れた。そこは人通りもあまりなく、石の敷詰められた暗い路だったので、雄二はさっきから、この女がもしかすると狐ではないかしらと少し心配になっていた。しかし秋子は平気で、流行歌を口遊《くちずさ》んだりして、歩いて行った。間もなく、広い賑やかな明るい通りに出た。吻として雄二は秋子の姿を見上げた。秋子は通行人の一人一人に敏捷《びんしょう》な視線を投げながら、ひょいと人を振返って見たかとおもうと、その次にはもう店さきの呉服を眺めていたりするのだった。人通りはぞろぞろとあったが、そこにはお祭りの提灯がないので、雄二は何処《どこ》へ連れて行かれるのやらわからなかった。随分長い間、秋子は雄二と大吉を連れて勝手に歩き廻った。もうお祭りなんか見たくない、のぞきも見たくない、早く家へ帰りたい、と雄二は思った。その時、やっと、また提灯や露店の並んでいる通りへ来た。秋子は二人を連れて川崎の家へ帰った。玄関を入ると、二階の騒ぎも止んでいて、夜は大分遅かった。

小地獄

私は台所で老婆がご飯を焚くのを見ていた。焰の中に突込まれた割木の皮が、じじじと泡を吹いて、松葉の煙が三和土《たたき》に流れて来るのを、老婆は満足そうに屈んで眺める。

私は、その老婆が何時《いつ》から私のうちへ来たのか知らなかったが、何となしに厭な気持だった。「婆あ、婆虫」と、私はとうとう口をついて罵《ののし》ってやった。その老婆は聾なのか、汚れて光る筒袖の下に火吹竹をやって、素知らぬ顔でいる。「婆虫、婆虫、バッサバサ」と、私は大声で板の間を踏鳴らした。するると、老婆はそっと私の方へ笑顔を向けた。見ると、老婆の唇の中には真黒な虫がむじゃむじゃ蠢《うごめ》いているのだ。わたしはわあと大声で泣喚いた。母が喫驚《びっくり》して駈けつけて来ると、老婆は頻りに口をあけて何か云っていた。

もう何も怕《こわ》いことはないと、漸《ようや》く私は母に宥《なだ》められた。そこで、おずおずと老婆の方を視ると、今度はその真黒な虫の中に小さな赤い蛇がめらめらと動いているのだった。

私は女中に負われて、地獄極楽を見に行った。蓆《むしろ》に囲われた掘立小屋の前まで来ると、カンカンカンと小さな鐘が鳴っていて、線香の煙がまっすぐ立昇っていた。

木戸口を入ると、ささくれた枯木のむこうに、忽ち大きな青鬼が居た。暫く私の眼は不思議な鬼の顔に吸込まれていたが、そのうちにもう足がガタガタ慄《ふる》え出した。私は女中の耳に口を寄せて「帰ろう」

と、小声で囁いた。しかし、女中の手は私の軀をしっかり締めつけていて、「まだ、これからですよ」と、冷淡に云った。

女中は私を無理矢理に三途の河へ連れて行った。私が背で泣喚けば喚くほど、女中は態《わざ》と強情になった。「見ておきなさい、見ておくものですよ」と、どうしても女中は私に地獄を見せようとするのだった。煮え滾る泪《たぎ》の中で、私はもう何も見えなかった。「そら、今度は極楽だからもうそんなに泣くのじゃない」と、女中はきつく私を叱った。

外へ出てからも、まだ嗚咽《おえつ》の痙攣が続いた。明るい真昼の光が眼に沁みて、何も彼も前とは変っているようであった。女中はぶらぶらと練兵場の方へ歩いて行き、なかなか家へは連れ戻してくれなかった。

私は風呂場の前の空地で土いじりをして遊んでいた。そこの土を掌で掘ると、いくつもいくつも婆虫が出て来た。婆虫というのは蟬の幼虫で、暗闇から出て来ると白い恨《うらめ》しそうな顔をするのだった。私はもうそんなことはやめにして、早く家に帰ろうと思ったが、どういうものか婆虫は後から後から出て来た。

そのうちに気がつくと、風呂場の方はもう日が暮れていて真暗になっていた。ふと、耳許《みみもと》で家の中にある筈の柱時計がジャランジャランと鳴りだした。私は何だか妙な気がした。

それから私が土を払って、立上ると、その瞬間、私の足に何か触れたものがあった。見ると土の下からにょっきり生えている老婆の手だ。あっと思う間に老婆は土を割って、全身を跳ね起した。

私は遅くまで寝そびれて、めそめそと泣いていた。とうとう父が私の体を摑《つか》んで、雨戸の外へ放り出した。雨戸の外は月光に濡れた縁側で、葉の落ちた楓の白い幹が屋根の方へ突立っていた。庭はキャッと冴えていた。

殆ど私は死にもの狂いで泣いた。咽喉がヒリヒリ痛み、そのうちに声はかすれて行った。首筋に夜の冷気が感じられると、また新しい涙が湧いて来た。私は身を縮めて、今度は声もなく泣いた。

その時、縁側の月の光がくらくらと揺れ、どたんと、何か私に突当るものがあった。次いで私は空の方へ攫《さら》われて行くような気持がした。見ると、庭の池が段々遠くなり、月光に濡れた屋根が小石のように飛んで行くのだった。真昼のように明るい白雲や、大きな松の枝がいくつもいくつも見えて来た。

暫くして、私は嶮しい山のてっぺんに降された。叢《くさむら》には六七人の天狗が焚火を囲んで蹲《うずくま》っていた。私がぶるぶる慄えていると、大将らしい天狗が凝《じっ》とこちらを視つめた。私はその顔が何だか父に似ているように思えた。その天狗は急に柔和な笑みを湛えた。「これをやるから泣くのじゃないぞ」そう云って、天狗は団栗《どんぐり》の実を一握り、私の掌に渡してくれた。

私は蒟蒻屋《こんにゃくや》の前に立っていた。雨の上った朝で、蒟蒻屋の大きな鉄の釜は頻《しき》りに湯気を吹いていた。釜のところの壁は竜が匍上《はいあ》がったように黒い跡が着いていて、貂所は時々稲妻を放った。

奥の方から棍棒《こんぼう》を持った若衆が出て来ると、釜の蓋を開けて湯気の中を掻混ぜ出した。湯の中の蒟蒻はぐらぐらと揺れた。それから別の若衆が笊《ざる》に一杯白い塊りを抱えてやって来ると、釜の中に抛《ほう》り込んだ。蒟蒻は、あーん、あーんと可哀相な声で泣いた。見ると、白い手をした蒟蒻や、赤い小さな口をした子供が湯気の中に積重っている。

私はそっと壁のところの鉄管の下に置いてある大きな桶の方を眺めた。その中にはもう死骸になった蒟蒻が一杯詰められている。しかし、あの死骸もまだこれから何回となく虐《いじ》められるのだろうと思えた。あーん、あーんと泣声は店頭に満ちた。私も耐らなくなって、あーん、あーんと泣き出した。

泣きながら私は、湯気の向で棍棒を振っている若衆が今に怒って私に飛掛って来そうな気がした。泣きながら私は逃げて行った。指物屋《さしものや》の前まで来ると、恰度奥では頬骨の突出た痩せ男が、固い木に鑿《のみ》を打込んでいたが、ふと私の逃げてゆくのを見咎《みとが》めて、慍《む》っと顳顬《こめかみ》に青筋が泛《うか》んだ。やにわに指物師は鑿を振上げ、跣足《はだし》で追駈けて来た。

私は父に連れられて、伯父の家へ行った。初夏の宵の水々しい風が二階の窓に吹いて居て、二階では沢山の大人が酒盛を始めた。私も父の側にちょこなんと坐っていたが、酒盛はなかなか終らず、終には欠《あくび》がいくつも出た。

父は私に次の間に行ってやすめと云った。次の間と、酒盛の部屋とは襖《ふすま》が一枚開けてあって、燈《あかり》がそこから洩れて居た。私は伯母に羽根蒲団を掛けてもらうと、すぐにうつらうつらと睡った。暫くして、隣室で盛んに手拍子を打つ音がおこった。手拍子が歇《や》むと、わあと猛烈な笑いがつづき、何となしに物凄い感じがした。

私は目をあけて、次の間の方を覗《うかが》うと、赤鬼や青鬼がてらてらとランプの光に映されているのだ。その中に馬の首をした鬼もいて、その鬼は伯父さんの顔とそっくりだった。私は喫驚して息を潜めていると、馬の首をした鬼は目ざとくも私の方に気が着いた。その鬼は隣の鬼の耳に何か囁いた。すると囁かれた鬼はすぐ頷き、小声で皆に何か云った。次いでパチパチと皆は掌を打鳴らした。そうすると忽ち鬼は消えて、そっくり以前の酒盛の光景に変っていた。

私は母が裁縫する側に寝そべっていた。ふと見ると、針差針の山にてんとう虫が一匹這登っているのだった。てんとう虫は一本の針を伝って段々てっぺんに登って行く。針のてっぺんの針のめどに妖しげな光が洩れていて、それを眺めていると、何だか気が遠くなるようだった。

その時、母は糸切歯で赤い絹糸をぷつりと食い切った。と、私は母の歯が何だか怕く思えた。突然、母はホイと奇妙な声を放った。私は喫驚して跳ね起きると、改めて母の顔を眺めた。

母は一寸裁縫の手を休めて、私の動作を不審そうに眺めた。それから少し心配そうな眼で私を眺めた。私は何だか悲しく焦々《いらいら》して来た。恰度その時、表の方をゴロゴロと車の這入って来る響がした。火の車が迎えに来たらしい。私は一そう焦々した。

すっと母は静かに立上って玄関の方へ行った。私も急いで母の後を追うと、玄関には頬被りをした大男が大八車を止めて立って居た。車には筵《むしろ》が被せてあったが、筵の下には、赤い人参や、白い大根や、黒い午蒡《ごぼう》が縄で厳しく縛附《しばりつ》けて隠されていた。

私は老婆に風呂桶に入れられて、上から大きな石の錘《おもり》を置かれた。「今に煮殺しにしてやるわい」と老婆は竈《かまど》の処に屈んで呟いた。それからごそごそ松場を掻集めている音が聴えた。やがて燐寸《マッチ》を擦る音がした。火がぽっと燃えだしたらしい。パタパタと渋団扇《しぶうちわ》で煽《あお》ぎだすと、竈は轟々と鳴り響いた。

　私は無我夢中で暴れ廻った揚句、どうやら、縁側のところまで逃げ出すことが出来た。日はとっぷり暮れて、庭は真暗だった。私の脚はぺったり縁に吸着いてしまった。頬を板に横たえて、私は死んだようになっていた。見るともなしに縁の下の方を見ると、何時の間にか小さな川が出来ていて、暗い水の中を何やら奇怪な顔が流れて行った。

　生首はつぎつぎに浮び、押流されながら私の方を睥《にら》んだり、げらげら笑いかけたりする。私はそれを見たくないので目を閉じてしまった。「早くランプをつけて明るくしてくれえ」と、私はいつまでも泣き悶えた。

不思議

毎朝、父は台所の外で眼白《めじろ》の餌を拵《こしら》えた。小さな擂鉢《すりばち》を立ったまま胸のあたりに抱えて、へずりと糠《ぬか》を水に溶いて擂り廻す。その音が軽快に葡萄棚の下のすきとおった空気に響いた。するとバケツで水浴をさされた小鳥は、翼をぶるぶる顫《ふる》わせて、籠のなかを飛び移る。眼白の動作と、餌を作っている父の呼吸が不思議に合って娯《たの》しそうだ。それで、雄二は父の傍に立って、父の口鬚《くちひげ》を眺める。父は野菜畑の方を見廻しながら、胡瓜《きゅうり》の実を見つけて捩《も》ぎに行く。

朝食が済んで父が出掛けて行くと、間もなく肴屋《さかなや》がさっき眼白の餌を拵えたところへ、籠を置き、俎《まないた》の上ではげの皮を剥《は》ぐ。その皮は側の柱に貼られて、カラカラに乾かすと、それで着物の糸屑などが掃除出来るのだ。籠のなかには、鯛に鰈《かれい》の赤鱏《あかえい》にめばる。たいにかれいにあかえいにめばる――と母は籠を見下してゆっくり口遊《くちずさ》む。あかえいさんにかれいさんと肴屋は庖丁《ほうちょう》を動かしながら呟く。ついでにあかえいさんを貰いましょうか、と母は云《い》う。雄二は母の背中の上からその景色を眺めている。魚屋が帰ると、母は雄二を負ったまま庭の方から縁側へ行く。便所の屋根の上に石榴《ざくろ》の花が咲いて、真青な空に雲が浮いている。「お前がひとり子だったら、こうして毎日負ってあげるのだがね」と母は雄二を縁側に下しながら云う。兄姉達がみんな伯母に連れられて避暑に行ってしまったので、雄二は当分ひとり子のようなものだった。家のうちが広くなって、様子がちがっていた。

雄二は父が大阪から土産に買って来て呉れた独楽《こま》を憶い出す。豆粒ほどの大きさのなすびにひょうたんに西瓜にかぼちゃにかぶに大根の独楽。なすびが一番よく廻って、廻って澄むときは影のようだ。それがよろよろと緩くなって畳の上に倒れると、再びなすびになる。雄二はあの独楽を出して見ようとしたが何処《どこ》へやったのかわからなかった。それで台所へ行って母に尋ねる。母は何時《いつ》ものように、魔法に訊ねて見なさいと云う。そこで雄二は家の中をぐるぐる廻りながら、……魔法が隠した、他人《ひと》のものを隠した、と歌う。その声を何処《どこ》かの隅で魔法は聴いていて、今に恥しくなって出して呉れるのだろう。しかし、なぜそんないたずらをするのだろうか。雄二は眼に見えない魔法の姿を考える。座敷の机の下は暗く、床の間の天井はもっと暗い、魔法はそんなところに隠れて聴いているのかもしれない。暗いところに隠されてしまった、美しい独楽が可哀相でならない。そのうちに雄二の眼にはふと、床の間の置物が映る。二人の志那人が一匹の牛に乗っている、鉄の置物だ。志那人は牛の背の上でゆっくり何か考えている。志那人は牛に乗って進んでいる積《つも》りなのだろうが、何時まで経っても同じ姿だ。その二人の大人の顔を見ているうちに雄二は独楽のことを忘れた。そしてお菓子が欲しくなった。すると、また独楽のことが一寸《ちょっと》頭に浮んだ。しかし、和田屋の婆さんが売っている、赤や青のボンボン（bonbon）が今は頻りに欲しい。雄二は台所へ行ってみると、母の姿がない。そこで、急に淋しくなって大声で母を呼んでみる。「ほい」と何処かで声がする。雄二は前よりもっと切なそうな声で母を呼ぶ。「ほい」と母の声は微かで頼りない。三度目に雄二の声は大分曇って来る。すると、ほっと、母の顔が台所の入口に現われた。雄二はまず安心して、それから思い出したように五厘《ごりん》ねだる。五厘玉を貰うと、早速表へ飛出して、和田屋の方へ歩いて行く。和田屋の横には交番があって、巡査がいる。あんまり買食をするとおまわりさんが連れて行くと云うので、雄二は一寸心配なのだ。そろっと交番の方を見ると、おまわりさんは涼しそうな顔でいる。知らない顔をしていて、みんな憶えておくのかもしれない。それでも雄二は和田屋の土間へ這入《はい》ってしまった。足音を聞いて、薄暗い奥から、婆さんが出て来る。雄二は五厘銭を握った手で、硝子戸の上からbonbonを指差す。婆さんが新聞紙で作った小さな袋に拾《じゅう》ばかしボンボンを入れて呉れると、雄二は受取って、懐にしまい込む。それから大急ぎで和田屋を飛出すと、とんとん走って家へ帰る。

菓子を食べながら雄二は庭さきを眺めていた。風呂場の硝子窓にまっ青な空と雲が映っている。簷《のき》には梅の青葉が深々と茂って、葉洩陽《はもれび》の縞が美しい。むこうの垣根のあたり、大きな桜の樹に藤が絡みついている。その傍に小さな井戸があり、庭梅と山吹が茂っている。井戸のところへ、陽の光が照りつけて、雑草の緑がかあっと明るい。微風が樹の葉を動かしているので、樹の葉が、飜《ひるがえ》る時光線が動く。見ているうちに庭がずんずん動いているような気がする。その時、一羽の揚羽蝶《あげはちょう》が微風に乗って、漾《ただよ》って来た。蝶はふんわりと庭を横切り、間もなく隣の方へ行ってしまう。ふと、雄二は先達《せんだって》、父に連れられて見に行ったパノラマを憶い出す。西の方の賑やかな街で、切符を買って、地下室のようなところへ這入ると、左右の窓の景色がずんずん動いて行った。家も樹も人も、軽快な音楽につれてぐるぐると廻った。雄二はまるで夢中で恍惚としていたが、其処《そこ》を出ると外は普通の夜の街だった。父は雄二に「汽車に乗ったのだよ」と云って笑ったが、雄二は未だに不思議でならない……。

じっと、眼を宙に漾わせていると、何だか透明な輪のようなものが浮かぶ。それが暫《しばら》くすると、少しずつ空間を動き出して、おやっと思っているうちに、簷の方へ去る。また暫くすると、何処からか別の輪が生れて来て、雄二のすぐ眼の前を悠々と泳いで行く。あれが魔法かもしれない、と思うと、雄二は急に心細くなる。そこで座敷を掃除している母のところへ大急ぎで行く。母は頭に手拭をかむって片手にははたきを持っている。

或朝、父は雄二を連れてI《アイ》島へ行くのだった。陽がまだ高くならない、朝の街を通って、K橋を渡って、駅の方へずんずん二人は歩いて行った。雄二は生れて始めて今日、汽車に乗れるので、大変緊張した顔をしていた。父の手をひっぱるようにして、一生懸命、父より速く歩こうとした。打水をされた路は、朝日でピカピカ光り、時々、泥が下駄に跳ね上げた。砂糖屋の前には、荷馬車が停めてあり、その荷馬車には白い馬が繋いであった。何時も見たことのある馬が今日も雄二の眼に映った。そのうちに父と雄二はE橋の上まで来た。すると、むこうから乗合馬車が勇しい喇叭《らっぱ》を鳴しながらやって来た。もう向うの河岸には、駅の松原が見えるのだった。橋を渡って松原に入ると、大きな洞穴の出来ている松や、真中から二つに裂けた松があった。鳴神《なるかみ》が落ちて裂けたのだという松には爪の跡らしいものもあった。間もなく、駅の広場へ出て、人力車の並んだ駅の入口が正面に見えていた。父は餅の家で、「兄さん達に餅を買って行ってやろう」と云って、餅を買った。そこの餅は雄二も大好きだった。

やがて、駅の待合室に這入ると、壁の方の大きな鏡に雄二と父の姿が映った。父は浴衣を着て、カンカン帽をかむっていた。雄二は白い布の帽子を目深にかむり、片手にハンケチを持っていた。鏡に映る父の眼は、雄二を連れているので微笑していたが、雄二の眼は気ばっていた。鏡の横には、大きな額があって、緑草の上に鹿の群がいる絵だった。父が切符を買ってからも、なかなかまだ汽車には乗れなかった。雄二は赤帽が荷車を押して行くのを見とれたり、もうむこうの線路には機関車が留まっているのに、どうして乗れないのかと不審に思った。その機関車だけの車は、急にピーと大きな響を発して、シュッシュッと白い湯気を吐きながら、勝手に走り出してしまった。そのうちにまた汽車が来て留まった。見ると、黒い箱のなかには牛が乗っているので、雄二は驚いた。牛は横に嵌《は》められた板の隙間から一寸鼻を覗かせて、ごそごそしていた。すると、その時、ベルが鳴って、改札が始まった。雄二は父に手を引かれて、牛の箱の前を通り過ぎ、高い木の階段を昇って行った。昇りつめると、そこには小さな明るい窓があって、線路が遠くまで見渡せた。階段を降りると、今度はホームの洗面所のところに立って待った。雄二は汽車がどちらからやって来るのか解らなかったので、両方をかわるがわる眺めた。「そら来たぞ」と父が云う方角へ目をやると、汽車は黒い塊りのまま、突進してくるのだった。もう雄二の眼の前には汽車が留まった。ドアが開いて、雄二と父は一つ箱へ乗った。始め何とも云えない、においがそこにはあった。父は雄二を窓の側へ腰掛けさせた。室内を見渡すと、大人ばかり七八人いた。

そして、汽車は到頭《とうとう》動き始めた。段々速くなって、響が大きくなった。家々の瓦がピカピカ光って、窓の下を過ぎた。「そらN公園だよ」と云う父の声で、気がついた時は、もうN神社の石の鳥居は後方にあった。そして、鉄橋へ出た。下を見ると、白い河原砂の上に草が茂っていて、青い水の流れにボートが浮んでいた。轟々《ごうごう》という響が消えたかと思うと、今度は窓の外で、ばたり、ばたりという音が聴えた。薄暗い軒の下で、織物をしている人の姿が一寸見えた。段々、眺めは広々として来た。もう雄二の知らない処《ところ》を汽車は走っているのだった。

藁葺《わらぶき》の屋根や瓦の屋根が入混っているところに次の駅があった。汽車はその駅にちょっと停まった。駅の広場には荷馬車が幾台も留められていた。ホームの囲には石炭が山と積まれていて、黒くギラギラ光っていた。また汽車は走り出した。「そら、電信棒やら、田が、みんな後へずんずん走って行くだろう」

と父は窓の外を指差して雄二に語った。雄二はもう前からそれに気づいていたのだが、そう云われると、一層注意して外を眺め出した。窓の近くにある電信棒はすぐに眼の前を掠《かす》めて行く。遠くの電信棒は比較的ゆっくりと現われては移って行く。一つが去っても、またすぐ後から現われて来る。電線が気持よく青田の上に続いていて、時々、風にちぎられて汽車の煙は、その辺まで飛んで行った。はじめ、行手にぽっちりと青い塊りが見えると、それが段々大きくなり、幅が拡がって三角になり、やがて、真四角な青い田となって、正面に現れるが、後へ去るに随ってまた段々歪んで小さくなるのを、雄二は熱心に眺めた。どの田もどの畑も、汽車が来るとまるで大騒ぎして動いているのであった。畝道のなかに、小さな茅葺《かやぶき》の祠《ほこら》が見えた。その屋根は見る見るうちに、指で捻《ひね》られるようにぐるぐる廻りをした。やがて、白っぽい路に、大きな松が次々と現われた。

そして汽車は間もなく次の駅に停まった。すると、胸に大きな函《はこ》を吊した男が、雄二の窓のところへやって来て、「ビールに正宗に保命酒」と云った。函のなかにはサイダーもあった。汽車が再び動き出した。松原路は何時か横の方へ外れて、また田や畑が見えて来た。蓮芋畑や南瓜畑がところどころにあり、青い田には水がちらちら光った。空を涼しげな白雲が飛んでいた。その雲は随分長い間汽車に随《つ》いて走っていた。それでも到頭汽車の方が勝って、雲が無くなった。すると、青田のまんなかに、大きな次亜燐《じありん》の瓶を抱えた、相撲取の広告が現われた。その次には葡萄茶《えびちゃ》の袴を穿《は》いた、庇髪《ひさしがみ》の女が現れた。広告板の上を燕が気軽そうに飛んで行った。庇髪の女の眼は雄二を黙ってじろじろ視ているように思われた。そのうちに汽車はまた駅に這入った。そこには石灰《いしばい》の俵がいくつも積んであって、黄色な花が咲いていた。駅を過ぎると窓の近くに山の崖が見えて来た。崖に生えている雑草は露で濡れ、処々、花崗岩がキラキラと光った。そして、突然、海が見え出した。

雄二は始めてみる海を眩しそうに眺めた。沖の方にはいくつもいくつも島があって、緑色の水が一めんに続いていた。それは父が旅から持って帰った『大阪パック』の絵にある海とよく似ていた。汽車の窓に、頻りに涼しい風が吹寄せて来て、海の匂いがした。その時、父は沖に見える、まん円く盛上った小島を指差して、「あれが、あまのじゃくの流された島だよ」と云った。雄二はその島を一生懸命視凝《みつ》めた。すると、まん円く盛上った、松林が髷《まげ》のようで、一本だけ高く伸びている松が、簪《かんざし》に似ているので、雄二はふと怖くなった。不思議なことに、その島のまわりは、透明な暈《かさ》が茫《ぼう》と光っているのだった。しかし、やがて、天邪鬼《あまのじゃく》の島も他の島に隠されてしまった。そして不意と、海は無くなった。汽車は畑のなかを過ぎて行き、また駅に停まった。雄二はまだ、あまのじゃくのことを考えていた。

「そら、今度はトンネルがあるよ」と、汽車が動き出した時、父は云った。すると、雄二はまた生々と眼を輝した。汽車もトンネルを潜ろうとしているので、大変、活気がついて来た。しかし、なかなか、トンネルへは来なかった。田や、畑や、人家が纏《もつ》れては、ほどけた。そのうちに、ピーと鋭い汽笛が鳴ったかと思うと、窓の両側は薄暗くなり、窓硝子がガタガタ揺れた。が、すぐにあっけなく、明るいところへ出てしまった。「今のは短かったね、この次のはもっと長いよ」と父は云った。ふと、向うに、トンネルの入り口が見え、そこを今汽車の頭の方がずんずん近寄って行くのが見えた。間もなく、ピーと汽笛が鳴った。窓硝子がガタガタ揺れ、両側は薄暗くなった。と、思うと、天井には電気が赤く点されているのだった。雄二は窓の闇に眼を据《す》え、まるで自分ひとりがトンネルを潜って行くようにじっと息を殺していた。開いている窓から煙が迷い込んで来た。次第に窓の外は青白くなり、やがて、ハッと明るいところへ出た。急に窓の外の景色が美しく思えた。窓には青々とした松や、白い路があった。反対側の窓には低い禿山《はげやま》が見え、その中腹あたりに、小さな家が二三軒あった。そのうちに、再び海が現れた。今度はすぐ近くに、かなり大きな青々とした島があった。陽の加減で、その島は多少煙っていた。「あれがI島だよ」と父は指差した。「そら、あそこに汽船が浮んでるだろう、あの船に乗って行くのだよ」汽船は恰度《ちょうど》、陸とI島との真中あたりの海に、玩具のように浮んでいた。「そら、あそこに赤い鳥居が見えるだろう、あれがI神社」そう父が説明する鳥居は、I島の海に小さく浮んでいた。雄二は、どうして、ここから直ぐ汽船へ乗っていけないのか、不審に思った。海は再び姿を消した。雄二はいよいよわからなくなった。が、間もなく、汽船はM駅に這入った。「さあ、ここで降りるのだ」と、父は雄二の手を引いて立上った。汽車を降りると、雄二は今更のように振返って、機関車を眺めた。キラキラ光る管《くだ》や、円く黒い頭のようなものや、まだ煙を吹いている煙突が、変に暑そうであった。雄二は藤棚の下を通って、広場に出た。すると、左右に並んでいる旅館には白い布を掛けたテーブルが置いてあって、盆にはサイダーやビールが並べてあった。しかし、汽車から降りた人々はみんな、ぞろぞろと、桟橋駅の方へ急いだ。その桟橋駅の向うには、さっき見たI島があった。雄二が其処まで来ると、あんまり真近かにI島が見えるので、ちょっと変な気がした。父はその石垣から、海を見下していたが、ふと、雄二を手招いて、真下を指差した。「そら、随分沢山魚がいるだろう」青い水の層にパッと一群の小魚がチラチラ腹を光らせながら泳いでいた。

ボーと大きな汽笛が鳴ったので雄二は振向いた。何時の間にか、そこには汽船が大きな姿で近寄って来た。黄色の煙突、キセルのような大きな管、汽船の腹には、人が並んでいて、その汽船には二階もあった。やがて、汽船は桟橋に着き、そこからぞろぞろと人々が降りて来た。雄二は駅に這入って、暫く腰を下した。すぐ前の桟橋に汽船は横づけにされているのに、なかなか改札は始まらなかった。駅の柱時計は振子のところが古びた金網で囲われていた。振子はゆるゆると暗い網のなかを往来した。そのうちに到頭、改札が始まった。雄二は父と一緒に海に突出た石の道へ出て歩いた。両側の石垣の上には、ところどころ植木鉢が置いてあった。雄二はふと、ハンケチが気になって、左手を眺めると、やはり忘れないで持っていた。父は雄二の手を引いて、鉄の橋を渡り、大きな板の桟橋に出た。桟橋と船との間には、四五寸青い隙間があった。雄二はそこを跨《また》いで、甲板へ渡った。すぐ目の前に機関室へ通じる階段が口を開いていて、エンジンのいきれがそこから這って来た。雄二は父に導かれて、船室へ這入った。緑色のソファの上には硝子窓があり、海が見えていた。そこに腰を下しているうちに、ボーと汽笛が鳴り、床の上がガタガタ揺れ出した。雄二は立上って、父と一緒に舷《ふなばた》の方へ出てみた。すると、今、するすると纜《ともづな》が解かれ、船は出て行くのだった。やがて、桟橋を離れたかと思うと、ガタガタと変な音をたてながら、船は方向を更《か》え始めた。白く泡立つ波が、盛んに舷に噛みついた。ふと、雄二の眼の前には、Ｉ島が見えて来た。雄二が不思議がっていると、父は雄二を船尾《とも》の方に連れて行った。と、さっきの桟橋はもう遠くに去って、今は青々とした水が続いていた。船は白い三角形の波を曳《ひ》いて進み、その白い波は後から後から追って来た。青い水の面は高く低く揺れて、それから段々穏かになるのだった。雄二の肩には頻りに風が吹いて来た。時々、日向くさいニスの臭いや、汽船の臭いが風に運ばれて渡った。ふと、雄二の眼の前を、黄色い蝶がヒラヒラ掠めて行った。蝶は波の上を風に煽《あお》られながら、今にも沈みそうだったが、すぐに見えなくなってしまった。雄二は船尾に据えられた大きな浮袋をぼんやり眺めていた。暫くして、父に促されてまた船首《へさき》の方へ行った。すると、もうI島は眼の前に大きく近づいていた。海のなかにある赤い鳥居も大きな頭の方に日があたっているのが、今ははっきり見えた。その後には神社の朱塗の建物が見え、それを抱えるようにして、緑色の山が茂っていた。こんもりと茂った山が刻々と近づいて来ると、雄二は多少の不安を覚え出した。ボーと雄二の背後で汽笛がゆるく鳴った。船は速度を緩めて、桟橋に対って、ずんずん近づいて行った。やがて、ボウボウボウと続けざまに汽笛が鳴り、白い湯気の輪が管から吐き出された。纜は、むこうにいる人にむかって投げられた。汽船はすっかり板とすれすれに横腹を接した。人がぞろぞろと降り始め、雄二も父に手を引かれて、四五寸の海を一跨ぎした。改札口を出ると、すぐ横の方には山の崖があり、松が茂っていた。

久しぶりに雄二は土地の上を歩くような気持がした。小粒の砂利が下駄の下でさらさらと歯ぎれよく鳴った。非常に明るい空気や、爽やかな匂いが、そこには満ちているようだった。路傍の芝生に日があたっているのを見ると、雄二はふと元気になった。海岸の片隅に並んでいる旅館からは、軒毎に人が出て雄二の父に声をかけた。海岸の路を過ぎて、日蔭の小路に入ると、両側は土産物を売る店で、賑やかだった。貝細工や杓子《しゃもじ》や彫刻が、どの店にも一杯に飾られていた。雄二はそのなかに眼の飛出るだるまや、硝子玉のなかに鏤《ちりば》められた造花や、張子の虎などが吊してあるのを珍しそうに眺めた。汽車の玩具も、積木細工も、竹馬の首も、雄二が玩具屋で見憶えているものが次々と現れて来た。小さな陶器でI神社の風景を模造したものや、レンズのついた函にI島の絵はがきを嵌めたものなどあった。どの店からも、おかみさんが雄二達に声を掛けるのであったが、父はとりあわない顔でさっさと通り過ぎて行く。それで、雄二も努めて、何にも欲しくないのだ、というような顔で父について歩いた。小路を曲ると、稍々《やや》広い路に出た。そこには旅館や、飲食店や、土産物を売る店がなお両側に並んでいた。玄関から座敷の方に海の見通せる旅館もあった。

片側の家が跡切れて、海が見えるところに来ると、父は立止まった。そこは、和船の荷揚場になっていて、石段の下の引込んだ海には帆船や伝馬船が群がっていた。そしてそのむこうに、今、真黒なぼろぼろの汽船が碇泊《ていはく》していた。斜めに傾いた二本の煙突や、風に靡《なび》く汚れた旗が、何か雄二には物凄く思えた。その汽船を浮べている海と空は、漲《は》ちきれるほどの光で満ちていたが、今にもくらくらと崩壊しそうな景色だった。しかし父は一向平気で、遠くの方を指差しながら雄二に云った。「そら、さっき乗った船があすこにいるよ」遙か遠くを走っている、その小さな汽船は、玩具のように優しく雄二の眼に映った。間もなく、父は歩き出した。家並が尽きて、左に山の崖が聳《そび》え立ち、右手に海が見える路へ出た。むこうには鳥居も見え、神社の建物もあった。海は鳥居の辺まで潮が退いて、そのむこうは真青だった。海の側《がわ》に二三間置きに石燈籠があり、松が並んでいた。崖の方の上からは、松が這い、枝には蛁蟟《つくつくぼうし》が啼いていた。枯松葉や松毬《まつかさ》の落ちている、白っぽい路だった。明るすぎる眼の前を時々、塩辛蜻蛉《しおからとんぼ》が掠めて行った。石の鳥居を潜ると間もなく、Ｉ神社の入口が控えていた。が、左手には高い石段が聳えていて、その上の方に、鳶色《とびいろ》の五重の塔が空に突出しているのを、雄二の父はまず指差した。塔の尖端は針のように光って油っぽい青空にあった。

それから父は雄二を、神馬《じんめ》のところへ連れて行った。格子窓の暗い奥では、元気のない白い馬が、人の姿を見て、ゴトゴト蹄を動かせた。二人は石段を降ると、Ｉ神社の廊下で、下駄を脱いで、手に持った。廊下の下の海は水が退いて濡れた砂を横たえ、ところどころに水溜もあった。下の方の柱に、牡蠣殻が白く着いているのを雄二は眺めた。濡れた砂の上を小さな蟹が這っていたり、砂にまじって、ごうな貝があった。廊下を進んで行くと、朱塗の柱と欄杆《らんかん》はつぎつぎに現われた。ふと一つの曲り角まで来ると、其処には竹の仕切がしてあって、むこうに反橋《そりはし》があった。あんな反り返った橋が渡れるのかしらと、雄二は感心して眺めた。少し行くと、欄杆の外に、大きな手水鉢《ちょうずばち》が据えてあった。青銅で拵えられた龍が、その手水鉢に首を突出し、木片を銜《くわ》えた腭《あぎと》からは頻りに水が流れていた。ふと、むこうの砂地に、凹んだ水溜があり、そこに白い鶴の姿があった。はじめ雄二はほんとの鶴かどうかわからなかったが、見ているうちに脚を動かし出した。何時の間にか、雄二と父は廊下の出口へ来ていた。そこには鹿が沢山集まっていた。側の店で、乾芋を一袋買うと、鹿はすぐ父の側へ集まって来た。黒い眼をした鹿は、お腹のあたりを、ピクピク動かして、乾芋を食べた。そして紙袋まで、一匹の鹿は食べてしまった。雄二は始めて視る鹿に瞳を凝した。「そら、あんなに小さな鹿もいるね、あれは鹿の子供だよ」父がそう云って指差す小鹿は、お母さんらしい鹿のほとりを何時までも離れようとしなかった。

そこから、港に突出た岬のような路を進んで行くと、松の上では鴉が啼いていた。松の間にところどころ石燈籠《いしどうろう》が置かれ、片方には水のちょろちょろ走っている小川があった。やがて、二人は石の橋を渡って、向う岸に出た。山がすぐ海岸まで迫っているところを曲ると、また広々とした眺めに出た。片方には山に登る路が見え、片方には入江のような海があった。別荘らしい玄関の横では、噴水の池があった。父は路傍の叢《くさむら》を指差して、「そら、鹿のふん」と云った。黒豆のような糞《ふん》は、ぽろぽろと草のなかにあった。なだらかな芝生の傾斜が行手に見えていた。

その時、「姉さんが迎えに来た」と父が云ったので、雄二は始めて気がついた。清子は麗かな笑顔で、もう雄二のすぐ眼の前にいた。姉は父に一寸お叩頭《じぎ》して、また嬉しそうに笑った。雄二は姉さんがこんなところにいるのが、まだ不思議な気持だった。急にやって来たので、どうもおかしかった。そのうちに、むこうの藁屋根の格子窓から兄の大吉の「わーい」とおらぶ声がした。すると、父は「わーい」とおらびかえした。窓には、上の兄の貴磨や、伯母の顔も覗いた。と思うと、表に菊子姉の姿が飛出して来た。次いで従姉の弓子の姿があった。それで、雄二は清子姉と父に両方の手を引かれながら、悠々《ゆうゆう》と進んで行った。

家へ這入ると、六畳の部屋は薄暗かったが、正面の格子窓から見える景色は大変明るかった。格子窓には、隅にランプやら釣竿が置かれていた。雄二は暫く、賑やかな部屋の中央で、ぼんやりしていたが、そのうちに、格子窓のところへ行って、大吉の真似をして外を眺めた。「カ、カ、カ、カ」と大吉は得意そうに鹿を呼ぼうとするのであった。鹿はすぐ前の海岸の路をすっすっと歩いて行った。「今に可哀相な鹿が通るよ」と菊子は雄二に説明した。「その鹿はね、首のところへバケツがひっかかってとれないの、あんまり、いやしんぼうした罰なの」そう云っているうちに、五六匹の鹿の群が左手から現れた。「やあ、あの鹿がいらあ」と大吉は遠くからそれを認めて、大声で喚《わめ》いた。「やって来ましたか」と伯母も立上って格子のところへ覗いた。すると、他の者もみんな格子のところへ出て、その鹿を見ようとした。鹿の群はぞろぞろと前の路にやって来た。そのなかの一匹は、首にバケツをぶらんぶらんさせながら、如何《いか》にもつらそうな姿だった。皆が大声で「カ、カ、カ、カ」と呼ぶと、鹿は窓の下まで近づいて来て、投げてやる菓子を拾って食べ出した。首にバケツを吊した鹿も今窓のすぐ下までやって来た。バケツの柄は首の肉に食込んで、首は痛そうに傷ついていた。「あのバケツとってやれないものでしょうか」と父は伯母に話した。「さあ、やはり駄目なのでしょうね」と伯母は云った。そのうちに、他の鹿が去り出すと、哀れな鹿も皆について行ってしまった。

鹿が去ると父や伯母はまた格子を離れた。そして父は今朝駅で買った餅を皆に分けた。菊子は相変らず雄二にいろんな説明をして呉れた。「そら、今、そこに通ってるのは支那人で、乳母車のなかにいるのは西洋人の赤ちゃんよ」黒い服を着た支那のお婆さんは、小さな靴を穿いていて、綺麗な乳母車を押して行った。すると、その後から胸の突張った西洋婦人が日傘をさして歩いた。「やあ汽車が通るぜ」と大吉は云って、「雄二、見えるか見えないか」と尋ねた。「ほら、このまっとおり」と菊子は指差した。向うの岸を今、汽車は玩具よりも小さな姿で這って行った。「ね、あそこにトンネルがあるのよ、それで一寸見えなくなるでしょう」雄二はさっき通って来たトンネルが、もう随分昔のことのような気がした。「あ、トンネルなら知ってる」と雄二は云った。「いくつトンネル通って来たか憶えているかい」と大吉は尋ねた。「一つ」と雄二は答えた。「やあい、やあい、一つだそうだ」と大吉は囃《はや》し立てた。「ううん、二つだった」と雄二は云い直した。「云い直したってもう駄目さ、やあい、やあい、トンネルが一つとは呆れたもの」「大吉、大豆、大嫌」と雄二も云いかえした。すると、大吉は拳固《げんこ》を振上げて、雄二に挑みかかった。「こら、こら、来るとすぐ喧嘩しちゃいかん」と父は二人を制して、「皆で海へ行って少し遊んでおいで」と云った。すると清子が、「さあ、みんなで貝拾いに行きましょう」と誘いかけた。

雄二も大吉も、菊子も、清子について前の砂浜へ行った。後から貴磨と弓子もすぐにやって来た。「この貝殻お母さんにお土産にするといいわ」と清子は美しい爪のような貝殻を雄二のハンケチに包んだ。すると、菊子も弓子もいろんな貝を拾っては雄二に呉れた。大吉は雄二達と離れたところで、貴磨を相手に、水にむかって石の飛ばし競争をしていた。時々、大吉の投げる石は水の面を一つ二つ掠めてうまく跳ねて行った。雄二は時々、陸の方の藁葺の屋根に眼をやった。そこの屋根にはぺんぺん草が生えていた。屋根の下に父がいるのかどうかが不思議に気になった。「そらむこうに青々と茂った杉林があるでしょう」と菊子は指差した。「あそこはO《オー》公園なの、毎朝みんなで、あそこの林の奥の谷へ、顔を洗いに行くと、とても気持いい水が流れてるのよ」と云って菊子は気持よさそうな表情をした。その時ふと、沖の方を大きな汽船が通って行って、ボーと緩い汽笛が鳴った。「くれない丸、くれない丸」と大吉は汽船の名を呼んで騒ぎ出した。雄二がまた家の方を気にし振返ると、恰度、伯母が戸口に出て来て、遠くから手招いていた。そこで皆は家へ帰った。

昼食には罐詰《かんづめ》が開けられ、それとぎざみの焼いたものだった。昼食が済むと、父は皆をひきつれて、N浜の海水場に行った。さっきの桟橋の駅の方まで歩いて行き、そこから更に山坂を越えると、N浜へ出た。父は水鳥の恰好《かっこう》をした浮袋を脹《ふく》らし、それに雄二を乗せて、手を引いて海に入った。父の肩の辺まで水は浸り、浮袋はふわふわ揺れた。すると、大吉が側へやって来て、父に水を掛け出した。父は片手で雄二の体を支えながら、片手で大吉に応酬して、うまく大吉を撃退した。

水を上ると、雄二は白い砂浜で休んだ。大吉は忙しそうに、水から何か獲って来て、石段のところへ置いた。雄二が不思議がって見に行くと、「これはくらげというものだよ」と大吉は得意そうに説明して呉れた。「見て居るうちに溶けてしまうぜ」と云い残して、大吉はまた海へ行った。雄二がその半透明な生物を視凝めていると、何時の間にか、その生物は日の光で乾いて、消えてしまい、石の上には薄い影が残るのであった。大吉はまたもう一匹、前よりも大きな水母《くらげ》を獲って来た。その水母も暫くすると、じりじりと、日の光に溶けて行った。

雄二は父に呼ばれて、桟敷の方へ行った。葦簾張《よしずばり》の、日蔭の、筵《むしろ》の上にあがると、急に何だか睡むくなった。随分長い間睡ったような気がした、が再び目が覚めてみると、あたりはまた騒々しい昼間の海岸であった。何時の間にか皆も桟敷でごろごろと昼寝しているのであった。雄二は随分長い間、こうして海岸にいるような気がした。「さあ、そろそろ帰るとしよう」と父は皆を揺り起した。皆は着物をきちんと着てからも、しかし、なかなか座を立たなかった。雄二は頭上の松の枝の日蔭をぼんやり眺めた。すると、不思議なことに、その空間には、何時かも浮んだことのある、輪のような透明なものが泳いで行った。「お父さんは今日帰るのだが、いたかったらお前はも少し泊ってもいいよ」と父は雄二を顧みて尋ねた。側から菊子は雄二に云った。「ね、泊って行くといいわ、朝、家の前をボーって汽船が通って、とても面白いよ」大吉も云った。「もっと、もっと面白いことが一杯一杯あるのだぜ」雄二はどうしようかと、ぼんやり思案した。ふと、隣の桟敷を見ると、その時、反歯《そっぱ》の男がサイダーを瓶ごと、喇叭飲みにしていた。雄二はその反歯が不思議に思えた。「どうする？　やっぱしお父さんと一緒に帰るかい」と父は再び尋ねた。「帰る」と雄二は答えた。すると、皆はつまんなそうな顔をした。

それから皆はぞろぞろ歩いて桟橋の方へ行ったが、まだ汽船が出るのには間があったので、少し町を歩いた。雄二は帰ると云ってからは、もう時間を待ち侘《わ》びるのだった。足どりが鈍くなり、顔が疲れていた。夕日が白壁を黄色く染め、町はぐったりしていた。すると、一軒の店の前で、父は立止まって、積木細工を買って呉れた。大きな旅館の横へ来ると、噴水の池があって、岩の中央には竜が赤い硝子玉を爪で抱いていて、その硝子の玉は水で濡れて光っていた。そこから少し行くと、朱塗の橋が、ささやかな渓流に懸っていて、谷には楓が沢山あった。皆はその橋のところまで来て、桟橋へ引返した。雄二が皆に見送られて、父と一緒に汽船に乗った時はもう、波も光を失って、あたりは薄暗かった。灯のついた島が段々遠ざかって行った。雄二は船室のソファに腰掛けているうちに、上と下の瞼《まぶた》が自然にとろんと重なって行った。父に揺り起された時、汽船はもうM駅の桟橋へ着いていた。

それから、雄二は何時の間にか父に引かれて、汽車の駅の橋を渡り、汽車に乗ったのだった。汽車の窓には涼しい風が吹込み、雄二はちょっと気分がはっきりした。そのうちに天井にある電燈の灯に、浮《う》塵子《んか》が沢山群がっているのを、ぼんやり眺めていると、雄二はまた草臥《くたび》れて睡った。雄二は何時、駅に着いて家へ帰ったのか、さっぱり気がつかなかった。恐らく、父が俥《くるま》で家へ連れて帰ったのだろう。気が着くと、雄二は父の手に抱えられて、自分の家の座敷にいた。そこには黄色なランプがあり、ランプの火かげに母の顔が浮んでいた。

翌日、母は雄二にI島の話を尋ねた。雄二は沢山の不思議を見て来たような気がしたが、順序よく話せなかった。あまのじゃくの流された島、口から水を噴いている龍、可哀相な鹿、それらを喋る度に母はよく呑込んだ顔をした。母は雄二においしい豆を煮《た》いて呉れた。それを台所で食べていると、高窓に一杯赤い夕焼が射し込んで来た。雄二は大変遠くへ行って来たな、と思った。

招魂祭

お夏は雄二にお話をして呉れた。権現さんの守にしいしいどんぐりを拾いに行った姉妹が日が暮れて路を迷っていると、山姥《やまんば》が出て来て、怕《こわ》い怕い顔をする。お夏の眼はほんとに涙が溢れそうで、山姥に追かけられているのはお夏のようだ。あんまり熱心に雄二が彼女の顔ばかり視凝《みつ》めていると、お夏は気がついて一寸おかしそうに宙をみて笑う。するともうお話は終っていた。いいあんばいに姉妹は助かったので吻《ほっ》とする。温かいお話のいきれが段々さめて行き、障子に嵌《は》められた硝子板《ガラスいた》から庭の梅の青葉が綺麗に見える。たった今、雄二は何だか夕暮のような気持がしていたが、外は美しい朝なのだ。「さあ今度は少し外へ出て遊びましょう」と、お夏は膝に抱えていた妹を背の方へ廻し、黄色な帯を後にあがって、胸のところで十文字にくくりつける。

外へ出ると、雄二は権現さんの方角が気にかかった。あそこには、お仁王さんや、唐獅子《からじし》や白い石の鳥居や松などがあって、山姥が隠れていそうな藪もある。しかし、今権現さんは見えないし、山に日があたっていて、街は明るかった。笹を積んだ車が笹の音させながらやって来ると、雄二は権現さんの笹かとびっくりする。チンチンとお供売《そなえうり》の爺さんが後から来る。雄二はちょこちょこ歩き、お夏は時々立留まる。三人の影が日南《ひなた》の路に映っている。日南はゆらゆら夢のように動く。

絵はがき屋の前で雄二とお夏は暫く立留まった。四十七士の絵はがきが額に入れて吊下げてある。雄二は首をあげて見上げるのだが、お夏の顔は恰度《ちょうど》、討入の雪景色とすれすれのところにある。池に墜ちている義士がどうなるのかしらと雄二は気にかかり、額の硝子板が冷やりとして来る。やがてお夏は雄二を促してまた歩き出す。もう練兵場の入口が向に見え、枳殻垣《からたちがき》の上に銅像の背中が覗《のぞ》いている。

銅像の兵隊は喇叭《らっぱ》を口にあてて、高い石段の上に居る。石段の下の石柱は鉄の鎖で繋がれていて、そのあたりにクローバが一めんに繁っている。雄二は跣《はだし》になって、クローバの上を跳ね歩いた。銅像の兵隊を見上げると、銅像はじっと空気のなかを突進しているようだ。遙か眩しい白雲のなかにとんびが一羽舞っている。雄二は鉄の鎖の上に腰掛けて、ぶらんぶらん揺さぶり出した。お夏はクローバの上に坐って、雄二の妹を膝へ下ろしている。むこうの方はひっそりとして、今日は兵隊の姿が見えない。中央にある大きな松が頭に一杯日の光を受けて、一人で威張っている。すると、急に松の頭が悲しそうにちらりと曇って来た。と思うと、向の草原一めんがさっと滅入《めい》るように暗くなる。ぎしり、ぎしり、鉄の鎖は揺れる。やがて、ちらりと草の面に明りが射し、次いで忽《たちま》ち、さっと日南が走り出す。もうすっかり日南になってしまった練兵場はいよいよ日南が濃くなる。お夏はクローバの花を毟《むし》って、花束作っていた。雄二が随分永い時間がたったように思えて来た時、お夏は妹を背に負って立上り、「これから私の親類へ行ってみましょう」と云った。

練兵場の出口の溝の石橋を渡り、広い往来へ出ると、お夏は小路へ曲った。それから細い暗い壁と壁の間を抜けて行くと、柿の葉が光っている裏庭へ出た。敷石の上で洗濯をしていた女が雄二が来たのを見ると、にこにこ笑った。その知らない女の人はお夏の方振向いて、「二銭あげるから何か買ってあげなさい」と、云った。「何がお好きかしら」と、お夏に尋ねた。「はじき豆がいいわ、ね、そうでしょう」と、お夏は雄二に云った。雄二は何が好きなのか一寸考えていたのだが、お夏にそう云われると頷《うなず》いた。

雄二は暫く縁側に腰下して休んだ。やがて、お夏と雄二はそこを出て、往来を歩いた。それから今度は小学校の運動場へ這入って行った。下駄箱の処で眺めると、運動場では小さな生徒達が帽子とりをしている。雄二はしかしもう家へ帰りたくなった。その時、ドンが鳴ると、教室の方で鐘が鳴り、廊下も教室もみんな騒しくなった。

午後《ひる》からもお夏と雄二はまた外へ出た。お夏は二銭ではじき豆買うと、「お寺へ行って食べましょう」と云った。お寺はすぐ雄二の家の近くにある。門を這入ると、カンカンカンと響のいい鐘が鳴っていた。本堂の方にはもう大分人が集まっていて薄暗かった。高い縁に登って、お夏は人々の後にぺったり坐って、背を屈《かが》めて合掌した。それで背の上の妹も前屈みになって難しそうだった。雄二は立ったままお夏の肩に片手をおいて、ぼんやり奥の方を眺める。隅の高い台の上に黒い衣を着たお坊さんが坐って居て、何か云っているのだ。お坊さんの声は嗄《か》れているが、よく聞える。一人の漁夫《りょうし》が海へ行きました。……何だか雄二はお坊さんが皆にお話して聞かせているのだなと思う。皆は大人しくお坊さんのお話を聴いている。しかし雄二には漁夫が海へ行ってどうしたのか解らなくなってしまう。するとお夏のすぐ隣にいた婆さんが、急に南無阿弥陀仏南無阿弥陀仏と云い出した。あっちでもこっちでも低い声で念仏が始まる。お夏もまた掌を合せて、何だか涙が溢れそうな眼している。それで雄二はもうお坊さんのお話は終ったのかと思って、豆を食べていると、またお坊さんは声をはり上げて何か云い出した。それから声は段々ゆっくりなり、何時《いつ》までも続いて行く。雄二は坐っている人と人の隙間を少しずつ歩いて行き、婆さんの顔や爺さんの顔を見て廻る。が、そのうちに退屈してしまう。畳の上にごろりと寝転んで、外の方を眺め出す。恰度、屋根の処に鳩の羽根の音が静かに近づいて来て、ふと天井の欄間《らんま》に目をやると、蓮の花を持った天人がふわりふわりと浮いているのだった。

雄二は縁側に寝転んでぼんやりしていた。昨夜の嵐で吹散らされた青い木の葉に陽が斜にあたっていた。空は真青に澄んで、庭は静かだった。ふと障子の向うの室がその時、安田の声で騒しくなった。「S橋の処までそっと自転車でつけて行きましたが、後振返るとあいつは青くなって逃げてしまいましたよ」「ふん、それならもういい」と、父の声もする。「しかしどうも、また帰ってでも来たら一つはりまわしてやりましょう」と、安田は頻《しき》りに興奮している。「はじめからあのお夏の野郎はけしからんと思っていた通りでしたよ」

雄二はそれを聞くと始めて何事が起ったのかぼんやり解り出した。しかし、話声はそれきりもう続かなかった。何だかおかしいので台所の方へ行ってみると、そこでは安田と母と菊子が今頻りに喋《しゃべ》り合っていた。「あれもおかしな女ね、近所などでは評判よかったのに」と菊子は云っている。「子守の癖に白粉つけたり、お寺まいりしたり、そりゃあ生意気でしたよ」と安田はまだ悪口云っている。「大した何でもないのに、あんなことさえしてくれなきゃねえ」と母も云うのだった。

側で聞いている雄二にはお夏がどんなことをしたのかよく解らなかったが、皆がお夏のいけないことを喋り合っているのだった。それではお夏はいけない女だったのかと雄二は不思議な気持がした。その日はとうとう日が暮れてもお夏は帰って来なかった。床の中にいる雄二は何だか睡《ねむ》れなく、ふと権現さんの森が浮んで来た。S橋の向うが権現さんだから、お夏は到頭《とうとう》あの森の中で山姥に出逢う。お夏は眼に涙をためて慄《ふる》えている。可哀相なお夏は掌を合せて縮んでしまう。そこへ自転車に乗った安田がまるで天狗《てんぐ》のような顔をしてふわりふわりとやって来る。すると、お夏はハッと気がついて逸散《いっさん》に走り出す。もう、お夏の姿は向の草原に消えて、闇にちらちら狐火《きつねび》が燃えている。お夏の田舎には螢《ほたる》が沢山いるそうだから、もしかすると、あれは螢かもしれないな。安田はぼんやりと途方に暮れて、ちらちら燃える焰《ほのお》を見ている。ふと、安田は急に大きなハクションをする。柱時計が時を打ったのだ。チクタクと後は静かに振子《ふりこ》の音がする。雄二にはまたお夏の顔が見えて来る。

お夏はその翌日も帰って来なかった。雄二は往来に立って、ぼんやり外を眺めていた。すると、「雄二さん」と呼ぶ声がして、何時の間にか雄二の側に尋常二年生の伯母さんが立っていた。福岡の小さな伯母さんは懐から栗を出すと、雄二の掌に握らせた。それから、いかにもお転婆《てんば》らしく飛ぶようにして走って行った。

暫《しばら》くして、雄二は家に戻ると二階でぼんやりと栗を食べていた。すると、微かに「雄二さん」と呼ぶ声が聞えた。雄二は喫驚《びっくり》して、あたりを見廻した。しかし誰も呼んではいないのだ。何だか今の声はお夏の声に違いなかった。雄二はもっとよく探してみようと思った。柱の隅や窓の方を見て、天井まで見上げた。ふと、雄二は欄間の額に気がついた。それは草競馬の絵で、柵にぎっしり人々が並んでいた。もしかするとお夏はあのなかにいるのだな、と雄二は思った。すると、ワーワーと渦巻く人声が聞え出した。そのうちにパシリ、パシリと馬が走り出す。楽隊が鳴り、鐘が響く。ワーワーワーと熱狂は増して来る。真白な埃と日の光と馬が入乱れる。赤、白、青、青勝て！　青勝て！　と雄二はすっかり招魂祭のつもりで応援し出した。……ふと気がつくと、馬も人も動いてはいなかった。雄二は何だか草臥《くたび》れて、目をつむった。それから又目を開けて、欄間の方を見上げると、忽ちワーワーワーと絵が動き出す。パシリ、パシリ、日の光と馬の渦巻だ。妙に雄二は悲しくなったが、早く招魂祭が来ればいい——と一心に思った。

ある日とうとう招魂祭は来た。朝、寝床にいると、ヒヤ（花火）がポンポンと元気よく鳴った。次いで縁側の雨戸がガラガラ開けられて、パッと光が部屋に差込んだ。寝間着のまま雄二は眩《まぶ》しげに庭の方を見ていた。屋根の上に黄色い朝の日があたっていて、空は綺麗に晴れていた。そこへ何時もの通り菊子がやって来て、雄二に着物着替えさそうとした。はじめ雄二は素直に突立っていたが、急にあばれ馬のつもりで、バタバタと手足を動し出した。するともう嬉しくて走り廻らねば気がすまなかった。「まあ、まあ」と云いながら菊子は暫くあきれている。「もうおとなしい、かしこい馬になるのよ」と云われて雄二はふと静かになった。表の方をゴロゴロと車が通り、遠くには娯《たの》しげなぞよめきがもう渦巻いていた。雄二よりさきに起出た大吉は学校服を着て居て、頻りに帽子の庇《ひさし》を黄色な固い臘で磨いて居た。上の兄の貴磨も学校が休みなので、縁端《えんばた》で掻繰《かいぐり》独楽《ごま》を練習していた。

朝の御飯が済むと、雄二は待ち遠しくて往来へ出てみた。軒毎に国旗が立ててあって、路を行く人はみんな招魂祭へ行くのかと思われた。赤いケットと竹竿を積んだ大八車がガタガタ揺れながら過ぎて行った。在郷から出て来たらしい色の黒いお婆さんが、何か珍しげに雄二の方を眺めて通った。何時も雄二の家の前を通る跛の男の人がやって来ると、その時また練兵場の方でパリパリとヒヤが鳴った。跛の男の人は恰度姿勢が低くなっていたので、頤《あご》を突出して花火の方を眺めた。雄二は気が急いて、玄関の方へ引返すと、父と大吉が今出て来るところだった。父は新しい赤の編上靴を穿《は》いて立上った。歩き出すとキュキュと靴の皮が鳴った。「さあ、三人がさきに行っていよう」と父は云った。それから三人はすっすっとN練兵場の方へ急いだ。大吉の足が速いので雄二は小走りに歩いた。

練兵場の附近はもう人がぞろぞろして居て、入口の処には杉の葉で造った大きなアーチが聳《そび》えていた。アーチの下まで来ると杉の葉のなかに金柑《きんかん》で黄色な文字が浮出されているのだった。そこからずっと露店が並んでいて、いつもの練兵場とはすっかり変っていた。広場の方は桟敷《さじき》でぐるりと囲われていた。雄二の家の桟敷もそのなかにある筈だった。幕を張った桟敷の方では、もう競馬が始まっているのか、時々歓声が揚《あが》った。桟敷の床下の隙間から、柵を巡らした砂地が見え、雄二はわくわくして来た。

露店は遠くまで賑やかに続いていた。玩具のサーベルや鉄砲や馬の首を吊っている店があった。真黄な油菓子と並んで石菓子が積んであるのも眼についた。少し露店が疎《まばら》になった頃、桶に挿して蓮の実と砂糖黍《さとうきび》を売っていた。雄二はそれを食べたことがなかったので珍しそうに眺めた。向の雑沓《ざっとう》のなかから、カンカンカンと人懐っこい鐘の音がしていた。と思うと、楽隊の響も波打っていた。見世物小屋の灰色の天幕と幟が遠く人々の頭上に見えていた。父はその辺の桟敷の札を見て歩いていたが、すぐに雄二の家の札を見つけて、短い板梯子《いたばしご》を登って行き、幕のなかを覗いた。するとなかから安田の顔が現れた。大吉は靴のまま登って行き、雄二は下駄を脱いで登った。桟敷にはまだ安田しか来ていなくて、筵《むしろ》は広々していた。隅の桟敷の処に下駄を置いて、雄二は一番前の竹の手摺《てすり》に凭掛《よりかか》った。そこから広場がすっかり見渡せた。正面の遠くの桟敷には人が黒々と見えて、そこから左右にずっと桟敷が続いて、ぐらぐらと人声が揺れている。

左手の桟敷の上の空に、森が見え、大きな鉾《ほこ》のようなものや幟がキラキラ輝いていた。ふと右手の方を見ると、今遠くの出発点の旗の処に馬が現れて並んだところだった。白いシャツに色とりどりの帽子と襷《たすき》をしている騎手は一塊りになって見えた。と、思うと、鉄砲が鳴って、馬は跳《おど》り出た。ワーと遠くの桟敷で喚声が起ると、見る間に声援はこちらに伝わって来る。もう先頭の馬は雄二の近くまで現れ、白だなと、雄二は帽子見て思った。大きな馬は飛去り、次いで五六頭の馬が目の前を過ぎて行った。白！　白！　と雄二は先頭の馬を視線で追っていると、曲り角の処で抜かれそうになって来た。が、正面の桟敷の方に見えて来た時、やはり先頭は白だった。が、そのうちに紫がずんずん速くなり、紫！　紫！と思ううちに、紫は白に追着いてしまった。そして、紫と白の間はずんずん離れて行った。ワーワーワーと雄二の方の桟敷が揺れて来ると、紫は風を切って現れた。それから白、赤、緑、黄が、だだあ……と通り過ぎた。間もなく、カンカンカンと決勝点で鐘が鳴った。雄二は吻として遠くの紫を眺めた。勝負の済んだ馬は直ぐに外に出て行って、場内の騒ぎも少し衰えた。すると、その時ズドンと花火が揚《あが》り、左手の桟敷の上の空でパリパリと裂ける音がした。青空にさっと白い煙が伸び、それが三つに岐《わか》れ、黒い小さな点がひらひらと蠢《うごめ》いていたが、しだいにふわふわと落ちて来ると、小さな達磨《だるま》の人形らしかった。

遠く右手の席では楽隊が頻りに鳴出した。真鍮《しんちゅう》の大きな喇叭がキラキラ光り、赤と白の幕がふわりと脹《ふく》らんでいた。そして又旗の処に馬が並んだ。「今度は何が勝つ」と、大吉が雄二に尋ねた。「紫」と、雄二は答えた。その時もう鉄砲が鳴って馬は走り出した。先頭は赤で、次いで白、黄、緑、青が走っている。そのうちに馬は雄二の前を過ぎ、遠くの柵に姿を現した。雄二は一生懸命紫を探したが、紫は居そうになかった。馬はまた雄二の前に現れて来た。「ワーイ、紫は居ないじゃないか」と、大吉が云った。

そして間もなくカンカンカンと鐘が鳴った。入替って又別の馬が現れて来るらしかった。「今度は何が勝つ」と、雄二は大吉に尋ねた。その時、雄二の桟敷には上の兄の貴磨と商業学校の生徒の従兄がやって来たところだった。従兄は立った儘《まま》、遠くを見ていたが、「やあ、これは面白いぞ」と、ニコニコした。鉄砲が鳴って馬が走り出した。すると、桟敷はぐらぐらと笑いに揺れ出してしまった。普通の騎手に交って走り出した一匹の馬はおどけた人形を乗せているのだった。人形の手足がブランブランと馬上で揺れ、馬はとっとと走って来た。騎手達は笑いながら振返ったりしていたが、そのうちに到頭その馬はまごついて留まってしまった。すると別当がやって来て、その馬を引張って行った。場内はすっかり沸返ってしまった。

競馬はそれからずっと続いて行ったが、何回見ても雄二は見倦《みあ》きなかった。雄二の桟敷の前の狭い地面にも、人が一杯立って見物しているのだった。場内はいよいよ賑やかになり、太陽が真上に輝き、時々パッと砂煙が立昇った。一番賑やかな競馬が終った時、ドンが鳴って、休憩になった。すると、恰度母と菊子がやって来て、弁当持って来て呉れた。雄二は咽喉《のど》が渇いていて、一升壜《いっしょうびん》から水を貰って飲んだ。弁当を食べてからも休憩は長くて、なかなか競馬は始まらなかった。雄二が少し退屈していると、そこへ叔父さんがやって来た。叔父さんは酒臭い息をして、いい機嫌だった。「これから軽業《かるわざ》の看板見に行こうじゃないか」と、雄二の手を引張って立上った。雄二は叔父さんに引張られて雑沓の中に出た。叔父さんは睡むそうな顔して、ふらりふらり歩くので雄二は何だか心細かった。

見世物小屋の並んだ処へ来ると、人が一杯だった。軽業小屋の前では、鎖に繋がれた小猿が頻りに豆を剝《む》いで食べていた。肩の上に梯子を置いて沢山の人を乗せている絵や、火の輪の中を走っている馬の絵を雄二は見上げていた。すると、チリンチリンチリンとベルが鳴って、パッと眼の前に垂下っていた紺の幕が上った。今、小屋のなかでは白い顔の小さな女の児が扇を持って綱の端に立って居た。その時するすると幕は下ってしまった。内では三味線が鳴って拍手が頻りに起った。雄二はふと気がつくと、側に居たはずの叔父さんがいなかった。叔父さんは誰かの後に隠れているように思えて、そこに立っている人々の顔を見廻した。それから、あっちこっち探して歩いた。そのうちに雄二の眸《め》には人の顔がごっちゃになって映り、叔父さんはいよいよわからなくなった。もう雄二は見世物小屋から離れて、露店の並んだ空地に出ていた。そこも人で一杯だった。風船玉を持った子を連れた女の人や、飴《あめ》をしゃぶっている男の子や、黒い着物を着た年寄や、みんな知らない人ばかりだった。雄二は胸の辺が痺《しび》れたようになり、眼の前がしんと青ざめて来た。藁《わら》に挿した沢山の風車がヒラヒラ廻っていた。ビューと奇妙な笛の鳴る音がした。ふと向うの日向から何か色の着いたものが近寄ったように思えた。そして、「雄二さん」と、はっきり眼の前で声がした。気がつくと、小さな伯母さんが立っているのだった。尋常二年生の伯母さんは雄二を珍しそうに眺めた。雄二は情けなくなって涙が零《こぼ》れてしまった。「まあ、迷児《まいご》になってたの、あんたのうちはすぐそこなのに」と、伯母さんはハンケチ出して、雄二の顔を拭いて呉れた。雄二はまだ心細かったが、見ると、側に蓮の実を売る店があって、もう知っている処だった。その時、後から叔父さんが周章《あわ》てた顔で近寄って来た。「おやおや、そこにいたのか、一寸煙草買いに行った隙に消えてしまって、随分探したんだよ」と、叔父さんは雄二を摑《つかま》えて、「もう離さないぞ」と、抱え上げた。「あめ買ってやるから行こうな」と、叔父さんは露店の菓子屋へ雄二を連れて行った。そして、瓶に這入った仁丹のような菓子を買って呉れた。

　桟敷へ戻ると、福岡のお祖母さんや、川崎の叔父や、雄二のよく知らない親類の人の顔など見えた。雄二はまた一番前の手摺の処に行って坐った。広場では今、騎兵が沢山旗を持って並んでいるところだった。棒の先に附いた赤、青、黄の旗が風にひらひら靡き、馬も人も美事によく揃って動いた。遠くの桟敷で拍手が頻りに起り、楽隊が夢のように思えた。やがて数十頭の馬がパカパカと静かな蹄《ひづめ》の音を残して退場した。それから今度は競馬が始まるらしかった。雄二はすっかり活気づいた。空にパッと花火が揚り、くるくると何か動いた。それに気を奪《と》られているうちに馬は走り出した。ワーワーワーと桟敷の声援が捲起《まきおこ》った。雄二の後に立っていた従兄は、桟敷の軒に手を掛けて、身を乗り出して号《さけ》んだ。馬の吐く息や、持運んで来る風や、鞍《くら》の鳴る響が、次々に眼の前を飛去り、雄二の居る桟敷も一緒に揺れながら走るような気持だった。競馬は次から次へ続いて、赤も白も紫も、勝ったり負けたりした。日が西の方へ傾いて、雄二の桟敷の前は、黄色い光が立並ぶ人の顔を染めていた。そこに立っている人の顔を雄二が何気なく見下していると、飴をしゃぶっていた女の児が雄二を見上げて、鼻に皺を寄せた。しかし、雄二の注意はすぐ遠くへ走った。今度はバタバタ自動車（オートバイ）の競走だった。

　赤、黒、黄などのジャケツを着た男が遠くに並んでいた。やがてスタートが切られると、桟敷は遽《にわ》かに騒しくなった。物凄い唸《うな》りとともに雄二の前を走って行く車上の人は、みんな凄い顔をしていた。オートバイは一回、二回、三回と、場内を廻った。そのうちに煙を吐いて倒れてしまう車もあった。唸りのいい凄いのが二台、どちらも同じ速さで進んで行く。夕日にギラギラ輝いて、オートバイは死物狂であった。とうとう一台の方が少し勝って、進み出した。五回目に入ると、距離がもっと大きくなった。そして、先頭は決勝点に入ってしまった。ポンと花火が揚り、雄二は吻とした。

何時の間にか場内は薄暗くなり、もう桟敷を離れて帰って行く人ばかりだった。雄二はぐったりして、桟敷の上に寝転んでみた。すると空の方には星がちらちら輝いているのだった。大吉や貴磨はさきに帰ってしまった。雄二は母と菊子と、他所の小母さんと四人で帰って行った。露店はアセチレン瓦斯《ガス》が点されていて、路は埃と闇だった。提灯《ちょうちん》を持った人がぞろぞろと通った。雄二の母も提灯を提げて、雄二の手を引いて歩いていた。「もう蜜柑が出たそうな」と、母は一軒の露店の前で立留まった。そして葉の着いた青蜜柑を買った。その隣には焼栗屋があって、火の子がパチパチと闇に跳ねていた。急に、ドスーン……と大きな響がした。頭上の空にパッと花火が拡がって、赤い玉が賑やかに乱れ落ちて来た。「まあ綺麗」と菊子は見上げながら晴々と呟《つぶや》いた。——明日もまだ招魂祭なのだ。

拾遺作品集Ⅰ（抄）

動物園

　先日、郷里の兄の許へ行くと「子供達が強請《せが》むから、この春休みには皆を連れて東京見物に行くぞ」と兄は云っていた。子供というのは尋常六年と二年と一年生の三人だが、「どうして東京へ行ってみたいのか」と試みに私が尋ねたら、「動物園が見たいのだ」とたちどころに答えた。そんなに動物園が見たいかなあと私は今更のように感心した。

　尤も私も子供の頃には、矢野動物園という巡回興行が街に来たのを、眼を輝かしながら、狭苦しい檻と檻の間の通路を人混に押されて行ったものだが、夜のことで檻の動物はよく観察出来ず、ただ動物園のいきれと啼声に満足して帰った。殊にライオンの啼声は気に入って、その後しばしば模倣し、ある晩も往来に面した戸の処で、メガホンでそれをやっていると、親類の人が通りかかって、ほんとにライオンがいるのかと思って呉れた。それと前後して、私はサーカスで縞馬というものを初めて見たが、あの夏、裸で遊んでいると急に寒気がして目が昏《くら》み、白い湯気のなかをその縞馬が走り出したので大変苦しかった。

　二年生の甥は広島から宮島まで自動車に乗せられたら、ふらふらになって酔ってしまったというから、東京まで十五時間の旅はさぞ難儀だろうと思える。六年生の甥も汽車に弱いので、「誰が今度は一番に酔うかな」と云われても、子供達は動物園のことで気持は一杯らしい。そう云えば、日曜日の省線電車に、父親の手に縋って、眼を輝かしている神経質の子供は、あれは大抵、動物園へ行くのかもしれない。

私も久しく東京へ住んでいたが、その間、二度しか上野動物園を訪れなかった。今は千葉の方へ住んでいるので、動物園行きも容易でないが、何故、学生時代、気持が鬱屈した折など、単純に眼を輝かして、動物園へ行くことを思いつかなかったのだろう。すればきっと、動物達の素直なまなざしによって慰められたにちがいない。

私が最初、上野動物園見物をしたのは、受験に上京した歳でその春塾を卒業した兄に連れられて行った訳なのだが、——一時に受ける東京の印象が過剰だったため——ただの池のところに金網が張ってあって、沢山の鳥類がやかましく啼いているのだけが頭に残っている。たしか、桜が満開だったと思う。

二度目に動物園へ行ったのはハーゲンベック・サーカスが来た春で、恰度東京見物に来た妹を連れて、万国婦人子供博覧会を見た序《ついで》に立寄ったのだった。嫁入前の妹は、それでなくても彼女はものごとを笑う癖があったが、大概の動物を見てはくすくす笑うのだった。河馬が水槽のなかで大きな口をぱくりと開いて、生のキャベツの塊りを受取ると、忽ちキャベツは歯間に砕かれ破片が顎から水に落ちるのを、私は面白く眺めた。それから、あの麗かな春の陽を受けて、岩の上を往ったり来たり、一定の距離を同じ動作で繰返している白熊を見ると、妹はまた噴き出したが、私ははからずも或る旧友を連想してしまった。その友は昔、私の下宿を訪れる度に、廊下のところで一度私の部屋の障子をピシャリと開け、ピシャリと閉じ、七八回開けたり閉じたり、廊下と畳を交互に踏んでみて、それから始めて、部屋に這入って来るのだがすぐには畳の上に坐ろうとしないで、神秘的な眼をしながら暫く足踏をして両手を痙攣させるのであった。

いろんな動物のなかでも、狐の眼は燃えていて凄かった。やはり狐は化けることが出来るのかもしれないと私は思った。妹は白い蛇がいるのを見て笑ったが、私は『雨月物語』を想い出して、それも一寸不思議な感銘だった。——私達はその日、人と動物と砂埃に酔ってしまった。

去年、私ははじめて上野の科学博物館を見物したが、あそこの二階に陳列してある剝製の動物にも私は感心した。玻璃戸越しに眺める、死んだ動物の姿は剝製だから眼球はガラスか何かだろうが、凡そ何という優しいもの静かな表情をしているのだろう、ほのぼのとして、生きとし生けるものが懐かしくなるのであった。

夢の器

露子は廊下の曲角で青木先生と出逢った。先生は「ホウ」と軽い息をして露子の前に立留まった。すると廊下に添った左右の教室のドアが遠くまで花瓣のように開いて、そこからひとりずつ女学生の顔が覗いた。みんな露子を珍しそうに眺めているらしかった。もう私はとっくに結婚して居るのに、と思うと露子は何だか無性に腹立たしく、恥しかった。それで耳の附根まで真赫《まっか》になりながら先生の前にもじもじしていた。「あのひとよ」と誰かが囁いた。その声は近所のおかみさんの声だった。急に露子は嚇として、「あなたがいけないからです」と青木先生の両肩を押えつけると、ぐらんぐらん左右に揺すぶった。先生はぺらぺらの紙人形のように揺さぶられて居た。そのうちに露子は先生を苦しめているのに喫驚《きっきょう》して手を緩めた。青木先生の眼球はほんとうに辛らそうに黒く顫《ふる》えて居た。恰度、小さな弟が死ぬる時の眼つきだった。それに紙人形になっている顔から眼ばかり円々と生きているのだから。露子は半信半疑で、これは夢をみているらしいとおもった。しかし動悸が高まってゆくと、どこかで鐘の音が聞えて来て、やがて廊下は女学生の顔で一杯になってしまった。もう露子もそのなかの一人になりきって居た。露子の友達がキャッキャッと叫んで我勝ちに走って行くのは、誰かが運動場の処に気違が来ると云ったからだ。その気違なら露子も同窓会の時一度見たのだったが、皆が走って行くのに誘われて露子も走り続けた。気違はもう一同を待兼ねて居たとみえて、皆の姿が集まると、ニコニコ笑ってお叩《じ》儀《ぎ》をした。これが一級上の優等生の林さんの変り果てた姿かと思うと、露子は涙が出そうになるのだった。ところが林さんの方は如何にも得意で嬉し相に、皆の方へ秋波を送りながら、「学校、面白いわね」と片言を喋った。忽ち、皆はキャッ！　と大袈裟な笑いに捲込まれ、どの生徒も、どの生徒も米搗蝗蚚《こめつきばった》のように腰を折って笑い狂った。すると林さんはもの静かに笑いながら、もう次に云う言葉を想い着いているらしい。一同の笑いが静まったのを見計らって、「皆さんは、孩子《みどりご》産みますか」と真顔で訊ねた。そして懐から小さな枕を取出して、大切そうに抱えてみせるので、もう皆は笑わなくなった。「あのひとも結婚してから苦労が重なって、到頭あんなになったのです」と、露子の側に立っている光子が話しかけた。何時の間にか女学生達は消えて、光子と二人きりで眺めているのだった。……気違の女は運動場の砂の上に膃肭臍《おっとせい》の恰好で蹲ってしまった。そして、もう動こうとしないので、それは海岸の巌のように想われ出した。いくらか青味をおびた硝子が嵌められているのは額縁の景色かもしれなかった。ふと露子は自分の今居る病室の壁に掛けられている額を眺めているのに気附いた。それは新緑の丘の上に茫と円味をおびた紫色の山が姿を顕わしている絵だった。が、今、山の後にあたる青空が時々、暗くなって慄えるので、露子はまだ気が遠くなるようだった。たしかに、山の裏側から白い靄のようなものが匐い出して来た。視ると、それは彼女がむかし愛玩していた西洋人形とそっくりの、ボイルの服着ていて、顔は桜んぼうのように小さかったが、眼鼻がきちんと見え、何ともいえない優しい素振りで、今ふわりと額縁の中から二三寸抜け出して来た。露子は何だか相手が不吉な使いのように思われて、じっとりと汗ばみながら怕く悲しくなった。しかし相手は恍惚とした小さな貌で露子に微笑を投げかけているのだ。そして、まるで鞦韆《ぶらんこ》の綱が伸びて来るように無造作に露子の顔へ対《むか》って走って来た。

はっと愕いた時には、もう相手は消えていたが、眼の前には附添の看護婦の白衣の袖が近づいて居た。

看護婦の香川さんは何時ものように黙って検温器を露子の脇の下に差入れたが、ふと彼女の額を掌で軽く撫でながら、「大分汗をおかきですね」と呟いた。「ああ」と露子は少し青ざめた声で応えた。「さっき私は何か唸っていなかった」「いいえ、静かにおやすみで御座いました、何か怕い夢でも御覧でしたの」「ああ」と露子は子供のような声で頷いた。「あのね、あそこの額縁から小さな魔法使がすーっと出て来たの」と、露子は看護婦の顔を視凝めた。看護婦は急に何かはっと驚いた容子であったが、「その魔法使の顔はこんな顔ですか」と露子を覗き込むと、看護婦はさっきの魔法使になってしまった。あああ、と露子は悶絶した。すると、すぐ近くで楽隊の音がして、魔法使の鞦韆は嵐のなかの舟のように左右に揺られてキリキリ舞った。その苦痛が露子にも直接響いて来るので、あああと彼女は唸りつづけた。私はまだ夢をみて魘《うな》されているのにちがいない……香川さんの意地わる……。露子はきれぎれにそんなことを思いつきながら、苦しみが鎮まるのを祈った。……やがて、不思議な鞦韆は後を絶って、遠くの方から頻りに彼女の名を呼ぶものがあった。今度こそほんとに目が覚めたような気持だった。しかし、眼の前がまだ雨降のように薄暗く、体もぐったり疲れていた。そこへ光子が大変怒った顔でふらりと現れて来た。「何処へ行っていたのです、人が折角話しかけていると、すーっと消えてしまって」と光子は云った。露子も喫驚して、さいぜんからの続きを憶い出そうとしたが、あたりの様子からしてもう変って居た。光子は苦情云ってしまうと、すぐに気が軽くなって、今度は露子の機嫌をとろうとするのだった。「あれ、あんな綺麗な露が」と、光子は廊下の窓から半身を乗出して、外の方を指差した。露子が光子の肩の脇から覗き込むと、そこは講堂の入口の庭で、若竹の繊細《かぼそ》い枝に小糠雨《こぬかあめ》が降灑《ふりそそ》いでいて、枝に宿る露の玉は蛍に似た光を放っていた。「露ってあんなに美しいものかしら、まるで生れて始めて見るような気が致しますわ」と光子は柔かな声で話しかけた。露子は不思議に悩ましく、何か胸の辺が茫として、頭も柔かくなりすぎた。すると、ふわふわの靄のなかに朧朒朧の姿が閃いた。露子ははっとして林さんのことを憶い出した……。

ところが、其処へ級長の林さんが先頭になって、一級上のクラスが整列して進んで来たので、露子は茫然としてしまった。級長の林さんはきっと薄い唇を結んで、脇目も振らず講堂の方へ歩いて行き、それに続く上級生達が露子の脇を通り過ぎると、少し冷たい風が過ぎて行くようであった。列が杜切れたかと思うと、暫くして、今度は露子のクラスの生徒がやって来て、くすくす笑う声が洩れた。見ると列のなかには、ちゃんと光子の顔まである。そのうちに何時の間にか露子も列のなかに加わっていて、後から光子に肩を叩かれた。もう列は講堂の入口へ来ていた。遠くの白い壁に掛けてある額が、それは露子の死んだ父の肖像だった。ピアノの上には露子が飼っていた白猫が蹲っていた。室内は生徒の顔で一杯になり、何かそわそわと愉快そうな空気が漾った。気がつくと、先生達の椅子の列のなかに、露子の夫が澄し込んで腰掛けていた。中央の壇上の大きな臂掛椅子の上には露子の叔父の今中さんが毛皮の外套を着て腰掛けていた。今中さんは行儀悪く長靴の膝を組合せていて、それに外套の上に大きなダリアに似た勲章を吊下げていたが、露子は叔父が勲章なんか持ってはいない筈だし、また何かいたずらをするのではないかと冷々した。しかし叔父さんは如何にも欣《うれ》しそうに皆の方へ時々、懐しげな笑いを投げかけた。すると、生徒達はもう待ちきれなくなったようにパチパチと盛んに拍手を送った。到頭、叔父は椅子から巨体を浮上がらせて、テーブルの処へやって来た。拍手はいま割れるばかりになった。叔父は悠々と水差からコップに水を汲んで飲み、ポケットからハンカチを出そうとしたがなかなか出て来ず、何か黒い塊りをテーブルの上に置いた。「ピストルよ、ピストル」と生徒達の囁きがあちこちで聞えた。やっと叔父はハンカチを取出して、それで口鬚を一拭きすると、ちらっと悪戯気の笑みを浮べた。「さて、皆さん、私は本校から派遣されて、遠く、かのアフリカへ行って来たものであります」皆はそれだけ聴くと、くすくす笑い出した。露子は叔父がいよいよ出鱈目を喋り出すので恥しくなった。「アフリカと申しますと、ライオンや、虎や、獅子や、象、水牛、河馬……」と、叔父は愈《いよいよ》図に乗って、「ところが、なかんづく、特に、面白い動物中の動物、白熊を生捕にして持って帰りましたから、只今即刻御覧に入れます」……その時。ピアノの上の白猫が立上って、叔父のテーブルの前に来た。白猫はゴロゴロ咽喉を鳴らしながら頻りに叔父に対って笑いかけている。それは何だか亡くなった叔母の顔に似て来て、露子は奇妙にもの哀しくなった。叔父は叔父で、白猫の動作を黙って視守った儘、もう剽軽な表情を引込めてしまった。次第に叔父の額には思慮の皺が寄り、瞳はしょぼしょぼと瞬いた。猫は懐しそうに叔父の胸許に身をすり寄せ、「あなた様」と、はっきり人間の言葉を放った。叔父はすっかり感動したらしく、「ううん」と重苦しい声を洩らした。「お前でも人間の言葉がわかるのか」「ええ、私も立派に人間と会話が出来ます」「儂は今迄それを知らなかった、ああ、そうだ、これも神様の御意というものだ」そう云って叔父は両手を空に挙げて祈るような恰好をした。講堂は今、しーんとしてしまって。誰ももう居なかった。……露子はすっかり叔父の動作に惹きつけられて、静かに壇上の叔父を視凝めた。すると今迄叔父だと思っていたのは、先日ここの病室に訪れて呉れた牧師の今中さんだった。牧師の方でも、露子の熱心な瞳に気づいた。「あなたはその儘にしていらっしゃい、起上がらなくとも寝たままでもお祈りは出来ます」と、牧師は露子を静かに瞰下《みおろ》しながら語った。「あああ、私は一体どうなるのでしょう」

と、露子は自分が依然としてベットに横わっているのを知って、悲しくなった。「静かな気持でいらっしゃい、懐疑や焦躁は悪魔の侶《なかま》です」牧師はゆっくりと太い眉に力を籠めて応えた。「あなたがいらして下さる間は私も救われたような気持になれます。ですけれどお帰りになったすぐ後で、もう私は駄目になってしまうのです、駄目ですわ、駄目ですわ、こんなに私は弱ってしまっていて、淋しいのです」と露子は声をあげて泣き出してしまった。相手は無言のまま凝と彼女の歔欷《すすりなき》を聞いて居て呉れた。露子は段々気持が宥められて、今はただ甘えて泣いているように思えた。相手はまだ立去ろうとしないで露子を瞰下していた。もう露子は泣いてはいなかった、むしろ何かを期待するような心地だった。すると、相手は傍にいる看護婦に軽く合図した。検温器が露子から取上げられ、医者の掌に渡された。医者は体温表をちょっと眺めていたが、やがて、露子を労わるような口調で云った。「だんだん快方へ向っています、もう一週間もすれば退院出来ましょう」露子は急に涙が出るほど嬉しくなった。何も彼もが胸に痞《つか》えて、それで容易に言葉は出なかった。すると看護婦が、「もう一週間すれば桜が咲いて恰度お花見頃ですわね」と云った。露子は目の前が眩しく、桜の模様がちらついた。それでは退院する時の晴着を母に云って取寄せて貰おうかしら……と思うと、変なことに、その着物なら既に以前からこの病室へ取寄せてあり、今も壁に掛けられているのだった。

露子はがっかりして気持が崩れ、息の根も塞がりそうになってしまった。今、病室には誰も居なくて、廊下の方も森《しん》としていた。夜なのか昼なのか時刻も不明で、生温かい空気が頻りに藻掻いていた。時々、キャッ！　と叫び声がすると、後はまたしーんとしてしまう。突然、寝ている寝台が鉄の腕を伸して、後から彼女に飛掛って来た。そして寝台は鉄の腕を縮め、ぐんぐん彼女を締めつけて行った。もう救いを求めようにも、声は出なかった。いいえ、これはやっぱし夢にちがいない、それなら何も怕がらなくてもいいはずだ……露子はぐったりと疲れた頭で考えていた。こんな気持の悪い夢でなく、もっと面白い綺麗な夢を、あのさっきの講堂で叔父さんがお話して呉れるような夢でもいいし、もう一度学校へ後戻りしてみたい、……学校の講堂の、さっきは雨が降って、笹の葉がまるで螢みたいだった……。何時の間にか露子の背中に噛みついていた寝台は力を失って、それと気づいた時には、彼女の体は石塊のようにぐらぐらした闇の底へ墜ちて行くのだった。

やがて、露子の体は実家の二階の瓦の上に墜ちてしまった。非常に睡《ね》むたかったが、彼女は瓦を踏んで窓から六畳の部屋の方へ這入って行った。そして畳の上に寝転ぶと、すぐ睡《ねむ》れそうになった。今度の夢はここから始まるらしく、何だか自分でそれを知っているのが気持悪く、どうにもならないことのようであった。じっと寝転んでいると、額の方に窓の青空が眩しく感じられ、すぐ近所の鋳掛屋でブリキを叩く音がだるそうに響いて来た。時折、表の通りを地響をたてて自動車が通った。隣の庭の赤松の枝で雀が頻りに囀り出したのは夕方に近づいたしるしらしかった。そして露子はいくらか饑《ひも》じくなって来た。寝転んでいるすぐ枕頭の方には勉強机があって、その机の上にスケッチブックが放ってあった。そのスケッチブックの白い頁がすぐ露子の瞼の上に漾って来た。露子は寝転んだまま、一生懸命その白い頁の上に日記を書き出した。大変みごとな文章がすらすらと綴られて行き、自づと彼女の睫には涙が溢れて来た。もう頁はすっかり塞がって行った。が、ふと彼女はこの儘その日記を夢の中で失うのが惜しく思われて来た。これは早く目を覚して、枕頭《まくらもと》の日記帳へ書きとめておきたかった。……暫く藻掻いた揚句、彼女はベットの枕頭へ手を伸して、暫く日記帳を取出した。それは入院以来つけて来た日記だったが、もう久しく忘れられた儘になっているのだった。彼女が寝たままで、胸の上の日記帳を展げて、ぼんやり眺めた。気がつくと、いつの間にか誰かが乱暴な文字で一杯にいたずら書きをしているのだ。妙に腹立たしく、頬まで火照って来たが、乱暴な文字の意味は一向に読めなかった。それで気持は惑って来たが、ふと両手で支えている日記帳に重みがないのがおかしく思えた。すると、今迄日記帳だと思っていたのは、小さな玩具の草履《ぞうり》だった。それに露子の両手はちゃんと蒲団の下に在って、草履は勝手に彼女の顔の上に浮いているのだった。もしかすると、天井の電燈が熱の所為で草履に見えるのかもしれない。だが草履の表にははっきりと苺の模様が着いていて、緒は水色だった。ぼんやりと霞のようなものが草履の後に見え出して、遽《にわ》かに草履は誰かの指で動かされた。「気がついたかね」と夫の声がした。何時の間にか夫は彼女のベットの側の椅子に腰掛けていた。夫は玩具の草履をポケットに収めると、タバコを取出して火を点けた。「あなたは何時上陸なさったのです」と露子は訝しげに眼を細めた。夫はそれには応えないで、ぼんやりと煙草を銜《くわ》えたまま、何かうつろな面持だった。すぐ目の前に居ながら、まるで気持は無限に離れている、ただ抜け殻だけが今もここにある……その日頃からの想いが仄かに露子に甦って来た。すると夫も露子の気持を覚ったのか、更に他所他所《よそよそ》しい表情になって行く。このままではもう間もなく消えて行くに違いないと露子は思った。非常に済まない気持がこの時になって彼女に湧いた。しかし、既に形を失いかけた人物は今、最後の光芒を放ちながら、ジリジリと蠟燭の燃え尽きる音をたてた。急に彼女の胸は高く低く波打ち出した。寝台のまわりには暗黒の海の波が荒れ狂った。すると、彼女の寝台はビューと唸りを発するとともに、高く高く天井の方へ舞上った。それから暫くはぐるぐると病室のなかを飛移っていたが、やがて再び元の位置に据った。その時には夫の姿はもう完全に失われていた。

　彼女は荒れ狂う寝台にすっかり脅え、眼は虚しく天井を瞻《み》あげた。すると今、病室はさながら水槽の底のように想えて、露子は刻々に溺れゆく自分を怪しんだ。物凄い速力で水は流れ、そのなかにもう体は木の葉のように押流された。次第に水の流れは緩くなった。そして露子はどうやら、橋の下を今潜っているように思えた。橋杙《はしぐい》の影が青い水の層から伸び上っている方は、眩しい青空で、石崖のまわりの水は冷んやりとして渦捲いていた。しかし、仄かに青い水を透して眺められる橋の姿は、何だか病室の寝台の脚に似ていた。そう思うと、川底までが病室の黒光りする床に異らなかった。だが、頭の上の方をゴロゴロと荷車が通ったり、下駄の行替う音がするのは、橋の下にいるようだった。……暫くすると、露子の眼の前に小さな鮒が泳いで来た。鮒は鼻先に来てとまり、それから、ひらりと身をかわして、壁に掛けてある着物の裾へ泳いで行った。見ると、露子の晴着は小さな水の泡が一杯ついていて、海藻のようにゆるやかに揺らいでいた。鮒は袂の下を潜り抜けると、まっすぐ露子の方へ泳いで来た。その眼球がたしか、友達の光子だった。「気がついて」と相手の鮒は話しかけた。どうやら露子も鮒になっているらしいのに気づいた。すると、全身から白い膜のようなものが、ふわりと脱ち、急に露子は身軽さを覚えた。光子はずんずん面白そうに泳ぎ続けた。露子は自分も泳げるものかしらとまだ躊躇していたが、光子の後を追おうと決心すると、案外楽に泳げ出した。すると急に嬉しくなったので、態《わざ》と斜に泳いでみたり、くるりと廻転してみたり、嬉しさはいよいよ募り、もう凝《じっ》として居られなくなった。「早く早く外へ出てしまいましょう」と、光子に囁き二人は回転窓から廊下の方へ飛出した。廊下の向から恰度回診の医者が看護婦や助手を連れてぞろぞろやって来た。見つかりはすまいかしらと露子は一寸心配したが、光子は一向平気でお医者の鼻先を掠《かす》めて行った。それで露子も皆の頭の上を泳ぎ抜け、早速光子の後を追った。廊下は既に尽きて、バルコニーに来ていた。そこからは往来の一部が見渡せるのだった。露子はもう夢中で明るい往来の方へ跳出した。後から光子の何か云う声が聞えた。が、露子はもうそれに耳を貸している暇はなかった。早く、早く、逃げ出して、と風が耳朶で唸る。嬉しくて嬉しくて、何しろもう急がなければならなかった。後から光子が追駈けて来るらしいことまで頻りに面白く、そして体はいよいよ速かに泳げて行けるのだった。

風が後から彼女を押すように吹いて来ると、彼女の鰭《ひれ》はふわふわ揺れて、身は軽く街の上を飛んだ。あんまり上に浮いてはまだ心細いので、お腹の浮袋を調節すると、今度はずんずん下に沈めた。それで、もうすっかり自信がつき、また空高く舞上った。街はそこから一目に見渡せた。煙突や高いビルがすぐ下に、そしてアスファルトの路は遠くに、人は豆粒のように緩く歩いて居た。もう連れの光子は何処にも見えなかった。彼女はやっぱし浮々して、頻りに嬉しく、向に自分の実家の庭の緑が見えて来ると、一直線に突進して行った。だが門の少し手前まで来た時、急に呼吸切《いきぎれ》がして、動悸が烈しくなった。まだ病気なのに無理しなきゃよかったと思ううちに、目が眩んで、体が石のようになると、溝の中へ堕ちてしまった。……やがて溝の上に人の顔が覗いた。次第に胸は烈しく痛み、露子は今、医者に注射されているような気持だった。しずかに眼をひらいて見ると、しかし、溝の上に居るのは弟だった。露子は喘ぎながら弟の名を呼んでみたが、弟は乱暴に彼女を握締めると、家の内へ駈込んだ。それから台所の処で彼女をバケツの中に放り込むと、家の中から皆が出て来て、てんでにバケツを覗き込んだ。皆がガヤガヤ騒ぎながらバケツを取囲むと、バケツは下の三和土に響いて揺れた。揺れている水を隔てて、母の顔や弟達の姿や亡くなった父の顔が朧《おぼろ》に見えた。小さな弟はバケツの柄を把えて、ガチャガチャ鳴らして居たが、ふと掌を突込んで水の中の露子を掴えようとし出した。露子は一生懸命逃げ廻ったが、紅葉ほどの掌はなかなか小癪に追駈けて来た。「こらッ、こらッ」と、弟の指は刃物のようであった。露子はぐったり疲れて、情なくおろおろして身を縮めていた。すると、こんな風な身の上は何かの物語で以前読んだことがあるのをふと憶い出した。それから何でもずっと昔やはりこれに似たことがあったように思えた。そう思いながら縮み上がった眼で、上の方を覗うと、バケツの縁の処には、確かにもう一人別の露子が覗き込んでいるのだった。そのもう一人の露子は娘のようなセルの着物着ていて、何だか昔撮した写真に似ていた。露子はその女が頻りに気になり、ひそかに妬ましく感じた。そのうちに弟達が何か喧嘩し出した。下の弟はワーと大声で泣き喚くと同時にバケツをひっくりかえしてしまった。あっと思った時、水はだだーと流れ去り、もう自分は何処へ消えて行ったのかわからなくなった。……が、暫くして気がつくと、顚覆《てんぷく》したバケツを取囲んで、皆と台所の処に居るのだった。露子はそこに居る自分が何だか幻のような気持がして、どうなるのやら心許なかった。やはり露子は病院のベットに寝ているらしく思えた。が、そう思ううちにも、台所の様子は次第に変り、さっきから騒いでいた人々の姿も可也異って来た。何時の間にか中央には大きなテーブルが据えてあり、人々はそのまわりを取囲んで立っているのだった。テーブルの上の大きなガラスの器を長い火箸で掻き廻しているのは青木先生だった。先生はさっきから頻りに講義をしていたらしかったが、ふと露子の方に目をやると、はたと口を噤んでしまった。それからもう困ったらしく、片手で首のあたりを撫でて暫く俯向いていた。あちこちで忍び笑いが生じ、青木先生は愈まごついてしまった。ところが、先生の後に何時の間にか校長先生がのそっと現れて来た。今度は校長先生が代って喋り出すらしく思えた。「今度はそれではいよいよ結婚式の実習に移ります」と校長先生は気取って挨拶した。すると、皆はパチパチと拍手を送った。露子は何だか羞しく、胸騒ぎが生じていると、カーネーションの花束を持たされた。拍手はまた頻りに湧いて、周囲が一層浮々して来た。すると彼女の前に盛装の女が現れて、淑やかにお叩儀をした。露子は眼を伏せて自分の襟もとを視ると、白い衣裳を着せられていた。生徒達は一勢に讃美歌を合唱し出した。一人俯向《うつむ》いて、露子はテーブルの方を眺めた。テーブルの上の器からは頻りにブクブクと泡が立っていた。合唱はいよいよ高潮し、露子はそれを聴いていると、次第に昏倒しそうになるのだった。それで彼女は一心にテーブルの方のガラスの器を眺めた。器から泡立つ液体は今、大方尽きようとしていた。しかし、耳許の騒ぎは愈盛んになり、彼女の名を呼ぶ声や、笑い声や、啜《すす》り泣きが入混じって聞かれた。そのうちに天井から、さーっと万国旗が張られると、再び割れるばかりの拍手が起った。「神様、神様、いいえ、私は……」露子は胸のうちで呟いたかと思うと、忽ち全身の力が消えて行った。

雲雀病院

銀の鈴を振りながら、二頭の小山羊は花やリボンで飾られている大きな乳母車を牽《ひ》いて行った。その後には、青い服を纏った鳩のような婦人がもの静かに従いて歩いた。むこうの峰には乳白色の靄がかかっていたが、こちらの空は真青に潤んでいた。澄んだ空気の中に草の芽や花の蕾の匂いが漾って、しげみの中では鶯が啼いている。

車のバネの緩い動作や、鈴の音に、すやすやと睡っていた空二は、ふと眼を見開いた。それから、車のすぐ側に見識らぬ婦人がいるのを、ぼんやり見ていた。が、やがて再び目蓋を閉じてしまった。しばらくすると、空二は唇をむちゃむちゃ動かしながら両手を伸ばした。そして今度はほんとうに目が覚めたらしかった。彼は何時ものように煙草を吸おうと思って、無意識にあたりを手探った。が、彼の指さきに摑まったものはキャラメルの函であった。彼はつまらなそうにその函を放った。それから再び狭い車内を探していると、漫画の本が出て来た。彼はそれを膝の上に展げてちょっと見入っていたが、すぐに、にやにや笑いだした。それから、ふと見識らぬ婦人が側にいるのを思い出した。すると彼は妙に気恥しくなった。空二は漫画の本を横に隠して、顔を婦人の方へ向けた。空二の眼に好色的な輝きが漲って来たが、婦人は清浄無垢の表情をしている。

いささか勝手が違うので空二は不審げにその女を視凝《みつ》めた。視ているうちに彼の心は和んで、婦人の善良な魂がほほえみかけて来るように思えた。空二は苦々しげに眉を顰《ひそ》めた。すると、今迄車の柄に手を掛けながら心もすずろに眩しそうな顔つきで歩いていた婦人が、はじめて乳母車の中の空二に眼を注いだ。

「お目ざめになりました、空二さん」

婦人のその声は幼児を恍惚とさすような響をもっていた。空二はかすかに聞き憶えのある声のようにおもえたが、誰だったのか思い出せなかった。そして、今この女から嬰児をあやすような態度をとられたことが、少し気に喰わなかった。

空二は露骨に不快な表情を作るため唇をゆがめようとした。と、歪みかけた唇から、たらたらとよだれが零れた。はっとして襟許を視ると、彼の首にはちゃんとビロウドの縁のついた涎掛《よだれかけ》がつけてあった。それればかりではなかった。彼は緑と黄の毛糸の子供服を着せられているのに気附いた。すると、空二は今にも背髄の方から一種の痙攣が始まりそうな気がした。彼はその車から飛上って、滅茶苦茶に暴れ出したい衝動が蠢いた。彼の眼は青く戦いた。しかし、彼の体のうちに始まりかけた痙攣はピクリと彼の指さきを戦かせただけで、やがて曖昧に消えて行った。彼はぐったりとクッションの方へ頭を埋めた。

「まだお眼がよく覚められないのですね」と、婦人は面白そうに彼の顔を見守って笑った。

「ああ」と、空二は奇妙な声を出して唸った。いつもの自分の声とはまるで違っているようであった。彼は指で眼を小擦《こす》って、もう一度あたりを改めて見廻した。乳母車の幌からは幾すじものリボンが吊されて、それに造花や薬玉が結んであるのが、ぶらぶら揺れている。それを見ていると、何だかまた腹立たしくなって来た。よくは呑込めなかったが、どうも自分をこんな目に逢わせているのは、今彼を運んでゆく女の所為《せい》のように思えた。空二は婦人にむかって抗議しようと頭のなかであせった。が、いつもなら、すぐに浮んで来る筈の言葉が今はさっぱり思い浮ばなかった。

「煙草をくれませんか」彼はまるで別のことを喋ってしまった。

「煙草、そんなものをどうなさるのです」

「無かったのかなあ、つまらないなあ」と、彼は残念そうに自分の頬をさすった。

「煙草はいけません、それに火があぶのう御座いますよ」

婦人は親切げにつけ加えた。彼はふと苦笑したくなった。ところが、どういうものか突然、大きな声をあげて叫び出した。

「煙草をおくれ、煙草をおくれ」

そうして、空二はだだをこねる子供のように頭を左右に振っていた。

「いいえ、煙草はいけません、そのかわりこれを差上げましょう」

婦人はさっき空二が放ったキャラメルの函を取上げて、その中から一つキャラメルを摘み、空二の唇許へ持って来た。空二は口を頑に噤《つぐ》んで頤《あご》を左右に振った。

「ねえ、空二さんは賢いお方でしょう、そんな意地張りをなさるものではありません。ほうら、この紙の中からこんなものが出て来ましたよ。これをあなたの口の中につるっと入れてみましょう」

空二は何時の間にかおとなしくなって、口の中にキャラメルを入れられている自分を見出した。それから暫くすると、彼は自分の舌を怪しむように眼を瞠っていたが、やがてうまそうに夢中で口を動かしだした。婦人は幸福そうな微笑を湛《たた》えてじっと彼を見守った。その顔を空二はぽかんと見上げていた。

「そら、あなたはすっかり素直になられましたわね……」と、婦人は嬉しげに空二に話しかける。

しかし、空二はやはり解せない気持であった。自分がこの女から奇妙な取扱を受けながら、それを拒絶する力がもう無くなっているのを、纔《わず》かに訝るばかりであった。さきほどから背筋の方をまた痙攣の兆候が緩く流れているのが感じられた。彼は水底に没してゆく者のような眼つきをした。痙攣は今度もわずかに眉を戦かせただけで終った。それが終ると、空二はぞっとしたような顔つきで溜息をついた。

「おや、そんな淋しそうなお顔なさって、どうしたのです」

婦人は心配そうに空二を視つめた。そうされると彼は妙に悲しくなって、喘ぐように訴えた。

「水をくれ、水を」

「まあ、咽喉《のど》が渇いたのですかそうですか」

婦人は乳母車の行手を見やっていたが、はたと晴れやかな顔をした。

「そら、もう少し行くと向に谷川が流れております。あそこまで行ったら水を飲みましょうね」

しかし空二は一そう顔を曇らせた。

「まあ、お可哀相に、そんなに咽喉が渇いていたのですか、もう少しの間ですから辛抱なさいませ。そのかわりあの谷川のところへ着いたら、空二さんにお魚を釣ってあげますよ」

空二はあーんと泣き出した。大粒の涙がぽろぽろと鼻を伝わって、涎掛に落ちて来る。あーん、あーんと、泣声の絶え間には、ふと、彼は自分の泣声を吟味するように聞いていた。しかし、これは女を瞞すための気どった泣き方とは違っているようであった。空二は泣きながら得態の知れぬ滑稽感が頭を持上げそうになるので、一層泣き募った。これは結局、この女に甘えかかった訳なのかしら、と彼はぼんやり考えだした。そうすると、いつの間にか空二は泣き歇《や》んでいた。号《さけ》び泣きの余韻がまだ時々、身裡に脈を打っていたようだが、気分はすっかり落着いて来た。一そのことこの女の思い通りになってやろうかしら、と彼は自分に余裕を感じて考えた。

ふと、婦人の方を竊視ると、彼女は少し慍ったような顔つきで遠くを視つめている。空二は急に萎れたような気持で俯向いた。それからまた婦人の方を見上げると、彼女は空二の視線を態と反しているように思えた。空二はいつまでも許しを乞う子供のようにじっと彼女を視つめていた。そのうちに、ちらっと彼女は空二の視線と逢った、と思うと彼女はにっこり笑った。

「空二さんはお悧巧さんね」と婦人は優しく呟いた。

「少しのことが辛抱出来ないお方は駄目で御座いますよ。さあ、もう橋のところへ着きましたから、ここで暫く休みましょう」

婦人は乳母車の先頭の方へ廻って、二頭の小山羊を楓《かえで》の根元に繋いだ。それから、彼女は渓流の方へ降りて行った。


暫くすると彼女は掌に緑色のコップと濡れたハンカチを持って、乳母車の処へ戻って来た。木の葉で拵えたコップには綺麗な水がゆらいでいる。彼女は黙って空二の唇許へコップを持って行った。空二はごくごくと咽喉を鳴らしながら飲んだ。婦人は満足そうに空二を眺めていたが、飲み了るとコップを受取り、今度はハンケチを固く絞った。

「さあ、お顔を綺麗にしましょう」

婦人は空二の顔にハンケチをあてた。空二は顔を左右に振っていたが、婦人はすっかり彼の顔を拭き終って、今、鼻腔の処へハンカチをあてがった。

「さあ、ちゅん、とおっしゃいませ」

空二は情なさそうな顔で、婦人を見ていた。

「ちゅん、とおっしゃいませ、そら」

婦人の促す声で、空二はちゅんと鼻に力を入れた。と、彼女はすっぽり水洟《みずばな》を拭きとった。暫く空二は感嘆に似た気持でぽかんとしていた。もう自分は完全にこの婦人に征服されているらしかった。しかし彼女は空二の感嘆にかかりあってはいなかった。

彼女は乳母車の脇に手を入れて何か探していたが、間もなく子供靴と釣竿を取出した。

「さあ、ここで少し遊んで行きましょう。お靴を穿かしてあげますから、空二さんも歩くのですよ」

空二は素直に頷いた。すると婦人は両手を伸ばして、空二を乳母車から抱え上げようとした。彼は少し躊躇した。

「おや、どうしたのです」婦人は眼を円くして空二の顔を覗き込んだ。

「空二さんはお怜悧さんでしょう」

婦人はまた両手を伸ばして空二を抱き上げようとする。とうとう空二は気まり悪げに乳母車の中に立上った。すると彼女は空二を両腕に抱き上げ、「おお、空二さんは随分重たいこと」と、呟きながら道端の芝生のところへ運んで行った。空二は彼女に運ばれてゆく間、じっと苦痛と快感の交わる感覚を堪えていた。

芝生の処へ空二を降ろすと、婦人は釣竿と靴を持って来た。それから彼の足許に屈んで、靴のホックを嵌めてくれたが、それが済むと彼女は上気した顔で立上った。

「さあ、お魚を釣りに行きましょう」と、婦人は空二の手を牽いて、橋のところまで来た。

「あなたはここで待っていらっしゃい。今に大きなお魚を釣ってあげますよ」と、彼女は空二をひとり橋の上に残して、谷川の方へ降る細い路を降りて行った。空二は橋の上から谷川の方を見下していると、やがて、渓流に臨んだ岩の上に彼女の姿は現れた。彼女は身軽そうに岩の端に立停まり、釣竿を降した。今、糸の垂れている処から少し離れて、水がキラキラ輝いている。彼女はそれを時折、眩しそうにしていたが、釣竿のさきに心は奪われているようであった。

ふと、空二は今のうちに何処かへ行ってしまおうかと思った。そうすれば、あの婦人と自分はもう何のかかわりもなくなってしまいそうだった。しかし、何ものかが彼をいま引留めているようでもあった。

空二はそれに抗うように五六歩、歩いてみた。

「空二さん、空二さん、釣れましたよ、そら」

何時の間にか婦人は空二の側に走り寄っていた。息を弾ませながら、彼女は糸のさきに跳ねる魚を空二の鼻さきに持って来る。

「そら、ねえ、大きなお魚でしょう」彼女は鉤を外して、掌に摑んだ魚を空二の方に差出した。

空二がおそるおそる掌を出すと、青い大きな魚は空二の掌に触った瞬間ピリリと動いた。空二は吃驚して手を引込めた。魚は地上に墜ちて、ピンピン跳ね出した。眼も、腹も、砂まみれになって、跳ねている魚が、突然、空二を異常な恐怖に突落した。うわあ、と泣きながら、彼はガタガタ戦きだした。

「ああ、お魚が怕かったのですか、それではもうこれは逃がしてやりましょうね」

婦人は砂まみれの魚を水の中に放った。しかし、空二はますます烈しく顫《ふる》えて来た。「怕《こわ》い、怕い」と、夢中で婦人に縋りついた。婦人は空二を抱き上げて、再び芝生のところへ運んで行った。空二の顔は死人のように真白であった。

「おお、可哀相に、暫くここでお休みなさい」と、婦人は膝の上に空二の頭を載せてやり、静かに頭髪を撫でていた。

「見える！　見える」と、と空二はなおも口走った。

「いいえ、もう見えは致しません。そら、眼を閉じて、静かに息をなさいませ。何にも、なんにも見えはしないでしょう」

婦人の膝の温もりが、空二の頬に伝わって来るに随って、彼は次第に気が鎮まって行った。

「お可哀相に、あなたは大分神経が乱れているのですね」

そう云う婦人の声を空二はかすかに聞いた。そして、何ともいえない郷愁をそそる甘い香りがまじかに感じられた。不思議な時間が流れ去ったように思えた。

空二はパッと眼を開いて、あたりを見廻した。婦人の顔の向には樅の木が見え、その向には青空が覗いている。

「そら、もう元気をお出しなさい。もう怕いことなんかないでしょう」

空二は頷いた。それから素直に起上ると、あたりの草原を珍しそうに眺めた。菫《すみれ》、蒲公英《たんぽぽ》、紫雲英《れんげそう》、いろんな花が咲いていていた。

「あ、空二さんに花束を拵えてあげましょうね」

婦人はあちこちと飛び歩いて花を摘んだ。忽ち、小さな花束が空二の掌に渡された。空二は渡された花束を大切そうに持ったまま、虚脱したような顔つきであった。

「ここへお坐んなさい、お話をしてあげましょう」

芝生の傾斜の窪んだ褥に、空二と婦人は脚を投げ出して坐った。

「むかし、むかし、あるところに、空二さんのように怜悧なお方がありました。その人の背の高さは、ちょうど空二さん位ありました。その人の顔はそれも空二さんによく似ておりました。それに、その人が生れた家も丁度空二さんのお家ぐらいでした。……」

やわらかい口調で婦人が喋り出すと、空二は婦人の声に連れられて、ふんわりした雲の中に這入って行くような気持がした。彼の眼はとろんとして、上の瞼と下の瞼が今にも重なりそうになる。

「………その人はだんだん生長してゆきましたが、ちょっとしたことが、すぐに気に触る性質でした。そのために、普通の人なら平気なことも、その人にとっては堪えられないことがありました。そしてその人は心のあちこちに、沢山の負傷をして参りました。その人は自分で自分に打克つ力が無かったために、その疵はなかなか治りませんでした。そのうえ何か立派なことをしようと思いたっても疵のことがすぐ気にかかりました。すると疵の方でその人を誘惑してすぐに怠けさせてしまいます。そんな風に、その人は意志の弱いところがありましたが、また妙に意地は強いのでした。………」

うっとりと眼を細めていた空二は急にハッとしたように婦人を視つめた。相変らず婦人は子守唄を歌うような調子で喋りつづけているのだった。

「………とその人のお家の庭には春になると、山吹や藤の花が咲いて雀がチイチクチイチク飛びまわります。大勢の仔雀はそこで鬼ごっこをして遊ぶのでした。雀のお母さんと雀のお父さんは高い屋根の上からそれを見ております。………」

　空二はまた、うとうとと遙かな気持になって来る。

「………その人の意地は、毒喰わば皿までという風なものでした。ですから、その人は世の中の立派な人々が避けていることや、碌《ろく》でもないことには却って夢中になる傾向がありました。そのようなことをしていて、その人の疵は癒えたのでしょうか。いいえ、ますますひどくなってゆくばっかしでした。疵の痛みはまたその人を駆って泥沼の方へ赴かせます。そうして、その人がある年齢に達した時のことです。その人は全くもう自分で自分をどうにもならないことを発見しました。その人は白痴のように寝そべって、古疵の一つ一つを吟味しました。――あの時ああでなかったら自分はこうなってはいなかっただろう。あの時ああなったのはその前にあんなことがあったせいだ、あの際あんなことがあったのはあの前ああならなかったからだ。と、その人は繰返し、蒸返し、とりかえしのつかぬことを嘆じていました。――ああ、私を救ってくれ、私ははじめからやりなおしたい、なにもかも生れ変って来なきゃ駄目だ。と、その人は悲しそうに呟くのでした。………」

　何かに驚かされたように空二はハッと眼を開いた。しかし婦人は前と同じ調子でやわらかに喋っていた。

「その人のお庭で跳ねまわっていた仔雀が、一羽の仔雀が、ふと樋の端にひっかかって怪我をしました。仔雀は痛いのでピイピイピイピイ泣き叫びました。お母さんの雀とお父さんの雀はさっそく手当をしてやりましたが、その子は翼を痛めたので、どうもうまく飛べなくなりました。そこで、お父さんとお母さんは相談して、雲雀のお医者さんに治してもらうことにしました。お母さんがその子を乳母車に乗せて、雲雀《ひばり》病院へつれてゆくのでした。………」

また空二は茫とした気持で眼を細めて行った。

「………その人は消耗された精神と肉体とを抱いて生きておりました。時間が後へ逆行してゆくことを夢みながら、その人は睡っておりました。すると夢の中で、その人はふと目が覚めました。するとその人は乳母車に乗せられて、何処か訳のわからぬ場所へ運ばれておりました。………」

空二はまた不思議そうにちょっと眼を開いた。婦人は「雲雀病院」の話をしているらしかった。

「………乳母車の中に雀のお母さんは漫画の御本やキャラメルを入れて、怪我をした仔雀を慰めてやりました。雀のお母さんは乳母車を押して青空の中をずんずん進んでゆきます。………」

再び空二は青空の中を飛んでゆくように、うっとりと睡り入った。

すっかり睡り入っていた空二は婦人に抱えられて乳母車に乗せられた。小山羊の首の鈴がチンチン鳴り、車輪が廻りだしても空二はまだよく睡っていた。睡ったまま空二は小さな花束をしっかり掌に握り締めていた。その花束は汗ばんだ指から自然に少しずつずりそうになった。いま、花束はすっぽりと彼の指から滑り落ちた。その拍子に空二はほっと目が覚めてしまった。見ると、あたりは紫色の靄に包まれてもう薄暗くなっていたが、婦人の顔はまだ白くわかった。やや、冷たい風が睡り足った空二の頬に快く触れた。

「あああ」と空二は声を出した。

「お寝坊さんの空二さん、もうお目を覚ましなさい。もうあそこに雲雀病院のあかりが見えて来ましたよ」

婦人は母親のように空二に話しかけた。彼女が指ざす方向を見ると、なだらかな丘の上にオレンジ色の灯がぽかりと浮いていた。

夢時計

白い露のおりている草原の線路に、いくつもいくつも提灯が犇《ひしめ》いていて、汽車が近づいて来るに随って、遠くの方の提灯が波打ち、そして段々こちらの提灯も波打ち、あかりをつけた窓々には黙々と人々の顔が見えていて、それが過ぎ去ってしまうと、天の川がくっきり見え、提灯を持った人々はぞろぞろと歩きだし、千子は人と提灯の流れに従って歩いているうちに、枯れた黍の穂が塀に悶え、石塊が仄白《ほのじろ》く、いつしか足許は不安に吸込まれるようであったが、やがて人々は小学校の講堂へ雪崩れて行った。いつの間にか板の間には白衣の勇士が坐っていて、壇上では仮装行列の楽隊が始まり、どっと人々は哄笑に沸き立つ。近所の知った人の変装を見つけて、千子もほっと笑いかけたが、どうした機みか、涙が浮ぶと、もうそれはいくら制しようとしても歇《や》まなかった。わああと溢れ出る涙に千子は転び伏していたが、そのうちにこんなに泣いては皆に迷惑かけると思いあたると、そのことがまた切ない涙を誘って、今度は一生懸命で声を消そうと努めると、息が妙に塞がって来た。

今、咽喉の奥の方で死にかけた蟋蟀《こおろぎ》の声のような音がゆるく絡っていて、細い細い今にも折れそうな針金のようなものが閊《つか》えているので、千子は不思議そうに何度もそれが咽喉の奥から引張り出せそうに思って、顔を顰《しか》めた。すると、蹠《あしうら》の方や指のさきから、ザラザラとした熱の微粒が湧いて来て、それは潮のように皮膚の全面を撫で廻ってゆき、あるところでは渦を巻き、あるところでは急流となって、その振舞がいよいよ募ってゆくと、心臓は脅えながらも、ずしんずしんと音を高め、やがてもの狂おしい勢いで家政婦の姿がおどり出た。

　相手は理不尽なことを要求し、口ぎたなく罵りながら、今廊下を足音荒く逃げてゆく。どこまでが廊下なのか、どこまでが千子の心臓なのか、みんなわからなくなってゆくうちにも、家政婦の尖った顴骨《ほおぼね》やギツギツした眼ざしは濛々とした中に閃き、相手が撒き散らして行った呪詛の言葉はくらくらと湯気を発した。その湯気は真黒な闇となってあたり一めんを領した。その時、千子の軀《からだ》はぐったりとして、透き徹って消えてゆくようにおもえたが、暫くして気がつくと向の黄色な壁のところにひそひそと身を屈めて、青ざめた女が茶碗に一杯溜まった液体を訝《いぶか》しげに視凝めている。千子はそれが自分自身の姿であることを識り、あの壁はどうやら野村病院の壁だったらしいと思いあたると、茶碗の中のものはもとよりわかりきっていた。ところが向の青ざめた女はとろとろとした袋のような血の塊を指でつまんでは舌の先にやり、無理矢理に呑込もうとしている。

　千子はぎょくっとして、それを見るのが怕くなった。ジンジンと厭な鋭い音が針の乱れて降りかかる闇に続き、わたしはどこにいるのだろう、わたしのからだはどこにあるのかしら、と茫漠とした悶えを繰返していると、ふと掌に触れたシイツの端から、軀全体の輪郭が浮び上り、どうやら千子の魂はそこへ舞い戻って来た。だが、その掌はお湯に浸したように熱く、頰の下の一ところは焔がゆらいでいるように火照って、心臓の疼くことも前と変りなかった。深夜の部屋は墓のようにひっそりしていた。

　千子は心弱く溢れ出た涙の眼瞼を、ぼんやり閉じていると、眼球がずんずん脳の方へ沈んで行きそうになり、くらくらする頭の内部が暗がりに、腫れて少し大きくなっているらしい眼球の恰好がまざまざと描かれて来たが、夢にまでこの眼は泣かされているのかしらと思うと、一たん沈みかかった眼球の運動が今度はだんだん上の方へ昇って行き、そのうちいつの間にか風呂場の煙突の折れ口がパッと口を開いていた。

嵐でへし折られたその煙突はぶらんぶらんと頭上に揺れ、今にも降り出しそうな空模様の中に、歪んだ針金を突出し、その針金には蜘蛛の巣が汚れてぶら下っている。今にもあれは墜ちるかもしれないと、千子は口惜しくて耐らなく、眼もとが昏んでゆく思いだったが、ふと見ると、その煙突の傍には青ぶくれした顔の煙突屋がぼんやり腰を下している。何度頼みにやってもやって来なかった煙突屋は今も修繕に取掛かろうとするでもなし、気心の知れない顔附で煙草を吸っていた。ところが煙突屋は誰か向に知人を見つけたらしく、一寸手をあげて合図した。怪しんで千子がその方向を見廻すと、塀の破れ目から爛々と光っている家政婦の眼があった。と、思うとバタバタ逃げだす足音がして、千子の心臓はまた張裂けそうになる。

軀は鞴《ふいご》のように音を発し、その上をいくつもいくつも真黒いものがつ走り、矢次速《やつぎばや》に黒い塊は数を増していた。ザザザと波の音が聞えた。海岸の空に懸っている三日月がキラリと一瞬美しく見えた。と思うと、真黒いものは更に猛り立ち、その巨大なものは無理矢理に千子を埒し去ろうとする。風の唸りや稲妻の中に折れ曲った煙突があわれに浮んだ。暫くして、あたりは気の抜けたように静かになった。

仄暗い砂地にはささやかな波形の紋が一めんに着いており、重たい空気のなかにヒリヒリと草の穂の熟れる匂いが漾って来た。今、千子の眼の前に黒い柵がくっきりと蹲っていて、柵の向にも砂地は起伏し、そのあたりの光線は奇妙にはっきりしていたが、その上に被さる漆黒の空には無数の星が刻んであった。千子の眼は吸込まれるように星空に見入っていると、病苦に満ちた空の星は瞬く毎にいよいよ美しくなってゆくようであった。ふと、一つの星が白い尾を曳いて砂地に落ちた。今、落ちたところの星は遠くの地点にあって、ぐるぐると回転しているようであった。暫くすると、その星は砂地を亘って驀地《まっしぐら》に柵の方へ走って来るのだった。見れば砂煙をあげて音もなく走って来るのは灰色の豚であった。千子は目を疑うように空を見上げた。流星はひっきりなしに砂地を目懸けて墜ち、豚の数は陰々として増えて行く。無言のまま砂塵をあげて突進する豚の群は黒い柵のすぐそばを犇《ひし》めき流れた。ある限りの星は地上に向って墜落しつづけた。

千子はぐったりと脅えて、傍の柵にとり縋った。黒い柵のほとりには何時の間にか千子の夫の顔もあった。

「ああ、あれはどうなるのでしょう」と千子は凄じい動物の群を指差した。「そっとしておいた方がいい」と夫は口籠った声で答えた。そのうちに、あたりの様子は徐々に変ってゆき、今も眼の前に不可解な現象は生起していたが、次第にそれはレントゲンに映る肺臓の風景に似かよって来た。

星の消えた空はうつろに青ざめていた。家畜の群も既に散じて見えなかった。起伏する砂丘の一端に黒い岩窟があって、そこから白煙がゆるゆると立騰り、あたりの空気を濁していた。麓の方に目も覚めるばかりの薊《あざみ》の花が一むら咲いているのは、千子が旅で見たことのある風景ではなかろうか。だが、傍で誰かが説明を加えていた。あの煙が消えて、あの黒い岩穴が塞ってしまうまでは、まだまだ養生をしなければいけません。千子はその人に対《むか》ってお時儀をして、部屋を出て行った。

革を敷いた長い廊下を歩いていると、扉や廻角で看護婦とすれ違った。その看護婦たちの足はみんな廊下から宙に二三寸浮上って進んでいるのに、千子はぺっとりと足が下に吸込まれてゆくようで、革を敷いた廊下は汗ばんだ足の下をずるずると流れて行った。廊下は容易に尽きなかったが千子は一心に歩いていた。次第に行交う人の数が増えて、それは巷で見かける人々の服装になっていたが、遂にある部屋の前に人々は殺到していた。

千子は立並ぶ人の中に捲込まれていると、すぐ後からも人が来て並んだ。その傍を自転車に乗った男が蜻蛉のように飛んで行った。後から押されるようにして、部屋の中へ這入ると、薄暗い光線の中に押込められて立っている人々の顔はみんなぼんやり霞んでおり、千子は呼吸をするのもつらくなった。苔の生えた大きな柱が高い天井を支えていて、ものものしい殿堂に似た場所であった。漸く人数が減って、眼の前に石の台が見えた。千子は吻として、石の台に肘を凭せ、向に立働いている人に対って、何か訊ねようとした。すると白い顔をした小僧がジロリと千子を見咎め、「切符の無い人は駄目だよ」と云った。忽ち居囲に居合わせた人々が笑いだした。千子は喘ぎながら弁解しようとした。「オイオイ、病人のくせして出しゃばるない」と、ステッキを持った男の声がした。

すると、人々は遽かに動揺しだした。女達はあわてて千子の側を避けながら、鼻に袖をあて、お互に耳打ちしては千子の方を振向く。男は忌々しそうに顔を外けた。千子はブルブルと戦えながら立竦んでいたが、そのうちに立っている力を失うと、ワッと泣き崩れて行った。死ねるものなら死んでしまいたい、早く死んでしまいたいと転倒しながら泣き叫んだ。

倒れている千子の軀から二つ三つ白い影が立迷い、ぐるぐるぐる立迷い、倒れている千子はすべてを失って行くようであった。しかし暫くすると、足指の方から枕の方へふわりと影は戻って来た。夜の部屋は死のようにひそまっていた。こんなに興奮してはまた軀に障るだろうと、千子はおずおずと眼を閉じた。暫くすると、眼を閉じている筈なのに、すぐ側の押入の内部がはっきりと眼の中に飛込んで来た。もう長い間整頓したことのない押入は、行李や新聞の包みが歪んで脹らんでいたが、それに天井板の方からぶら下った麦藁真田がぐるぐる髪毛とともに絡んでいる。あんな麦藁真田などをどうして今度の女中は持って来たのかしらと思うと、隅の方に笊が置いてあって、豆もやしとマッチの軸木が一緒くたに混ぜこぜになっているし、鼠の開けたらしい穴からは隣の家の庭がまる見えになっていて、そこから蛞《なめ》蝓《くじ》がずるずると匐いながら行李の方へやって来る。蛞蝓はもう行李の蓋にべっとりと一杯群がり、次第に行李の中の衣類へ移って行く。着古した着物の襟や、裾の裏地にまで、蛞蝓はねとねとと吸いつき、そのままじっと動かなくなる。と、袂の隅が少し脹らんで動きだしたと思うと、そこからは大きな蛾が跳ね出して、パタパタと押入の中を飛廻った。眼のキンキン光る蛾は翅からパラパラと粉を撒き散らし、押入は濛々と煙ってしまった。

千子は無性に腹が立ち、今にも飛起きて、あそこを片附けたくなった。あの着物はもうみんな洗張して縫い直さなければいけないと思うと、ジリジリと気は苛立ち、夜具の上にきっと坐り直した。だが、暫くすると、がくりと姿勢は崩れて、今度はふらふらと手探りで睡眠剤のありかを求め、小さな箱にコロコロ揺れる薬を掬うように掌に取ると、そのまま睡りに陥ちてゆくようであった。

面影

良雄や　良雄や　良雄や

夜なかの雑沓する駅で、声をかぎりに号んだ、わたしの姿をおまえは憶えていてくれるだろう。おまえの眼に焼きつけられた、あれがわたしの最後の姿だったのだね。泣き腫れたわたしの眼にはおまえの顔の輪郭がただ白く霞んでいたが、それがわたしの最後の眼に残ったおまえだったのだね。わたしはうれしかった、うれしかったのではない、たまらなかったのだ、こころがおののいてばかりいた。

おまえが日本を離れてからはわたしは一夏をラジオの前に坐りつめた。伯林《ベルリン》の消息に胸をおどらし、おまえの名が出て来はすまいかと、そればかりを気にしていた。わたしにはわけも分からないスポーツのことであった。なんとももどかしいかぎりであった。あんまりおまえの便りがないのでもしか脚気にでもなったのではないかと、心配でたまらなくなった。それでも日本の選手が勝つ度にわたしは吻とした。あのよろこびのなかにきっとおまえも加わっているのだろうと、ゆめのようにおもった。

ひどく美しい青空の下に赤や白のユニホーム姿が並んでいるグラフもゆめのようにおもえたものだ。そのうちに秋になった。こんどはゆめではなくおまえはほんとに我が家へ戻って来る。わたしは指折り数えて、その日を心強く待った。おまえを乗せた船はもうインド洋を渡ったという、おまを乗せた船はシンガポールに着いたという、おまえを乗せた船はあと一週間で神戸へ帰って来るという、そんなうれしいたよりをききながらも、わたしはわたしをどうにも出来なかったのだね。とうとうわたしはおまえの帰りも待たずに死んで行ってしまった。

おまえの船が神戸港に着いた時、わたしはもう焼かれて骨になっていた。あの賑やかな歓迎の嵐の中から、ひょっくりおまえは片隅へ攫われて行った。おまえの兄からわたしが死んだことを聞かされても、おまえは唖のように黙っていた。やがておまえは汽車に乗せられて、郷里へ戻って来た。おまえが戻って来た家にはわたしの新しい位牌と死顔を撮った写真が待っていた。それを掌にしておまえははらはらと涙を零した。がっかりしたことであろう。わたしは遠くではらはらするばかりだった。

それでもその晩おまえは部屋一杯にお土産の品を取出して並べた。独逸製のカメラやチェッコスロバキヤの絵葉書や、巴里のコンパクトやシンガポールの鰐の剥製から支那の墨まで、いろんなものがあった。そんなにどっさり持って帰ったものをわたしに見せたかったのだろうに、おまえのあてもわたしのあてもすっかりはずれてしまった。

おまえはあてがはずれたような顔で間もなく上京してしまった。それから後のことはわたしにはもうどうにもならないことだった。わたしは遠くからはらはらするばかりだった。わたしはおろおりと祈りつづけた。

わたしがなくなってからおまえの気持はだんだん鬱いで荒んでいくようであった。おまえが性の知れない女と交際ったり、酒に溺れてゆくようになったのもその頃からだ。その度にわたしはどうしていいのか分らなかった。もともとわたしが甘やかしすぎて育てたためかもしれなかったけど、おまえはほかの子と違って父親の顔も憶えていない不愍の子だ。片親だけで育てられてやっと一人前になりかかった頃またわたしというものを亡くしてしまったのだ。オリンピックへ出発する際の際までおまえはわたしを呶鳴り散らしたりした。そんな我儘なおまえのことだ。そのおまえの我儘のはけ口が急に無くなってしまったのだ。おまえは世間と衝突したり、荒廃の底に沈んだ揚句には、おまえはわたしの亡き名を呼んでくれた。お母さん、よく思いきり揆らしてくれましたと、おまえはそっとわたしに呼びかけてくれた。おまえはわたしの命日を毎月ちゃんと憶えていてくれた。そんな風なおまえが世間からだんだん悪く云われていると、おまえは自分でそう思い込んだ。そしておまえの眼つきは悲哀の怒りに燃えていた。

そのうちに支那事変が始まったのだった。天にかわりて不義を打つ……あれはわたしが若い頃憶え込んだ勇しい歌の一つだ。おまえも微かに憶えてはいないか。雪の降った朝、わたしはおまえを炬燵に入れて、おまえの小さな頭にはすっぽり蒲団をかむせて、そして、節おもしろく歌った。歓呼の声に送られて今やいで立つ父母の国と。そうすると、おまえは小さな掌を振って、やはり浮き立ったものだ。あれはおまえの子守唄の一つだった。雪の降った朝、何か勇み立とうとする気持で、わたしは若い日をとりもどしたように歌ったものだ。その歌があちらでもこちらでも歌われだした。事変は愈進んで行った。その頃から、おまえは今日の日あるを覚悟していたのであろうか、おまえの顔の底には決意の表情が潜められていた。しかし、若い日をせめて学生の間は思いきり遊べと、おまえは自分で自分に決めてしまったね。そして堕落学生の頽廃記録と、おまえは自分で自分を苦しめて行った。おまえは疲れてアパートの部屋に戻ると押入からわたしの旧い手紙を取出して、皺を伸して読みかえし、何がなし涙ぐんだりしていた。おまえはその以前送金が多いと苦情云ってやったわたしの手紙に合掌して、アルバムに貼ってしまった。わたしが生きていたら、おまえはわたしにあたりちらしたに違いない、そんな風に何か苦しいことに苛まれているおまえの顔であった。あれはわたしの三回忌のあとさきのことだった。おまえが選手を廃めてしまったのもその頃だったね。それから後もおまえの破綻の多い、しかし、二度と帰らぬ日々が続いて行った。おまえは二度と帰らぬ日々を悩み楽しみながら生きて行った。

そして、おまえは卒業と同時に就職すると、検査では甲種合格になったのだったね。わたしの家からもせめて一人は御奉公に出したいと思っていた、私の願いがかなったのだ。それにしてもおまえは小学校では心臓弁膜病と診断された位だから、運動を控えるようにわたしは度々云ったものだ。それをおまえはおまえで体が悪けりゃ態《わざ》と運動してやると云って、とうとうそのうちにスポーツがおまえの生命となったほどだから、おまえの体は奇蹟のように立派になった。おまえの体格は誰にも劣らないほどもう立派になったものだ。しかし、おまえが一人前になるまでにはどんなにわたしはハラハラしたことか。おもえばまだ昨日のように鮮やかな出来事がある。京都の姉の処へわたしがおまえを連れて行ったのはおまえが七つ位の時のことだった。おまえは支那料理屋で胡椒の瓶を弄んでいた拍子に、蓋がとれて、胡椒が眼に這入った。お前は痛がって泣き叫ぶ、わたしはどうしていいのかわからない。突嗟におまえを畳の上にねじ伏せて、おまえの眼をわたしはわたしの舌で舐め廻した。おまえの眼の粉がすっかり吸いとれる迄、わたしは夢中で胡椒を呑みこんだものだ。そんなことを一つ一つおまえはとても憶えていないだろうが……。

この春、おまえの縁談が纏まりかけた時、おまえは珍しいほど乗気になっていた。ところが先方で神様に判断して貰ったと云って断って来ると、おまえはもうけろりとしていた。これも亡き母上の意志なのだろうと、おまえはきっぱりと前方を睥んで進んだ。おまえが考えていることはもう前方にしかなかったのだ。
その日がそしてとうとやって来たのだね。おまえは明日入営するのだ。おまえは近くまた日本を離れて遠方へ行くだろう。何処へ行こうと、最後の最後まで、おまえはわたしのことを忘れはすまい。
良雄や　良雄や　良雄や
わたしの声を限りに叫ぶ見送りの声が聞えますか。

良雄さんもとうとう明日は入営ですか。わたしはお招きされたので、汽車に乗って今夜やって参りました。実は日どりを一日間違えて送別祝いには間にあわなかったのです。そのかわり今夜はしんみりと過せます。
何から申上げていいのやら、わたしはただただ茫とするばっかしです。ここへ参ったのも久し振りで三年になりますか四年目になりますか、随分御無沙汰をしておりました。伺ってみれば、やはり同じように家があって、わたしの住み慣れた台所が御座います。そして見違えるように大きくなられた良雄さんが居られます。わたしはもう何も彼も夢ではないかと思えるのです。昔のことが夢なら今の今も夢ではないかと胸は一杯に塞がられます。こんなに心が弱くなったのも身体が衰えて、もう老さき短かい身の上のためでしょう。折角おめでたい明日の入営に泣いたりしてはいけないと思っております。おばんはあなたを見送りするまでは泣くまいと誓っております。でも、やはり年寄は昔のことが思い出されてなりません。あなたが生れられた時、お産の手伝いに行ったのもこのおばんです。あなたはまだ誕生を迎えられないうちに、お父さんとお別れになりました。お父さんのお葬いの時もわたしは手伝いに参りました。その頃はもうわたしも配偶《つれあい》と死別れておりましたが、まだまだ体は元気でしたよ。供米の四斗俵を一人で抱えて男の人を驚かしたことさえ御座います。あなたのお父さんが亡くなられてから、あなたのお母さんが亡くなられるまで、ざっと二十年以上もわたしはここの家で暮したのです。良雄さんのことなら、おばんは何から何まで知っているつもりです。

あなたに匙でお粥を食べさせたのも、背に負ってお守りしたのもみんなこのわたしです。あなたが箸を使えるようになった時あなたはぎっちょの癖がありましたね。その癖を直そうとして随分おばんは教えてあげましたよ。それでどうやら箸だけは右手で使えるようにしてあげました。が、やはりあなたは左手の方が都合よさそうでした。妙なものでその左利があなたのスポーツでは重宝がられたと云いますね。そう云えばあなたは日月ボールでも何でも左手で器用にやられました。日月ボールと云えばよくあんなに流行ったものです。それから片足をのっけて走る木の車、あれも随分流行りましたね。片手に日月ボールを持ったあなたを連れて、練兵場へ兵隊さんを見に行ったのも、たった昨日のような気持がします。ほんとにあの頃はわたしもまだ元気だったし、何だか今も懐しくてたまりません。

あの頃あなたは練兵場で馬の側へ行くと、よく怕がられましたが、今でもやはり馬が怕いのでしょうか。そう。一度あなたは魚屋の鱧《はも》を弄《いじ》っていて指を噛まれたこともありましたね。

それからあなたが小学校へ行かれるようになると、だんだん腕白小僧になられました。あなたの姉さん達を泣かせたり、近所の子供を撲ったり、どうかするともうその頃からおばんも負ける位でした。ほんとに手に負えなくなったのは、あなたが中学生になられてからです。あなたの兄さん達は中学生になるとみんなもう大人しくなられたのに、あなたばかりは何時までも腕白でした。お母さんの腕をパチパチ叩いて怒らしたり、わたしの腕をねじ上げて泣かせたり、それがあなたの力は並大抵の力ではなかったのですもの、ほんとにみんな弱らされましたよ。

そうかと思えばわたしが折角作ってあげた食事が気に入らないと、「おばん」とあなたは大声で呶鳴ります。「おばん、うどん貰って来い」と、三度に一度はきっとこうです。またいつでも夏になると、「おばん、アイスキャンデー買って来い」とこう云われました。大学生になられても夏休みにお帰りになると、やはりアイスキャンデーでしたね。

ああああなたは休暇でお帰りの時はわたしにまで土産を下さいました。

あなたが中耳炎で入院されたのはオリンピックへ行かれる前の年でしたかしら、あの頃はわたしの身の上にも不幸が重なっておりましたが、あの折ずっと病院で附添したのもわたしです。あの時、あなたはわたしの息子の不幸をしみじみ聞いて下さいました。わたしの息子が出来心から犯した罪を、それよりこのわたしの苦しさを、涙ぐんで聞いて下さいましたね。そして人間はみんな罪深いのだと、あなたはそう云って慰めて下さいました。それからあそこではこんなこともありましたね。あなたは「向うの山に猿が三匹通るが……」という歌をわたしに歌えと強請《せが》まれました。むかしあなたを寝つかせる時よく歌った歌です。それを大学生のあなたがわたしに歌えと仰しゃるのです。わたしは馬鹿らしくてお断りするとあなたはどうしても歌えと仰しゃって承知されません。とうとう「向うの山に……」をやらされました。

それからあなたは女の写真を四、五枚取出してわたしに見せ、いいだろうどれが好きかとあなたは云われました。この別嬪さんたちは何ですと聞くと、いや何でもないさ、とあなたはつまんなそうに云われました。随分大人になられたと、あの時も思ったものですが今度お目にかかると、又一段と立派になっておられます。あなたがお母さんの臨終に間にあわず四五日違いでオリンピックからお帰りになった時のことも思い出します。あの時わたしはあなたのために早速小豆を焚いてあげましたよ。うん、日本の小豆かとあなたは満足そうに召上った。

ああ、今夜も随分遅くなりました。明日はお早いのですからもうお休みなさいませ。明日の朝御飯は久し振りでわたしが給仕してあげます。ああ、それからあなたの好きな煙草、光を土産に持って参りました。立派な兵隊さんになって下さい。立派な兵隊さんになって下さい。おばんは嬉しゅう御座いますよ。

十二月一日。緊張した面持で良雄は小学校の校庭に立っていた。他所の町から来た訓練服の青年が六人、良雄は一番端に立っていた。その後には見送りの人が一杯詰めかけていた。やがて万歳が三唱された。良雄達は引率されて練兵場の方へ向かった。ごく身内の見送り人がその後に従いてぞろぞろと進んだ。一行の足なみは速く、もう練兵場の中に来ていた。聯隊《れんたい》へ行く桜並木があった。ここからさきはもう見送りの人々も這入れないのであった。良雄達は前方を向いて、とっとと歩いていた。しかし、ふと振返ると、今迄送って来た人々が遠くに一塊りになって立留まっている。兄、姉、嫂、甥、おばん、それらの顔に交って、良雄はちらりと母の姿を見たような気がした。

独白

あなたの夢は山道の出来事から始まります。あなたが息をひきとられてから、まだ三時間とたたない時、あなたの死体を乗せた自動車が夜道で故障を起してしまったのです。それが気も転倒している私にはただの出来事とは思えなかったのです。兄と運転手と私のほかには誰もいない深夜の山道で、歯の根もカチカチ慄える寒さでした。あなたをくるんだ毛布がかすかに私の方にずり下る気配がして、じっと息を潜めていると、たしかにあなたは毛布を隔てて私にだけ分る合図をなさっているのでした。

思わず私は、あなたの掌を捉え、それを固く握り締めたまま、戦《おのの》く胸のところで当てておりました。そして、ガタガタ慄えだしました。急に底知れない怕さが漲って来るようでした。次いて、何か途轍もない力によって私たちは天空高く舞上るような心持がしました。あなたの力が、あなたを滅ぼしたものの力が、ぎりぎりと私の額のところを捩じ伏せていました。悶絶の姿勢のまま、私はある限りの奇蹟を待ち望んでいたのでしょう。

……しかし、自動車は夜明前に修繕が整うと、やがてあなたの生家の方へ向って走り出しました。それから後はふらふらとした悲嘆の風景です。

夢では、……あなたはいつもみごとに生きておられます。真暗な処で、自動車が停まってしまっても、あなたはすっと座席を立って車の外へ出て行かれるのです。それから、運転手と何か二こと三こと話しあっていて、あなたは何時の間にかそんなことも研究なさったのか、せっせと修繕の指図をなさるのです。それが、まだ退院したばかりの身で無理ではないかしらと心配すれば、わざわざあなたは窓の方へ顔を寄せて、「大丈夫だよ」と断られるのです。……と思うと、もう私たちは家へ帰っております。何もかも新規蒔直《まきなおし》だ、と、あなたは押入の中の書物を取出し、あるじの留守の間そっとその儘つつましく待っていた机の上に一つ一つ積み重ねて行かれます。すると、もう父親の顔をよく憶えている薫が、「お父さん、お父さん」と嬉しげに附纏い、次男の耿二はこれも兄に真似て珍しげに何か片ことを喋るのです。あなたは二人の子供を膝にあやしながら、視線はぼんやりと穴だらけの障子にとどまっています。天井も柱も煤けて歪んだこのボロボロの家屋が、しかし今では一寸も心細くなくなるのです。……あなたは畳の上に放り出されている玩具のタンクを一寸弄っていられると、ふと思い出したように、うんと一人で頷かれます。「入院中素晴しい考が浮んだよ、あれをつきつめて行けば屹度《きっと》ものになるんだ、糸口だけはもう見つかっているのだから……」と、あなたは早速ノートを出して、私には解らない公式を書込んでおられます。あなたの指さきは忙しそうに鉛筆を運んでおられますが、眼は奥深く澄んで無限を視凝めているもののようです。……その姿を見ていると、泉のように湧き出すあなたの計画の実現を信じないではいられません。それでいて、少しずつ、不安になって来るのは、どうしてなのでしょう。やはり以前の悲しい記憶が忍びこんで来るのでしょうか。

「もう大丈夫だよ」とあなたはその頃よく云われました。実際誰の眼にもあなたは円々と肥えて元気そうでした。母の葬式の時も、あなたは大勢の人にうち混じって努めて人並に振舞われました。そして葬いが済むと、萎れている私を引立てるために、あなたはもう就職のことやら転居やら、いろんな計画で心を奪われました。それまでの不安な生活はほとほと私達を疲れさせていましたが、遽かにあなたは奇蹟のように若々しく晴れやかになられました。

そして、あれは大学の方への復職がほぼ決まりかけた時です。何となく苛々する朝、あなたは起きがけにかすれた声で私の名を呼ばれました。そして、それを知った時の私はただ「大丈夫よ」と繰返し、体はずしんと地の底に沈んで行くようでした。それにもまして、あなたは石のように黙したまま、絶対安静の姿勢で天井を視つめていられました。まるで私達を呪うものがそこの天井にいるかのように、私はあなたの視線の跡を追ってみました。失望に塗りつぶされた私の眼に、その煤けた天井は夜のように真暗でした。

あの朝の不吉な印象はこの頃でも、そっと夢の中に紛れ込みます。……私はくたくたに疲れて、身も魂も呻きとおしています。そうすると、訳のわからぬ怒りが押寄せて来て、見るまに私の体は浮び上り、自分ながらおそろしい感覚で魘《うな》されます。高く高く宙に浮上った私の体のはるか向うに、あなたの姿が小さく儚なく見えます。それは海の中の絶対安静の島。狂ってうわずった風景です。

あの朝の打撃が段々鎮まると、あなたの健康はまた順調になってゆかれたようです。やがて、私達は郊外の川に近い借家へ引越しました。あなたの計画は挫折しましたが、あなたはまた新しい方針を立て、心は砕けていなかったのです。旅先に託けてあった家財道具も取寄せ、久振りに家らしい場所を得ました。そこでは静臥椅子を備えたり、療養書を読み漁ったりして、あなたは自分の病気をすっかり研究されました。……静かな環境の中に月日は水のように流れてゆきました。あなたはよく無念無想の顔で、縁側の椅子の上に横臥したまま、夕ぐれの近づく空を見つめておられます。あなたのまわりの空気は甘くゆるやかに流れ、そこには何か恍惚としたものが、あなただけ感じられるものが漾っています。……あの頃があなたの生涯のうちでは一番穏かないい時期だったのではないでしょうか。愚かな私はあなたの安らかそうな姿に、時折、どうにもならぬ怒りを感じました。久しく収入の途が絶たれ、その上頼みとなる母を失い、僅かばかりの貯金を下し下し暮している身は、だんだん大きくなってくる子供を見ても、じりじりと苛立つのでした。じりじりといら立つ火の上に坐っているような気がして、それを考えると堪らないのでした。しかし、今では、……今ではあの頃を追慕するばかりです。いら立つ火を背負っていたのはあなたも同じだったに相違ありません。はじめてあなたと知った頃から、あなたは愁わしげな口調で「われわれは不幸な日を生きぬいているのだ」と、よくそんな風に云われたものです。

よくよく、あの家があなたは気に入ったとみえて、どうかするとあなたは夢ではあそこの家に舞戻って来られるのです。それは朝餉が済んで、あなたが縁側の椅子に移り、物音が杜絶えた一時、玄関の戸が開いて、郵便と何か放る音がするので何だろうと思って出てみると、大学の雑誌なのです。こんなものを見せてはあなたは又夕方熱を出されるだろうと、躊躇しているうちに、あなたはもう側からその雑誌を奪い取られます。あなたの友達の消息が出ているところを覗き込むと、おかしなことに次の頁には私の女学校の友達の安否が載っていて△印を附けたのは未亡人のしるしだとあるのです。と思うと、あなたはやにわに後の方の頁をめくって見て、「出た、出たぞ」と面白そうに云われます。見ればあなたの下手な俳句が一句、薫という号で載っているのです。そこへ薫はあわただしげに外から走って来て、「お母さん、双葉屋に食パンを売出したよ、早く、早く」と急き立てるので、私も夢中で走り出し、つい目が覚めてしまうのです。

あなたの健康は少しずつ良くなって行くようでした。やがて涼しい季節が来ればもう散歩にも出られそうでした。その時あの支那事変が始まったのでした。あなたは容易ならぬ面持で、何ごとかをきびしく予想されました。「そうだ、こうしてはいられない」と、あなたは事変の進展する度にそう呟かれました。ほんとに、あなたにとって、もし健康さえ許されておれば、今はどんなに沢山の仕事が待っていたことでしょう。あなたがそれを一つ一つ説明されると、目には見えなくても、到る処の工場や発電所が猛烈な勢で唸っているように想われるのでした。しかし、あなたは興奮して話された後はいつも翼を奪われた鳥のように、力なく椅子に横臥されてしまいます。涼しい季節が訪れても、あなたの熱は退こうともしませんでした。秋風の中を汽車の響がして、風にひきちぎられて、万歳！　万歳！　万歳！　という声が、軒近く縁側の椅子のところまで漾って来ます。それは聞く人の心を遠くへ持去って行くようでした。そんな日がいく日もいく日も続いていました。……あなたの顔はひどく動揺しているようでしたが、やがて眼の色がだんだん深く澄んで来ました。あなたは以前の落着をとりかえされ、それに一層何か偉大なものがつけ加わったようでした。病気はあなたの意志で再び克服されて行くようでした。その頃のことです、あなたは専門の学問の外に俳句や土いじりに興味を持たれ始めました。あなたは日常生活の一寸したことにも面白い工夫や新しい発見をなさいます。しかし、俳句はおかしいほど下手でしたが、あなたは生活の単調に屈托されることはありませんでした。何か素晴しい代用品を考案してみせるぞと、よく冗談半分に云われます。あなたの話を聞いていると、私にはもうそれが出来上ったように思えるのでした。病気さえ恢復すればと、私の祈ることはそればかりでした。……あなたが二番目の子供の父親になられたことが判った時、あなたはまたひどく動揺されました。「是が非でも早く治ってみせる」と、あなたは低く引締った声で云われました。そして、一層悲痛なことには、その翌日から軽微ながらよくない徴候があらわれました。

あなたはまた前にも増して、激しい闘病精神に燃え立たれました。そして、それは次第に貫徹されて行きました。二番目の子供の顔を見られた時、あなたは殆ど健康に辿り着かれたようでした。もう子供はそろそろ匐い出すようになりました。二人の子供の父親となられたあなたは、更に大きな計画を夢みながら、おもむろに身をいたわっておられました。越して来た頃は静かだった環境も、その頃になると遽かに家が建込んで、だんだん暮し難くなりました。子供を連れて、ぶらぶら散歩しているあなたの姿が心ない人の口の端にのぼり、後指をさされることもありました。そんな時も、あなたはじっと堪え忍んでおられました。そして、遂に忍苦の報いられる日が来ました。医者の保証も得て、就職の決定した日、そんな日が到頭やって来たのでした。「少しずつ、少しずつだ」と、あなたはその日、自信を籠めて呟かれました。

――それから後のことは、今も私は苦痛なしには回想出来ません。あれは長い療養中に蓄積されていた、仕事に対するあなたの情熱が逸散に塞を切って溢れ出したのでした。それはあなたの短かい生涯に輝きを放った最後の虹だったのでしょうか。その虹はあえなく消え失せたのでしょうか。いいえ、今も、どこかに、大きな虹は交錯しております。その虹をひそかに誰かが仰ぎみるのです。

あなたにとっても、私にとっても、あの土地はまだまざまざと生残っています。汽船がはじめて、あそこの港に入った時、小さな街は一眸《いちぼう》のうちに収まり、その丘の端に新設された高等工業の校舎が、あなたを招くように見えました。二人の子供を連れて、（一人はまだ私の胸に抱かれていましたが）にこやかに甲板に降り立たれた時のあなたは……、それが半年後、看護婦に助けられて、よろよろと甲板を歩む姿に変ろうとは誰が想像したでしょう。……その土地は気候も穏かだったし、あなたは高等工業の教授として、病後の保養を続けながら、少しずつ研究を積まれて行くはずだったのです。その土地の借家へ落着いた時、あなたは新郎のように若々しく、道はおもむろに開かれてゆくようでした。しかし、あなたは殆ど凝と心を休息させてはおられませんでした。そこへ越す少し前から始まりそうだったヨーロッパの戦争も遂に火蓋が切られましたが、あなたは新聞に眼を走らせながら、これからさきの世の中はどうなると細かなことまで予想されるのでした。……今になってそれらを思い出してみると、あなたの予見は大概的中しているようです。あなたのすぐれた眼の中には、そんなに未来のことがよく見えていながら、どうして、あなた自身のことがらは見えなかったのでしょう。それとも、やはり私のあなたに対する注意が足りなかったのでしょうか。

とめても、とめても、あなたは忙しそうに勉強なさいました。遅くまで、あなたの部屋に灯が点いていて、その影法師を見ていると、以前大学で助手をしておられた頃の姿とそっくりでした。あの頃、あなたは先生の研究を本に纏める仕事を引請けられ、身を損ねるまで夢中で働いておられました。私はふと今度はその姿に怯気《おじけ》を感じましたが、しかし、昼間出勤から戻られた時のあなたの姿はまるで疲労を知らない人のように快活でした。……あなたは新設の学校に用件が多いのを寧ろ喜んでおられるような風でした。そしてあなたは余計な仕事までわざわざ引請けて来られました。就任されてまだ一ヶ月も経たないうちに、あなたは学校の用件で東京へ出張され、まだその疲れも休まらないのに今度は京都の方へ出掛けられました。長途の旅から戻られると、あなたは頻りに何かわからないものに対して張合いを感じていられるようでした。……そして、私達親子四人で秋晴の日曜日をピクニックに出掛けた時、私は川のほとりで、やはりあなたと同じように何かわからないものに対して限りなく満ちたりたものを感じていました。ところが、ふと、その時感謝の気持を隠しながら、あなたの方を振向くと、あなたの姿はどこか肩のあたりが何かしーんとした寂しさに溢れているのでした。その姿を思い出すと、今でも泣けてなりません。

あなたが肺炎に罹られたのは、その年の暮です。打続く高熱のうちに、あなたは昏々として頑張られていました。病気が峠を越した時、あなたはいつものように、「なあにすぐよくなる」と、もう学校のことなど気にされていました。しかし、医者は重苦しい口調で絶対安静を言渡しました。あなたの健康はすっかり駄目になっていたのです。レントゲンの写真を示されて、医者からそれを云われた時、私は何もかも当分諦めねばならぬと決心しました。それから私達は汽船に乗って、郷里の方へ引返したのでした。

こんどの打撃はすぐにもう私たちを根こそぎにしてしまいそうでした。しかし、あなたは「またやり直しだね」と、気軽に療養所へ入院されました。それは殆ど絶望を知らない人のようでした。「すぐにまたおうちへ帰って行くよ」とあなたは薫に対《むか》ってそう仰るのでした。……「少しずつ良くなっているらしい」――あなたは見舞に行くたびに吟味するような顔で、暫くためらいながら、ふっと明るい眼つきをなさいました。容易ならぬところまで行きついている体も、どこかから奇蹟の救いがさずかりそうでした。「少しずつ良くなっているらしい」その言葉はいつも奇蹟のひびきが籠っているようでした。そうして、あなたはあそこで一年近くも闘病を続けて行かれました。

……そのうちにあなたは見舞に来る人のうち、お母さんに対して、妙に腹を立てられるようになりました。もともと性のあわない間柄のようでしたが、その頃になると、何故かあなたはお母さんをひどく呪っていられるのでした。そして、あなたは短歌を作り始められました。以前の俳句とは違って、悲しい心魂を打込んだような歌が、いくつも枕頭のノートに書込まれていました。そうかと思うと、あなたは博い知識を病院中に振り撒いて、お医者をとらえては滔々と議論をなさるのでした。そんなにあなたは淋しかったのでしょう。

……その朝、あなたは食事を終って、恰度誰も室内に人がいない時、突然無惨な徴候が襲って来ました。人々に助けられて、やがて、いくらか人心地に戻られた時、あなたはすっかり晴々した顔で、「助かった、助かった、有難う、有難う」と頻りにみんなに感謝なさいました。電報で知って私が駈けつけた時、その時にはただ昏々とあなたは睡り続けておられました。あれがあなたの最後の姿だったのでしょうか。

あなたを喪ってからの私はいつも死の影に包まれているようです。眼に映るものの姿が死の相を帯びても、それが今ではごく普通のことのように親しめて参りました。それに、あなたはやはり死んではいられないようにも思えるのです。あなたという人の不思議な力や、あなたと結ばれた七年間の暮しが、時とともに意味を増し陰を深めて来るようです。……はじめから、私という女は不幸な星の下に生れついていたのでしょうか。豊かな家庭に育ちながら、幼い時から素直な気持と云うものに恵まれていませんでした。七つ違いの姉が人からちやほや可愛がられるのにひきかえ、私は皆から疎んじられていました。そして私は人に愛されることに激しい軽蔑と反撥を持ち続けました。誰をも寄せつけない、冷やかな蕊が凝と固まって行きました。それでも年頃になると、こうした態度も表面だけは緩和されていましたが、皮肉な心はひそかに研ぎ澄まされていました。と、いうのも、私の姉の愚かな結婚が油を注いだのです。姉は殆どとるに足りない俗悪な男を神様のように崇拝しながら、その酷使に甘んじて三年目に病死してしまいました。その死際に至るまで、姉は自分の身の幸を疑わず、夫の名を呼びつづけていました。私は人間というものの愚かさを、それから男というものの恃《たの》むに足りないことを、その時はっきり見せつけられたと思いました。自然と私は自分の未来の結婚にも暗影を描き出しました。どんな男と結婚したところで、私という人間は恵まれないと決めてしまったのです。……ですから、あなたとの縁談が持上った時も、私は何の期待も持ってはいなかったのです。母が勧めるままに、その人なら安心出来ると云うので、承諾したまでのことです。

……こんな告白を今あなたに対ってしていると、私の心は自分ながら不可解になって参ります。殆どあなたの生前には私は自分の心の底を割って見せたことは無かったようです。あなたの誠実に溢れる愛情すら私はいつも疎ましく受け流していたようです。そして、その気持は、ひそかにあなたの死の瞬間に到る迄続いていたのではないでしょうか。……貧苦の裡《うち》に育てられ、苦学に近い生活を続けて、大学を卒業されたというあなたは、初めてお目にかかった時、吃驚するほど素直で純粋そうに見えました。そうして、私達が所帯を持ってからの、あなたの親切な態度は、それがあなたの生れつきの性質だったのに、私は境遇の相違から来るものではないかと疑ったりしていました。不貞腐れたり、横着な性質と出逢う度に、あなたは逆にそれを珍しそうに労わり憐んで下さいました。思えば、辛苦つづきの生活でしたが、私はあなたに甘えつづけていたのではないのでしょうか。

……そう云えば、何だかこの独白も、あなたに呼び掛けているのでしょうか、それともあなたがわたしに呼び掛けていられるのでしょうか。この頃の有様や、私の日々の気持も、あなたはもうとっくに、みんな知っていられるのに違いありません。それなのに、それをあなたは私から引出そうとなさるのですか。……あなたと死別れてからもう三年になりますが、今は己の背負わされた境遇にもどうやら馴れて参りました。娘の頃は何不自由なく育った私でも、この頃は人並以上の不自由を凌いでおります。そして、今ではそれを不幸とも幸福とも何とも感じなくなりました。そんなことより、ただ生きて行くことで手一杯のようです。それも夢中で、賑やかに子供たちに励まされているばかりなのです。薫はあなたに生写で、もう国民学校の一年生ですが、素直で、悧巧で、人懐っこく、虚弱なところまであなたに似ています。耿二はまだ頑ぜない年頃で、なかなか手が懸ります。それに兄と違って、敏捷で、強情で、喧嘩好きです。先達て二ケ月ばかり幼稚園に手伝に通勤した際も、この子が足手纏になってどれだけ困らされたかわかりません。今日も薫が獲って来た蝉を耿二が奪いとり、夕餉前の一時を大騒動でした。……昼間はあれこれと忙しく、子供の声に紛れて、過ぎ去ったことがらもつい忘れ勝ちです。夜が静まって秋風が吹いて来ると、静まっていたものが揺れ動くのです。

眩暈《めまい》

溝の中でくらくら揺れている赤い糸蚯蚓《いとみみず》、太陽は泥に吸いつく蛭の化けもの。

砂がザラザラ押流され、ザラザラと睡むたい顔が溝の縁で、眼球を瞠《みひら》いている。

それは彼であるが、彼ではない。

砂はザラザラと彼の眼の前を横切り、今は貨幣であるが、がうな貝、法螺貝、ブラッケー、見たこともない異様な貨幣で彼の頭は混濁してゆく。

見よ、数字が雑音とともに、この時、一斉に攻撃して来る。

夢中で彼は求める。何かを、何ものかを、——たしかに、はっきりしたもののきれっぱしを。

そして、彼は怪しく不自由な手つきで、空間を探る。

電車の釣革の如きもの、ベルの如きものが彼の指に在る。その手触りは遠い母親の乳房に似ている。

と、（誰だ、そんなものを拾うのは）と耳許で叱声。

彼はあわてて飛びのく。

弾の破片が眼を掠め、くらくらと舗道は蒟蒻《こんにゃく》と化し、建物が飴のようにとろける。

かすかに（明日の天気予報を申上げます）明日の、待って呉れ。とたんに彼は目を白黒させている。

（教えてあげないわよ）と女の声。まごついてしまった窓。

暫くして、白い柱の嘲笑の列。

いつくつもいくつも太い真白な柱は天井へ伸び、その白い柱の前に立留まった彼は、出口を探そうとしているが、この、きてれつの大ビルジングは混沌として答えず。

見上げる天井に水晶の三日月。

はや足許に蔓草が茂り、蛇を潜めし太古の闇は階段の方を滑って来る。バサバサと歯朶類は戦ぎ、鈍重な太鼓の音が陰湿と熱気を沸きたたせば、既に彼は身動もならず悶死の姿で横臥していた。

やがて、巨竜の顎によって、彼はカリカリと嚙砕かれている。記憶を絶し、記憶を貫く、今の、昔の、彼の眼底に、ひそかに白象の妙なる姿は現じた。

と、忽ち、外科医の鋸が彼を強く威嚇する。不思議な装置に依って彼を裁くもの、実験材料は縮まって、悲しい啞の眼をしばたたく。その寝台のまわりを群衆は無関心に通過している。祭日めいた群衆の旗は散じ、彼は身の自由を得ている。

しかし、混沌とした建物の内部にいることに変りはない。彼は出口を求めて、再び放浪する。

向に見憶のある噴水の池。

明るい造花の房を音楽の蜜蜂が廻り、ロボットの女は黙々と糸を紡いでいる。そのあたりから、いけない予想の糸が微かに唸りを放つ。

忽ち、彼の同僚の一人が裸身に饂飩《うどん》のマントを纏い、池をめがけて突走って来る。

その顔は苦業に火照り、裸身は黐って、池に投じた。くらくらと湯気に饂飩は崩れ、その男の眼が発狂して彼を睥む。

発散する湯気はその池を消し、その男を消し、疲労を重加された彼のみが、いつしか昇降機によって運ばれている。密林や暗雲が鉄格子の扉の覗間に、時折、青い紋条をもつ宇宙の破片も閃き、遂に真暗な天蓋に達したと思う時、昇降機ははや針金の如き細き一本の煙突にすぎなかった。

彼の重みによって、煙突はもろくも傾きはじめる。全身全霊の祈願と戦慄は彼を乗せた細い煙突の割目に集中され、やがて呻吟とともに身は放り落された。

その足は床に達せず、いつまでもコンクリートの廊下の上を腹匐うように飛んでいる。この苦しい低空飛行がはじまるとともに、彼は飢えを覚えて、食堂の在処を探しているのだが、群衆の往交う廊下は佗しい障害物である。

ふと、この混迷の中を彼の幼友達が同じ恰好で飛んでいるのを見つけ、彼は微かに安堵を覚えた。だが、彼の蹠《あしうら》に転がる空気の球をうまく操りながら進むには、妖しい一つの気合が保たれねばならぬ。

苦しい努力に依り、彼はゆるやかにタイルの上を流れ、テーブルの一隅に辿りついた。人々の犇《ひし》めく空気が背後で杜絶え彼の眼の中には真白なテーブル・クロース。眼の前にある銀の匙とカップに陰々と困憊の影はこもり、それをもし指にて触れば、忽ち金切声で感応するであろう。触ることの予想の苦悩に悶え疲れ、暗澹と彼は椅子に凭ったまま、妖しくゆらぐ空気を吸ううち、椅子はひとりでに床を進行してゆく。

椅子のエスカレーターに運ばれて、彼はホールに来ている。

会衆《かいしゅう》は暗闇の中に茸の如く蔓《はびこ》り、合唱とも囁きともつかぬものが刻々に高まりゆけば、暗黒の舞台に突如、剣を閃かして一人の老人が舞う。雞の冠を頭につけ、眼は瞋恚《しんい》に燃え、荘厳な剣にて突差すところから、めらめらと焰が発して、見る間にあたりは火の海と化した。黒烟《けむり》の渦と噴出する火に追跡されて彼は逸散に遁走する。

曲った柱。黒焦の階段。鉛の水槽。痙攣する窓枠を抜けて、彼は巨大な梁の上を伝う。今、凄惨な工事中の建物の横腹が彼の頭上に聳え、赤黒い錆の鉄材と煉瓦の懸崖が眼を眩ます場所にある。

彼は墜落しそうな足許を怖れて、一心に異常な風景を描く。青葉の中に閃いていた鮎。白い美しい網で掬われた蝶。消えてしまった幼年の石塊。その彼の皆を引裂く大速力の車輪のなかの情景の露が空中に見え隠れして、彼は危い梁の上の匍匐《ほふく》状態を脱した。

やがて屋上に来た。ここでは工夫達が身を屈めて、コンクリートの床に鯖を釘で打つけている。何のために、そんなことをするのか。困惑がここにも落ちているというのか。困惑する彼の眼に、一匹の鯖は近寄り、一本のネクタイと化せば、次いで彼の全視野は雑貨商品の群に依って満たされた。蜥蜴《とかげ》の靴下。彫刻の馬。鸚哥《いんこ》の女。猫の帽子。苺の指輪。金魚の菓子。火打石。

それらの虹も疲労の渦で灰色となり、すべては存在しないに等しい。ゆるくゆるく灰色ばかりが彼の眼蓋をすぎてゆき、やがて罫線の麗しい白い紙があり、彼は静かに気をとりなおした。

彼はペンを執って、事務のつづきを始める。ペンの音が紙の上を空滑りしていて、間もなく数字は葡萄の粒々となる。

すると、いつもの天井の方からするすると一すじの綱を伝って、一人の兇漢が彼の背後に近寄る。

わあっと、呻き声とともに、彼は兇漢のまわりを泳いでいる。

手紙

どうして、こんなに、もの忘ればかりするのでしょう。私の頭は余程わるくなったのに違いありません。だって、病気して寝ていた時も、頭のなかがくしゃくしゃくしゃして、くしゃくしゃして、頭が勝手にくしゃくしゃするので、これはどうなるのかと心細くてなりませんでした。キチガイになるのはあんな時なのでしょうが、キチガイは気味がわるいからなりたくないのです。それでも、昨日だと思ったことが今日だったり、あそこだと思った場所がここだったり、そう云う間違いをする度に私の頭は一層いけなくなるのではないかと心配なのです。九年振りに東京へ来てみれば、なにもかも勝手が変っているようで、まるで迷子と同じことですが、それでも電車の窓からふいと昔見えた景色が覗くと、おやおやと思って、すぐ九年前のことなどが胸に浮び、あの頃はまだ私も嫁入前だったし、恰度《ちょうど》お花見時で、兄に連れられて思えばのん気な東京見物をしたものですが、今度はまるで、さあ何と云うのでしょう、足許から鳥が立つようなあわただしさで、後の整理もそこそこに飛出して来たようなものですから、荷物もまだ届いているやらいないやら、寄宿の方へ入れるものやら入れないものやら、あれやこれや心残りや気がかりがこんぐらかっているので、つい電車の座席に掛けていても、どこをどう走っているものやら分らなくなり、乗替の駅も忘れてしまうのです。

はっと気がついて、人に訊ね訊ねして、漸くほんとの電車に乗替えると、どうして、さっきはうっかりしていたのかしら、何だか頻りに気がかりだったのは、あれは何だったかしらと、重苦しい皺を眉の根に寄集めて考えてみるのです。そうすると、うまい工合にさっきうっかりしていた糸口が分りだしたので吻《ほっ》としますが、その訳と云うのは、つまり、私の斜横の吊革に立っていた婦人の顔が木村のおかみさんとよく似ていたのがはじまりで、ついふらふらと八百屋のおかみさんに対する日頃の感情が頭をもたげ、何だって、あんなに威張るのかしら、――この婦人が木村のおかみさんだったら、やっぱり瓜振上げてお客を叱るかしらなどと、とんでもないことを思っているうちに、今はもう何百里も離れている八百屋の軒さきの光景が細々《こま》と眼の前に浮んで、それがひどく滑稽に思えたのです。そう云えば、まあ、私も日常の糧の問題だったのですが、それにしても八百屋のことばかりをあんなに気にして暮したとは自分ながらおかしいのですが、あれだって気が紛れてよかったのかもしれません。

それに、まあ、今度汽車に乗ってからというものは、どうも私は少からず人様の顔に酔っぱらったのではないかと思うのです。いろんな人の顔がそれぞれいろんな意味に見えて――それはまずあたりまえのことでしょうが、そして、そんなことはどうだってよさそうなものですが、容易にこの頭から去らないのです。同じ汽車で還ったばかりの兵隊さんの陽に焦けた顔も見ました。若い娘さんの元気そうな姿もよく注意して見ました。しかし、子供を連れた婦人ばかりは、なるべく努めてその方向は見ることを避けるようにしました。そのため余計にほかの人の顔に視線を対ける訳になるのでしょう。現に、さっきの八百屋のおかみさんの一件が思い出せたので、吻として、今度の電車はだんだん窓の外の眺めも明るくなり、これから訪ね行く家の路順でも考え出そうとしていると、何だか視線の端にとても幸福そうな子連れの婦人がぼんやり見え出したので、これはいけないと、注意をすぐ目の前の紳士のカバンに対けた訳です。その折カバンは大分以前の品物らしく、見るからに立派なのですが（私も学校へ入れば一つ折カバンが要るのです）そして、あのなかには何が這入ってるのかしらと、想像する途端に、あ、それはきっと聴診器だ、それに違いないと決めてしまったのです。それからその折カバンの紳士を帽子のてっぺんから靴のさきまで吟味すると、もうてっきりお医者さんに違いないのです。そこでもう一度目の前の折カバンをしみじみ眺めたものです。と、どうやら少し見憶えのあるカバンのようなので何処でこんなものを見たのかしらと考え込みました。恰度これと同じような型のを、何だか熱心に視ていたらしい記憶がありながら、それはすぐ口のさきに出そうでいて、その癖容易に浮んで来ません。これが思い出せないのは、やはりよくないことに違いありません。私はひどく不安になり、ぐるぐると心の中を手探りで歩み廻りました。

そのうちにとうとう疲れて、眼の前が少し茫とするようでしたが、ふと、私のすぐ側にいる百姓娘の襟頸がむっと奇妙にふくれ上っているのに気づいたのが始まりで、そのあたりにいる人々の顔かたちが、どういうものかみんな一癖あるものに見え出し、薄く長い唇をしている青ざめた男の顔も、その唇がまるで漫画か何かのようにへらへら笑っていたり、おかみさんの背ですやすやと睡っている女の児の頬が今にもとろりと着物のなかに溶けてしまいそうになっているかと思えば、そのすぐ隣に顋《あご》を突出して週報を読んでいる老人の顋がこれはずんずん前へ伸びて来るのです。こうなると熱に浮かされたようなもので、私を惑わすもの、脅かすもの、訳のわからないものが、そこら中にも充満していて、何だか私は夢の中で藻掻いているような気がします。私は気持をしゃんと持ち直そうとして、両掌を膝の上に揃え、眼を閉じて、凝と祈るような気持でいました。そうすると、微かに仄白い輪郭のぼやけた円味のあるものの形が瞼の裏に浮び上り、それは大層怕いようで妙に懐しく、淡い哀愁をそそる胎児の幻のようでした。ふと、何時の間にか、私は和夫が赤ん坊だった頃のことを思い浮べていました。ずっとまえのことですが、あんまり和夫が睡っていてはよく泣くので、赤ん坊でも夢をみるのかしらと、亡くなったお母さんに訊ねたことがあります。すると、年寄った母は、「見るとも、そうら、あの、円いようなものや、勾玉のような恰好のものや……」と、おかしげなことを教えてくれました。それ以来、私は時々気をつけて、赤ん坊の夢を想像しているのですが、繭玉のように柔かく優しいものもあれば、小判型に凹んで光るものもあり、お玉杓子のようにちょろちょろするものもあれば、羽毛に似てふんわりと漾うものもあります。それらのさまざまな恰好のものが、どうかした拍子にふっと、鋭い嘴を生やしたり、尖る眼球をぐるぐる廻しだすと、赤ん坊は脅えて声をあげて泣くのでしょう。皺の多い慈姑のようなものに、稲妻形の裂目が出来、むこうにはギラギラと鱗が光っております。今もそんな風な夢をあれこれと思い浮かべていると、どうも、これは赤ん坊のみる夢ではなく、私自身が熱に浮かされた時みたものらしいのです。この夏、ジフテリアの血清で高熱に魘《うな》されていた時も、頭の中が豆もやしのようにくしゃくしゃ揺れ動いていましたが、やがて何も彼も模糊として静まってゆくと、靄の中の空白に、何だか悲しげな表情で、輪の形をしたものや勾玉のようなものが浮んだり沈んだりしました。私は嬰児のように涙を流しながら、とりとめもない夢に惑わされていましたが、それでも頭の片隅に「こうしてはいられない」という意識があったのでしょうか、夢中で畳の上に這い出してはまろびながら用を足したものです。それからあれは大分熱も退いてからの事ですが、何でも偉い先生が一度私のところへ往診して貰える手筈になりましたが、私はこの惨憺たる寡婦の伏屋の光景を見られるのがあまり恥かしいので、蒲団の下に縮こまってしまいました。すると、その偉い先生はつかつかと玄関から上って来られ、私の枕頭に屈んで、そっと何か置かれました。見ると、それは狐色をした立派な折カバンなのです。私は極り悪さに、そのカバンへばかり視線を注いで居ました。……どうやら、あの折カバンの記憶の所在が判明して来たので、私は吻として、車内を見渡しました。

気がつくと、もうさっきの折カバンの紳士は居ませんでした。電車はひどく混んで来たようです。どうせ、終点まで行くのですから迷子になる心配もありませんが、そろそろ向うへ着いてからの路順を考え出さねばなりません。それを考えよう考えようとしながら、つい心が脇路へそれてしまうのも、ほんとうを云うと、どうもよく憶えていないためらしいのです。たしか、郷里を出発する間際に、兄は細かにその道順を教えてくれたのですが、何しろ心が一杯に溢れていたものですから、何が何だったのか今から思うとさっぱり判らないのです。早い話が、私のいま身につけている帯も着物も、ほんの間合せに嫂《あによめ》のものを借りて着ているのですが、この細っそりした腕時計なども出際に大急ぎで嫂から借してもらったものですし、この財布なんかは、汽車に乗ってからお弁当を買う段になって、おやおや、こんなものまで拝借していたのかしらと気づいた訳です。ですが、あの時すぐ手帳か何かに控えておくつもりで、家へ戻ると、鉛筆を探そうとしたらしいのですが、ごったがえしている自分の家へ一度足を踏込むと、ほかに急ぐ用もあって、もう鉛筆どころではなくなったのです。見ればあの時、六畳の間一杯に荷物が散らかっているのを和夫や良二はいい遊び場と心得てはしゃぎ廻っていたのですが、これから後のことを思えばとてもきつく叱る気にもなれませんでした。私は着物を畳みながら、兄から聞いた道順を復習しようとしました。何でも、姉の家は千葉駅から歩いても二十分位しかかからないと云うことですし、兄の教えてくれた道順はそう複雑でもなさそうでしたが、もう私の心は姉の家へ行く道順を復習することよりも、姉と面を合わせた時の、その時のことばかりを想像するのでした。長い間、病気している姉とは殆ど手紙のやりとりも絶え勝ですが、今度七八年振りに顔を合わせれば、一体まあ何から話し出したらいいのでしょう。喋っても喋っても喋れ尽せない話の種に、私の心はひとりでにもう弾むようでした。うわの空で着物を畳んではいましたが、あの着物はたしか柳行李の方へ入れた筈だと思います。あれを今度の入学式には着て行こうかとも思い、それにしても行李はもう東京駅に着いているかしらと思うのです。

＊

先日はいろいろ有難う御座いました。突然伺って大変お世話になりました。さぞ姉さんには後で疲れが出たことでしょうね。私はお蔭で入学式も済み、寄宿舎の方も都合よく部屋があって、心配していた荷も無事でしたし、どうやらひと段落というところです。早速またお喋りに伺う予定でいましたが、生憎宿題が山ほど出ているので、まだ時間が御座いません。もう一週間もすると運動会があって、その準備に今スカートを縫わされているのです。（私はここまで手紙を書きながら、この齢になって、運動会に出場するのかと思うと、情ないような嬉しいような気持がするのでした。でも、舎監は病人でない限り必ず出場するように命じられ、四十近い女の人が恥かしいと云ったら叱られていました。私もダンスだけは出なければならぬのです。）

和夫とは元気で暮していますか。お母さんがるすでも、叔母さまがいて下さいますから、元気で暮し

なさい。良二とあまり喧嘩をしてはいけません。運動会も近づいたことでしょうが、学校でも元気よくしていますか。お母さんは、

（私は今日の昼、店頭に林檎があったのでつい和夫のことを思って、それを買おうとして掌に二つ三つ摑んでいると、これは通行人に売るのじゃないと叱られて捥ぎ奪られましたが後で考えると、何だかおかしくてたまりませんでした。これは姉に喋ってきかせましょう。やはり姉の手紙の方が書きやすい。）

入学式には三百人から新人が集まりましたが、大概まだ女学校を出たての人が多いようで、華やかな服装を見ただけでも圧倒されそうですが、それでも中には私より年上らしい女も混って居り、またとんとお婆さんもいるので、少しは意を強くするのです。こんなにたくさんの人が年々洋裁を学んではどうなるのかとも思いますが、それでも職業のために習う人は案外少いのかもしれません。課目はまだ始まったばかりですが、とても私の選んだ科なぞ下地がなくては追つけそうにありません。私も補習科で一通り心得ている筈ですが、やはり流儀も少し違うし、それに先生の教え方が速くて、「それ位のことはもう解っているでしょう」と颯爽《さっそう》とされています。私よりも齢の若い先生にこちらは鞭打たれている訳です。何でも洋服の型を理解するためには絵も少し描けなくてはいけないようですし、美学も教わることになっています。それで今思いつきましたが、姉さんのところにハトロン紙は御座いませんかしら。荷造に使ったものでも何でもいいのですが、なるべく面積の大きいのをお願致します。それからもう一つ、厚紙があったら、便箋の裏に付いているのでも結構ですからとっておいて下さい。授業は朝だけで終ります。しかし、それから後も実習やら宿題やらでとても仕事は忙しく、夕食後は運動場に集まって、運動会のお稽古で、舞踏体操を練習させられます。

お母さんはとても元気ですよ、こちらへ来てから、お母さんも生徒になって、勉強をしています。毎日教室の机につくと、和夫も今やはり学校で勉強していると思います。今ではお母さんも和夫も一緒に勉強しているのですね。しっかりしましょう。和夫はよく手をあげますか。

（そう云えば和夫が熱を出して譫言に学校のことを喋ったのだった。先生こらえて下さい。お母さん悪かった、と、まるで気違いのように夜なかに喚き出したので、一時はどうなるのかと心配しましたが、それが虫のせいだったのです。翌朝一尺あまりもある蛔虫が出て来たのを見て、あんなものが胸に痞《つか》えていては苦しかった筈だと思いました）。

私のいる室は六人の人員です。みんな、私より若い女なので、何だか私なんか煙たがられはすまいかと思えます。十七になる女がいるのですよ。それがとても面白いのです。十七といえば私なんかまるで子供でしたのに、びっくりするほどおませさんなのです。お父さんはいくつと訊くと、四十三と云うことです。それではまるで兄さん位の人がお父さんにあたる訳で、何だか茫とさされます。旅館の娘さんも一人来ていて、郷里から時々、お菓子や果物を送って来ます。お蔭で同室の者はみんな潤います。狭い部屋に六人もいるのですからそれは賑やかなことです。門限は六時までです。昼間はさんざん遊んでおいて、寝る前になってちょこちょこと用事を片づけてしまう器用な女もいます。若い人はのみこみが速くて、とてもかないません。私はもう先生に叱られるのを承知で何でも質問に行くのです。それも和服を着ていては齢が隠せません。洋服を着て行くのです。先生は年寄の女の質問には業を煮やされるらしいのです。洋服を着つけていて、和服を着ることがあると、同室の女たちは吃驚《びっくり》するのです。さっきまで同じつもりでいたものが急におばあさんに変ってしまうのですから。

おうちに帰ってからよく復習しますか。良二も来年は学校ですね。和夫は兄さんだからお母さんの手紙を読んできかせてやりなさい。

姉さんも早く良くなって、一度面会においで下さい。それ位元気になって下さい。

(このノートに手紙の下書したためたり、感想を書込んだりしているうちに、私は何度もペンが躓いてしまいました。周囲が賑やかなので気が落着けないせいでしょう。この手紙を書き始めてからもう一週間は過ぎてしまいました。ほんとにここでは時間が経つのが早いことです。昨日は運動会がありました。昨日も今日も美しい秋晴です)。

迷子のような頼りなさで旅にのぼりましたが、やって来てよかったと思います。古い疲れはだんだん遠くへ薄らいで行くようで、新しい仕事がずんずん前から押よせて参ります。昨日は秋晴の一日を運動会でした。私も体操に加わりましたが、音楽につれて大勢とダンスをしているうちに私もすっかり昔の女学生の気持をとり戻したようでした。青い空の下に数百の白と紺との運動服が咲き乱れております。ふり灑ぐ日の光は天の祝福かと思えました。私はいつまでもあの光景を胸の中に畳んで暖めています。すると静かに揃っては散る花、小鳥の無心なあこがれが甦って参ります。まだ女学生だった頃の澄み亘った頭の調子まで思い出されます。いつのまにか、私は星空の下で、あなたの霊に祈っているのでした。あのかぎりない星にまがう、スカートや、ブラウスはこれから私が生涯かけて縫ってゆく夢なのです。

解説

死を生きた作家の言葉の群れ

天瀬裕康

原民喜《はらたみき》は不思議な作家だ。そして私が最も敬愛しているのが民喜文学なのである。しばしば死と同居し、幼児期への回帰願望つよく、戦前すでに一部では高い評価を受けていたものの、広島被爆に関わりのある「夏の花」、「廃墟から」、「壊滅の序曲」などの作品があまりにも有名になったせいか、戦後の作家と思われている向きも少なくなかったらしい。

たしかに戦後の諸作品は優れたものであり、朝鮮戦争開始一年後の鉄道自殺は、原爆再使用を危惧しそれに抗しての自死ととらえる見解もあった。だが、彼の文学はいかなるプロパガンダも容認しない彼自身のものであり、さりとて私小説の枠を超えた透明で普遍的な文学空間だったのである。

恵まれた幼年期の環境ではあったが、父、姉、母を失い、学校ではいじめに遭いながらもよき友人に支えられた。しかし障碍者を思わすような極度の無口と、異様に破綻した運動神経により、精神障害さえも疑われたのであった。

評論家いいだ・もも（本名・飯田桃）は芳賀書店の『原民喜全集』第二巻の解題において、民喜は〈P・ジャネのいわゆる空虚感情《サンチマン・デュ・ヴィデ》を示している〉と記している。

数少ない理解者で葬儀委員長をつとめた佐藤春夫にしても、「原民喜詩集叙文」において、民喜が夫人に伴われて散文詩風の小品を二、三編持参した際、あまりの無口さに驚き、〈かつて彼の写真を目にした一専門家は、一見して精神分裂症的相顔と断定したと聞いている〉と記した。ただし最後の二行では原稿を読んだ印象を、〈行間に沈澱している無言の憂愁に心を打たれた〉と述べている。

じっさい、少年民喜には小児神経症的なところはあったし、成人してからもその傾向は続いたが、決して精神分裂症（現在の表現でいえば統合失調症）ではない。彼の世界は完全に了解不能なものではなく、精神の荒廃をきたすこともなかったからである。たとえば作家で評論家の中村真一郎は「原民喜との奇妙な出会」の中で、彼が民喜の下宿を訪れた際に驚くべき饒舌ぶりを発揮したと記しているし、寺田透も「原民喜」の中で、彼がよく喋ったことに触れていた。

もし病名を付けたければ、自閉症とか長い鬱病のようなものが候補にあがるとしても、さほど重要とも思われない。むしろ、子ども時代の感受性が生き続けていたと理解しておけばよいようにも思えるのだが、原民喜とその文学は、どのように生まれ育っていったのであろうか。

明治三八（一九〇五）年一一月一五日、原民喜は広島市幟町《のぼり》（現・中区幟町）一六二番地に、父信吉（慶応二年広島市生まれ）と母ムメ（久保甚兵衛二女、明治七年生まれ、明治二三年に信吉と結婚）の五男として生まれた。父は陸海軍官庁用達、いわゆる御用商人であり、民喜が生まれたのは九月に日露戦争が日本の勝利で終わった直後だったので、「民が喜ぶ」という意味で名付けられたという。

民喜には長女操（明治二四年生）、長男英雄（明治二六年生）、二男憲一（明治二八年生）、二女ツル（明治三〇年生）、三男信嗣（明治三二年生）、三女千代（明治三五年生）、四男守夫（明治三五年生）、六郎（明治四一年生）、四女千鶴子（明治四三年生）、五女恭子（大正元年生）、七男敏（大正五年生）の兄弟姉妹がいた。この中で英雄と憲一は民喜の誕生以前に死亡していたが、その後も多くの肉親の死に遭うのである。

明治四五（一九一二）年、七歳。県立広島師範付属小学校入学。六郎死亡。

大正六（一九一七年）年、一二歳。父信吉死亡。兄守夫と二人だけの同人誌「ポギー」を創刊、大正一〇年の四号まで続く。

大正七（一九一八）年、広島高等師範付属中学校入試に失敗。姉ツル死亡。

大正八（一九一九）年、一四歳。前年入試に失敗した広島高等師範付属中学校に入学。五年間在学するも、民喜の声を聞いた者は殆どいなかったという。

大正一三（一九二四）年、一九歳。年初に広島の同人雑誌「少年詩人」に参加。同人は熊平武二、末田信夫（長光太《ちょうこうた》）、銭村五郎たち。句作を始める。慶應義塾大学文学部予科入学。姉操死亡。

大正一四（一九二五）年、二〇歳。これら同人雑誌とともに、広島の「芸備日日新聞」へ糸川旅夫の筆名で、一月三日から四月二十六日まで十二回、ダダイズムの濃厚な詩、俳句、エッセイなどを寄稿しているが、この中には優れた作品はない。

大正一五～昭和元（一九二六）年、二一歳。一月に東京東中野の熊平清一（安芸清一郎）宅に発行所を置く詩の同人雑誌「春鶯囀《しゅんおうてん》」を発行。同人は熊平武二、長光太、銭村五郎、石橋貞吉（山本健吉）たちで、五月に四号で廃刊。年末には熊平武二、長光太、山本健吉、銭村五郎らと回覧雑誌「四五人会雑誌」を作る。広島の兄守夫との同人誌「沈丁花」にも寄稿を続けた。

昭和二（一九二七）年、二二歳。兄守夫との同人誌「霹靂《へきれき》」を創刊、翌三年の二号で終わる。家族内同人誌として有名なものには筒井康隆の「ＮＵＬＬ」があるが、三誌も創っているのは極めて稀であり、恵まれた文学環境にあったといえるだろう。

昭和七（一九三二）年、二七歳。三月、大学卒業。初夏、自殺未遂。

昭和八（一九三三）年、二八歳。三月に広島県豊田郡本郷町（現・三原市本郷町）米穀肥料問屋永井菊松・

すみの次女貞恵と見合い結婚。男四人、女二人兄弟の五番目で、末弟の善次郎は評論家の佐々木基一である。この頃から創作欲が上がり、井上五郎らの同人誌「ヘリコーン」に参加する。この頃、宮沢賢治を読みふける。

昭和九（一九三四）年、二九歳。東京から千葉市登戸《のぶと》町（現・千葉市中央区登戸）に転居した。

昭和一〇（一九三五）年、三〇歳。三月にコント集『焰』を白水社より自費出版。以後は充実した執筆活動を続ける。秋より宇田零雨の俳句雑誌「草茎《くさぐき》」に句作を発表、数年間続く。

昭和一一（一九三六）年、三一歳。九月に母ムメが尿毒症で死亡。「三田文学」を主体に寄稿し、一つの文学空間を作った。昭和一二年から一三年にかけては「文芸汎論」「日本浪漫派」「慶應クラブ」などにも寄稿している。

昭和一四年九月に妻貞恵が肺結核を発病し、作品数は減るが、質は落ちていない。一五年から一八年にかけては「三田文学」が主体で、「文芸汎論」にも書いている。

昭和一九（一九四四）年、三九歳。九月に貞恵が死亡。以後しばらく執筆なし。八月の「手紙」までを初期作品とする。ここで本書に収録した作品の初出を一瞥しておこう。

この部分では当時の表現に従い、発行年月は〈一三年一一月を十三年十一月〉のように漢数字式な表記を用いた。

焰　「椅子と電車」／「移動」／「絵にそえて」／「針」／「比喩」／「淡雪」／「夢」／「地獄の門」／「蝿」／「童話」／「夏の日のちぎれ雲」／「夕凪」／「秋旻」／「顔の椿事」／「虹」

／「焔」。以上は、白水社から私家版として昭和一〇年三月に刊行された『焔』に収録されており、
同書の発行年月をもって初出とする。

死と夢

「幻燈」（「三田文学」昭和十二年五月号）
「玻璃」（「三田文学」昭和十三年三月号）
「行列」（「三田文学」昭和十一年九月号）
「暗室」（「三田文学」昭和十三年六月号）
「迷路」（「三田文学」昭和十三年四月号）
「溺没」（「三田文学」昭和十四年九月号）
「魔女」（「文芸汎論」昭和十三年十月号）

幼年画

「貂」（「三田文学」昭和十一年八月号）
「小地獄」（「三田文学」昭和十五年五月号）
「不思議」（「日本浪漫派」昭和十二年一月号）
「招魂祭」（「三田文学」昭和十三年九月号）

拾遺作品集Ｉ

「動物園」（「慶應クラブ」昭和十三年四月号）
「夢の器」（「三田文学」昭和十三年十一月号）

「雲雀病院」(「文芸汎論」昭和十六年六月号)
「夢時計」(「三田文学」昭和十六年十一月号)
「面影」(「三田文学」昭和十七年二月号)
「独白」(「三田文学」昭和十七年十月号)
「眩暈」(「文芸汎論」昭和十五年十月号)
「手紙」(「三田文学」昭和十九年八月号)

以後は原爆文学が世に出るまで作品がないので、ここまでを初期作品群としたが、原民喜の作家像・全体像を眺めるため、簡単な年譜的記述を今しばらく続けておきたい。

昭和二〇(一九四五)年四〇歳。一月末、兄信嗣の許に疎開するため千葉から広島に転居。八月六日、原爆被爆。次兄守夫とともに広島郊外八幡村に移り、原爆作品を書く。

昭和二一年四月、上京し馬込の長光太宅に寄寓。一〇月から「三田文学」の編集に携わる。リルケを読む。二二年春、馬込から中野区打越町、神田神保町の能楽書林など頻りに転居。二三年一二月、「夏の花」が第一回水上《みなかみ》滝太郎賞を受賞。二四年、旺盛な執筆活動。「三田文学」の編集を辞す。二五年四月、日本ペンクラブ広島の会主宰の平和講演会参加のため帰郷。生活困窮す。

昭和二六年三月一三日午後一一時三一分、吉祥寺—西荻窪間の鉄路で自死。一六日に阿佐ヶ谷の佐々木基一宅で告別式が行われた。

その後、小説に関しては昭和二八年三月に『原民喜作品集』全二巻(角川書店、以下角川版『作品集』

と略す)、二九年八月『夏の花』(角川文庫)、四〇年八月『原民喜全集』全二巻(芳賀書店、以下芳賀版『全集』)、四五年『夏の花』(晶文社)、四八年五月『夏の花・鎮魂歌』(講談社文庫)、同年七月『夏の花・心願の国』(新潮文庫)、五二年一二月『ガリバー旅行記』(晶文社)、一九七八(昭和五三)年八月〜七九(昭和五四)年三月『定本原民喜全集』全三巻+別巻一(青土社、以下青土社版『定本』と略す)などが出版された。

平成になってからも出版は続くが、戦前に比重をかけたものとしては、二〇一一(平成二三)年一一月に発行された「広島花幻忌の会」による『原民喜初期作品集 死と夢 幼年画』(広島花幻忌の会事務局、以下広島花幻忌の会版『初期作品集』と略す)がある。これはルビにも充分注意を払った良書だが、「死と夢」及び「幼年画」に限定されている一方で、戦後の作品である「朝の礫」も編まれており、地方での出版であるため、全国的により多数の読者の目に触れるよう作品選定を始めたのだった。

この場合、彼の作品を集めたものとしては角川版『作品集』が最も早いが、民喜文学の出発点ともいえる『焔』の諸作品は載っていない。『焔』が登場するのは芳賀版『全集』第一巻からであり、青土社版『定本』第一巻もこれを踏襲している。そこで全体としては青土社版『定本』を底本とし、広島花幻忌の会版『初期作品集』なども参考にした。

処女創作集『焔』所収の六四編中、本書では一六編を収録したが、表題作の「焔」以外は短いコントであり、「椅子と電車」「移動」「針」「淡雪」「夢」「地獄の門」「蝿」「夏の日のちぎれ雲」「秋旻」「顔の椿事」「虹」など断片的な小品は神経症的な、奇妙な味のショートショートといってもよかろう。

「淡雪」は病院もので、「夕凪」は老婆もの。「絵にそえて」には姉の思い出が、「童話」では母親が姿を見せ、表題作の「焔」はやや長く、母・姉・妹が出てくる。中学受験に失敗して冷やかされたとき、外ではがまんしたが、家では母親に癇癪玉をぶっ放す。切り出し小刀を掴んで切腹しかける。「比喩」には並行宇宙（パラレルワールド）的なものが感じられた。

死と夢のシリーズでは題はすべて二字から成っており、民喜らしいホラーの感じが強くなる。作品の配列順と発表年月順とが一致していないが、これは民喜が自死した際に、「個人全集を出すことがあれば、「死と夢」と「幼年画」のテーマで纏めてほしい」と佐々木基一宛の指示が残されており、『全集』『定本』刊行時の順序を踏襲したためである。ただし芳賀版『全集』では、「幼年画」のほうが「死と夢」よりも先に組んである。

さて「幻燈」では、無限の眠りを続ける妻あけみとの日常が、少年・昂の幻想に変わり、〈赤ん坊のお前は川から流れてきたのだよ〉と父親が言う。「玻璃《はり》」は水晶やガラスのことだが、近代広島の夜の雑踏の中で、死者の対話が普通人の日常の会話のように展開されている。広島花幻忌の会の前事務局長だった海老根勲は「雲雀」第八号において、作中の死者二人は〈民喜と長光太を投影させたのではないか〉と述べている。「行列」では、主人公の文彦が家に帰ると、彼自身の通夜が行われているが、葬式の日には行列ができると、文彦の声はもう届かない。ちなみに文彦という名は「夏の花」にも出てくるが、これは実在した民喜の甥で、著作権継承者時彦の弟だから別人である。

「迷路」では温泉行の列車が異次元的な世界へ迷入してしまう。最後には大きな黒い鳥が、主人公の頭上を目がけて近づいて来る。「暗室」は、怪しい現象が次々と現れ、不思議なイメージが螺旋階段のように展開されている。終りの〈皆は呆気《あっけ》にとらわれながら、一人ずつ、忽《たちま》ち鳥となっては、ぱたぱたと飛んで行くのであった〉というあたりには、ニューウェイブSFのようにも感じられる。

民喜には予知能力があったのではないか、と思うことがある。「溺没」の最後は、自死直前の描写ではあるまいか。「魔女」は、姉やその友達と一緒に人喰人種を見に行く話だが、姉が死んでから二〇年経っており、意外な展開のあと小鳥が囀る。

幼年画九編は「貂《てん》」を除くと三文字の題名から成っており、この中から計四編を収録した。

「貂」は少年時代の民喜の分身の一人である雄二が、色鉛筆を買ってもらうこと、金色の貂が出てくることなどを挿話にした、母や姉の出てくる物語。「小地獄」は怪異な老婆と、女中に負われて見に行く地獄極楽。私がめそめそ泣いているので、父が私を掴んで雨戸の外に放り出すと、天狗がいる。最後にまた老婆が出て来て、怖い目に遭う。

「不思議」でも雄二が登場し、父に連れられ初めて汽車に乗ってI島（厳島《いつくしま》＝宮島）へ行く話だ。この中には地名などの固有名詞を、アルファベットで表記したところがある。実在するものをカッコ内に示せば、E橋（猿猴橋）、I《アイ》島（厳《いつく》島）、K橋（京橋）、M駅（宮島口《みやじまぐち》駅）、N神社（饒津《にぎつ》神社）、O《オー》公園（大元公園）となるが、研究者以外は必要なかろう。昭和初めの宮島が丹念に描かれているだけでなく、雄二＝民喜の内宇宙が展開されており、その点では戦後の「雲の裂け目」にも繋がるのだ。

「招魂祭」も雄二ものである。招魂祭のまえから始まり、〈ある日とうとう招魂祭は来た〉となり、最後は〈明日もまだ招魂祭なのだ〉となる。護国神社のお祭りだが、時間の流れは普通ではない。

拾遺作品集Iは、芳賀版『全集』では「短編作品」として第一巻に収録されている。

この中の「動物園」は、小説というよりはエッセイに近い。

「夢の器」は、病人の露子と女学校の中の露子、青木先生、発狂した一年上の優等生など登場人物が次々と変わる。付添の看護婦が近付くと、露子の夫が先生たちの椅子の中に腰かけている。死んだ父親の肖像画が掛かっており、叔父はピストルを持っている。白猫が人間の言葉を話す。回診の医者がやって来る。彼女には鰭が付いていて町の上を飛んでいたが、溝に落ちる。そこには弟がいて、彼女を掴みバケツに放り込む。それを家族がのぞき込む。その中にはもう一人の露子もいて、魚の露子を眺めている。すると結婚式の実習になる。露子の全身の力が抜けた——まさに器《うつわ》に盛った夢の饗宴だ。

「雲雀病院」は、空二という子どもが乳母車に乗せられている。途中で空二は煙草を欲しがるが、乳母車を押す婦人はキャラメルを食べさせ、青空の中を雲雀病院へ向かう。雲雀は幻想民喜文学のキーワードである。夢のキーワードだが「夢時計」は、病院の中で自分を見ている仙子という女の話。「面影」の良雄は、民喜としては珍しい男性的な人物を登場させているが、「独白」では死者の夢が展開されており、「眩暈」では〈めまい〉を感じさせるような、異様なイメージが出没する。

初期最後の「手紙」は終戦一年まえの作品で、電車の座席に掛けていても乗換駅を忘れるような女性が主人公。姉さんや母親の話になり、希望としての夢で終わる。

全体を通してのテーマは夢・死・幼児回帰だが、ここで少し寄り道をしてみよう。

人間科学の一つに病跡学《びょうせきがく》（パトグラフィー）というものがある。一般人からかけ離れた天才のいることは古くから知られており、病跡学の萌芽はすでにプラトンやアリストテレスにも見られるという。

それが科学の衣を付けたのは、イタリアの医師・ロンブローゾの『天才と狂気』（一八六四）からといえる。彼の天才論は大正三年、ダダイストの辻潤により邦訳され思想界にもインパクトを与えた。一九〇七年にパトグラフィーという言葉を作ったメビウスや、優れた精神病理学者であるクレッチマーの他、社会学的な視点をもたらしたといわれるランゲ・アイヒバウムも、天才を一種の精神病者と見做した。批判精神に富むヤスパースも同じ系譜に分類されるが、人物中心の天才論を一歩進め、作品の創造過程と精神病理との関りを追求した点が重要である。

こうした天才研究としてのパトグラフィーに意義を唱え、著名な芸術家だけを扱うのではなく普通の患者さんの制作物（絵画）を集めて分析した。作者から作品への視点の移動に注目したい。

そこにもう一つの流派として、精神分析のフロイトが現れる。精神分析的な伝記研究は作品中心の方法を採ることによって、創造性の秘密へと肉薄してゆく。彼は子どもの遊び、大人の夢と空想、詩人の作品が、いずれも非現実の世界で願望を満たしている、と指摘する。

もっとも、治療方法としての精神分析はあまり期待できるものではないし、むしろ思想の書として読むほうが適切かもしれないが、彼の欠陥を補充するように弟子のエリクソンは精神病歴《サイコ・ヒストリー》という方法論を確立し、スポリエは人間誌《アントロポグラフィー》という概念を提示した。

さらには集団無意識論のユングなど多くの精神分析学者が現れ、研究は深化し対象も拡大した。

日本では日本病跡学会が「日本病跡学会誌」（略称「病跡誌」）を刊行しているが、要するに病跡学とは、傑出した人物の異常な性格や、病的ともいえそうな精神を理解するための、伝記の特殊型ともいえるであろう。

原民喜も一種の異常性を持った天才だが、彼に特質的なものは既に被爆以前から見られるし、早くも少年時代に形成されていたように思われる。それで伝記的事項も、昭和一九年のところで一応切り、作品の選定もここまでとしたわけである。

そこで病跡学的な立場から（青少年期の）民喜における日常を眺めると、春原千秋は「愛と孤独の作家」（「国文学解釈と鑑賞」至文堂、昭和五八年四月臨時増刊号）において分裂症を否定し、純粋な性格に比重を置いている。それでも小児神経症的憂鬱な性向、鈍い運動神経、号令に対する間違いだらけの動作など、いわば「いじめられっ子」的なイメージが湧く。

だが同時に、少年時代の内宇宙を反映していると思われる前出の「焔」の中には、家庭内で母親に対し〈癇癪玉をぶっ放して〉暴れる情景が出てくる。陰弁慶《かげべんけい》で我儘な性格もあったようだ。遠藤周作の「原民喜」『新潮』（昭和三九年七月）によると、丸岡明が婦人雑誌に原稿を書くよう取りはからったが、〈ぼくの原稿は、そんな雑誌に載せるようなものではありません〉とはねつけたそうである。これも一種の我儘ではなかろうか。

分かり難い作家、透明な文体、少年性などの点ではほぼ同時代を生きた堀辰雄との近似性が見られ、堀は民喜の「忘れがたみ」（「三田文学」昭和二一年三月）に注目していたようだ。大田洋子は「原民喜の死について」（『近代文学』昭和二六年七月）の中で、〈原さんは外部的には計らずも私と幾つかの共通点をもつ人であった〉と述べている。その中には我儘、人付合いの悪さ、したがって文壇から白眼視されたことなどが入るに違いない。

佐々木基一の「原爆と作家の自殺」（「人間」昭和二六年五月）によると、民喜の死は〈要するに文学青年の自殺であって、文学者の自殺だなどというのは、そもそもおこがましい〉という匿名記事が新聞に載っていたというが、慶大文学部予科入学以来の親友だった山本健吉は「詩人の死の意味するもの」（「三田文学」昭和二六年七月）において、〈彼らが原を作家でないというのは、文壇人でないというに過ぎないでしょう〉と述べている。

民喜は少数ながら、彼を理解する親友に囲まれていたし、よき家族もいたが、奇妙な想念は終生続いた。この言葉にしても、彼はいつも「念想」と表記している。いわゆる民喜用語だ。

昭和一三年頃、旅先の箱根から千葉市登戸町の妻貞恵宛に出した手紙の中に、〈既に世界は二つの種族に分かたれてしまう。極端に野蛮人とまた極端に非生活人と。その中間はすべて穏やかなるロボットのみ〉と書いている。ロボットのような人物像は、掌篇「飯田橋駅」にも出てくる。ロボットという言葉があるからSFだ――というのではないが、面白い見方である。

彼は「魔のひととき」の中で、〈僕はこの世のすべてから突離された存在だった〉と述べ、「氷花」では原子爆弾の衝撃から生まれた「新びいどろ学士」という小説を書こうとした。あの瞬間に、〈地上へ墜落して来た人間〉のように感じることがあるらしいのだが、そうなると彼は堕天使か宇宙人かもしれない。学士の話は未完に終わったが、この学士は硝子からできており、一種の透明人間である。

戦後の作品「鎮魂歌」（「群像」昭和二四年八月）には、原子爆弾記念館という言葉が出てくる。現実の広島平和記念資料館（通称・原爆資料館）が開館したのは、没後の昭和三〇年だった。もし彼が社会活動をするタイプだったら、資料館開設の動きを察知することは可能だったろう。だが並み外れて自閉的だった彼の日常から考えると、作品「溺没」のところでも述べたように、未来予知の能力があったのではないかと疑えるのだ。

原民喜は弟のように想っていた遠藤周作に、〈ぼくはね、ヒバリです〉と言ったことがあるそうだが、絶筆「心願の国」の最後の部分では、真昼の麦畑から飛び立った雲雀が無限に高く進んで行き、生物の限界を脱して一つの流星になっているというシーンがある。遺書の一つでは「Tさま。とうとう僕は雲雀になって消えてゆきますが、あなたはいつまでもお元気で生きて行ってください」という。

詩人で評論家の藤島宇内《うだい》は、青土社版『定本』第三巻の解説の中で民喜の創作に触れ、〈これが伝統的な私小説と異なるのは、内的リアリズムにより一般化されているからだろう〉と述べ、〈究極的には死後の、肉体から離れた魂が一つの星になって永遠の彼方へ去って行くところまでも想像し、えがいているのである〉と記している。

作家で学際的哲学者の荒巻義雄は、メタSF『もはや宇宙は迷宮の鏡のように』（彩流社、二〇一七年）において、ダンテ・アリギエーリの『神曲』における煉獄や、ジョン・バニアンの宗教小説『天路歴程』における苦難の旅にも匹敵するような死後・寓意の文学世界を展開した。もしかしたら原民喜の雲雀は、そうした此岸《しがん》から彼岸《ひがん》の世界へ飛んで行ったのかもしれない。

本書の装画・装丁をしたYOUCHANは、表題作を〈スリップストリーム小説の最先端〉と評したという。

原民喜の研究書としては、仲程昌徳『原民喜ノート』（勁草書房、一九八三年）などがあるが、さらに新しい観点から読み直す価値をもつ作家なのである。

本書について

各作品は、『定本原民喜全集』（青土社版）を底本に、適宜『原民喜初期作品集　死と夢　幼年画』（広島花幻忌の会）等を参照しました。初出は天瀬裕康氏の「解説」の通りです。なお、本書収録にあたり、可読性を鑑み、旧仮名を新仮名に、旧字を新字に改め、ルビも適宜振ってあります。

本文中には今日的観点に立つと不適切と思われる表現があるかと思いますが、執筆あるいは発表された当時の時代背景、作品のもつ歴史的な意味や文学的価値を考慮してあります。

なお、天瀬裕康氏の解説は書き下ろしです。

【編集部】

原 民喜◉はら・たみき

一九〇五（明治三八）年十一月十五日、広島市幟町生まれ。慶應義塾大学卒業。一九三五（昭和一〇）年、『焔』を自費出版。翌三六年より、主に『三田文学』を舞台にしてのちに「幼年画」「死と夢」にまとめられる多くの作品を発表する。四〇歳で敗戦を迎え、英語講師などをしながら『三田文学』の編集にも関わる。一九四八（昭和二三）年、「夏の花」で第一回水上瀧太郎賞を受賞する。一九五一（昭和二六）年三月十三日、吉祥寺～西荻窪間にて自死。享年四五歳。広島で被爆した体験を、詩「原爆小景」や小説「夏の花」「廃墟から」「壊滅の序曲」等の作品に残す。『ガリヴァー旅行記』の翻訳でも知られる。

天瀬裕康◉あませ・ひろやす

作家。一九三三年、広島県呉市生まれ。岡山大学大学院医学研究科内科学修了。医学博士。日本ペンクラブ会員、日本文藝家協会会員、『広島文藝派』同人、日本SF作家クラブ会員。著書に、『昔の夢は今も夢』（近代文藝社）など。一九六九年八月、日本SFファンダム賞受賞

原民喜《はらたみき》初期《しょき》幻想《げんそう》傑作集《けっさくしゅう》

夢《ゆめ》の器《うつわ》

2018年5月15日 初版 第1刷発行

【著者】原 民喜
【編者】天瀬裕康
【発行者】竹内淳夫
【発行所】株式会社彩流社
〒102−0071
千代田区富士見2−2−2
電 話 03−3234−5931（代表）
FAX 03−3234−5932
http://www.sairyusha.co.jp/
【装画・装丁】YOUCHAN（トゴルアートワークス）
【印刷所】モリモト印刷株式会社
【製本所】株式会社難波製本

定価はカバーに表示してあります。
乱丁・落丁本はお取り替えいたします。

ISBN978-4-7791-2474-7 C0093

彩流社オリジナル復刻アンソロジー

羽ばたき
堀辰雄 初期ファンタジー傑作集

【収録作品】

死の素描
羽ばたき
鼠
ある朝
夕暮
風景
眠りながら
蝶
あいびき
土曜日
窓
ネクタイ難
ジゴンと僕
水族館
眠れる人
とらんぷ
Say it with Flowers
ヘリオトロープ
音楽のなかで
刺青した蝶
絵はがき
魔法のかかった丘

長山靖生◉編
二、二〇〇円＋税

詩人小説精華集

【収録詩人】

石川啄木
上田敏
山村暮鳥
木下杢太郎
野口雨情
北原白秋
平井功
正岡蓉
日夏耿之介
左川ちか
中原中也
立原道造
萩原朔太郎
小熊秀雄
齋藤茂吉
高村光太郎

長山靖生◉編
二、四〇〇円＋税

丘の上
豊島与志雄 メランコリー幻想集

【収録作品】

蠱惑
悪夢
都会の幽気
丘の上
常識
食慾
逢魔の刻
球体派
奇怪な話
碑文
白塔の歌
秦の憂愁
沼のほとり
聖女人像
絶縁体

長山靖生◉編
二、四〇〇円＋税